Journal d'un corps

Daniel Pennac

身体日记

[法] 达尼埃尔·佩纳克 著

曹丹红 译

人民文学出版社
PEOPLE'S LITERATURE PUBLISHING HOUSE

著作权合同登记号　图字 01-2016-6176

Daniel Pennac
Journal d'un corps

图书在版编目(CIP)数据

身体日记/(法)达尼埃尔·佩纳克著；曹丹红译.
—北京：人民文学出版社，2016
ISBN 978-7-02-011905-9

Ⅰ.①身…　Ⅱ.①达…　②曹…　Ⅲ.①日记体小说-法国-现代　Ⅳ.①I565.45

中国版本图书馆 CIP 数据核字(2016)第 184260 号

责任编辑　**甘　慧　何家炜**
装帧设计　**高静芳**

出版发行　**人民文学出版社**
社　　址　**北京市朝内大街 166 号**
邮政编码　**100705**
网　　址　**http://www.rw-cn.com**

印　　刷　**山东德州新华印务有限责任公司**
经　　销　**全国新华书店等**

字　　数　**240 千字**
开　　本　**889 毫米×1194 毫米　1/32**
印　　张　**12.375　插页　2**
版　　次　**2016 年 12 月北京第 1 版**
印　　次　**2016 年 12 月第 1 次印刷**

书　　号　**978-7-02-011905-9**
定　　价　**48.00 元**

如有印装质量问题，请与本社图书销售中心调换。电话：01065233595

目　录

告读者

我的朋友，我那亲爱的、不可替代的、让人抓狂的老朋友丽松在送出让人不知如何是好的礼物方面很有一套。比如这个占据了我房间三分之二空间的半成品雕像，比如一连几个月挂在我家走廊和餐厅晾晒的油画。因为她说她的工作室太小了。您手上捧着的，是她最近送给我的礼物。一天早上她跑到我家，把我的桌子清理一空——我刚准备在这张桌子上吃早饭——，往上面扔下一堆本子。这堆本子是她那刚过世的父亲留给她的。她的红眼睛说明她为了读这些东西一宿没睡。这也是我在接下来一个晚上做的事。丽松的父亲在世时是个沉默寡言、愤世嫉俗的人，跟字母I一样正直，头顶世界级老智者的光环，却从来不拿名声当回事。我见过他五六次，对他很是敬畏。要说有什么事我绝对无法想象会发生在他身上，那就是他整整一生都在写这些文字！惊讶得合不拢嘴的我最后征求了朋友波斯特尔的意见。他曾给丽松父亲看了很长时间的病（他也是马洛塞纳[①]一家子的医生）。波斯特尔即刻回复了我：出版！不要犹豫。把它寄给你的出版社，然后出版！但是有个难题。要请出版社出版一位小有名气的人物的手稿，又要遵照作者意愿不公开身份，这可不是件容易事！我利用了这位正直可敬的作者的好意，我是不是应该感到一丝歉疚？请读者自行评判吧。

D. P.

---

① 马洛塞纳（Malaussène），佩纳克系列畅销小说的主人公。——译注（本书脚注若无特别说明，均为译者注。）

2010年8月3日

我亲爱的丽松：

你现在已经到家了。你刚参加完我的葬礼，肯定有些忧郁，但巴黎等着你，还有你的朋友、你的工作室、几幅正受你折磨的画、你的各种计划安排（包括你装饰巴黎歌剧院的计划）、你的政治热情、你家双胞胎的未来、生活、你的生活。到家时，你会很吃惊地看到R律师寄给你的一封信，用公证人的措辞通知你，他代为保管了一个你父亲留给你的包裹。好家伙，来自已故的爸爸的礼物！你肯定会跑去找他。公证人会交给你一个奇怪的礼物：简直可以说是我的身体！不是我的血肉之躯，而是我偷偷写了一辈子的日记。（只有你妈妈知道，而且也是最近才知道的。）你一定会很吃惊吧。我爸竟然还写日记！爸爸你怎么了？那么优雅、那么难以亲近的你竟然会写日记？而且还写了一辈子！不是私密日记，我的女儿，你知道对于统计灵魂波动这种事，我向来很有成见。在日记中，你也不会看到任何言论提及我的工作、我的观点、我的会议或那些被艾蒂安浮夸地称为我的“斗争”的事，也没有只言片语提及父亲的社会形象和当今的世界。不，丽松，只是我的身体日记，真正意义上的。

你可能会分外吃惊，因为我过去并不是一个十分“强壮”的父亲。我不认为我的儿女、我的孙儿女们曾看到过我光身子的样子，他们很少看我穿泳衣，也从没撞见过我正对着镜子秀肱二头肌。我也不认为自己——唉！——在表达温情方面很大方。要让我跟你们——布鲁诺和你——谈论我的小病小痛，我宁愿去死。一言成谶，不过反正我的时日也已到头。过去，身体不是我们聊天时的话题，而且在布鲁诺和你身体发育期间，我也没管你们，你们只能自己面对问题。千万不要认为这是冷漠或一种特殊的羞耻心的表现。出生于1923年，我仅仅代表了我这个时代的小资产阶级：到现在还在使用分号，从来不会穿着睡衣来吃早饭，只在洗过澡、刮过胡子、穿上白天的正装后才肯露面，而且正装里面必须穿上背心。身体是你们这一代人的创造发明，丽松。至少从它的用途和人们用它制造的景观来说是这样的。可是对于我们与身体的关系，也就是对于作为惊奇之口袋和排泄物之泵的身体，今天的沉默与我那个时代的沉默一样沉重。仔细研究一下，会发现没有人比暴露得不能再暴露的色情演员或脱得最彻底的身体艺术家更顾及礼义廉耻。至于医生（你上一次看病是什么时候？），今天的医生，他们对待身体的办法很简单，就是不再触摸它。身体现在对他们来说只是脑力游戏：X光检查身体，超声波检查身体，扫描身体，分析身体，生物学的身体，遗传学的身体，分子学的身体，生产抗体。你知道我是怎么想的吗？越是分析这具现代的身体，越是暴露它，它就越是不存在，越是被取消。它的存在与它被暴露的程度成反比。我的日记写的是一具身体，我自己的身体；它是我们的同路人，是我们的生存机器。说“日”有点言过其实了，别期待看到详尽的记叙，它不是对日复一日的生活的总结，更多的是对一次又一次惊奇的记录——我们的身体在制造惊奇方面毫不吝啬——，从我十二岁起一直到我生命的第八十八也就是最后一个年头。记录不时被长久的沉默打断，你会看到，在这些人生的沙滩，我们的身体令自己被遗忘。可是每次我的身体在我思想中现身时，它总会发现我手执一支笔，在专心致志地等待着当日的惊奇的降临。我用手边能找到的资源，尽可能分毫不差地记录下种种征兆，但并不标榜科学。我深爱的女儿，这就是我的遗产：它不是一本生理学论文，它是我的神秘花园，而这花园从很多方面看是我们最不具特殊性的领地。现在我把它托付给你了。为什么偏偏是你呢？因为我很爱你。活着时没能告诉你实在遗憾，死后请允许我享受这份小小的快乐。要是格雷古尔还活着，我可能会把日记留给格雷古尔，它会逗乐这个孙子，引起他身上的医生的兴趣。我是多么喜欢这个小家伙啊！格雷古尔那么年轻就去世了，你如今已是祖母，你们俩是确保我获得幸福的包裹，是我漫长旅行的盘缠。好了。倾诉结束。你可以随意处置这些日记；如果觉得父亲送给女儿的这个礼物不合时宜，就把它扔进垃圾桶，如果你想的话，也可以在家庭内部流传，如果觉得必要，也可以把它出版。如果出版的话，注意不要公开作者的身份——反正它也可以是任何人的日记，把人名和地名改一改，我们永远不知道哪些部分可能是敏感的部分。别指望出全集，这样你就脱不了身了。而且随着时间流逝，一些日记已经遗失，而大量日记的内容十分雷同。跳过它们。比如我想到了童年时写的那些记录引体向上个数和腹肌块数的日记。再如年轻时写的那些，其中我像性的专业会计师一样，列出了艳遇的清单。总之，这些东西你想怎么处置就怎么处理，照你的意愿做就是好的。

爱你。

爸爸

1

第一天

（1936年9月）

我唯一没有喊的

是妈妈

60岁，2个月，18天　　　　　　　　1987年12月28日星期一

格雷古尔和他的朋友菲利普跟小范妮开了一个愚蠢的玩笑，这玩笑让我想起这本日记的起源，那令它诞生的创伤。

喜欢清理东西的莫娜下令一把火烧掉那些老古董，这些东西大部分是马奈斯一家留下来的：跛脚的椅子，发霉的床绷，长了蛀虫的小推车，废轮胎，简直是一场奇臭无比的巨大火刑。（不过总的来说没有清理阁楼那么恐怖。）她把这件事交给了男孩们，男孩们于是决定重演一遍圣女贞德的审判。我正在做事，思绪突然被小范妮的尖叫声打断。小范妮被格雷古尔和菲利普"雇佣"来饰演圣女的角色，整整一天他们都在跟她吹嘘贞德的功绩，而六岁的范妮之前从来没有听说过这号人物。他们用天堂的种种美妙来诱惑她，使她看到牺牲时刻临近，竟然高兴地拍起手来。可是，看到他们打算把她活生生扔进火堆，她立即尖叫着朝我飞奔而来。（莫娜、丽松和玛格丽特都在城里。）她的小手因极度恐惧紧紧地抓住了我。外公！外公！我对她说"好了好了"、"都过去了"、"没事了"，试图让她平静下来（怎

么会没事呢，事情甚至很严重，但我当时不知道他们的“封圣”计划）。我把她抱到腿上，发现她身上湿乎乎的。不仅如此，她还尿在了裤子里，她因为恐惧而弄脏了自己。她心跳快得吓人，呼吸十分急促。她的牙关咬得那么紧，以至于我开始担心她会不会面部痉挛。我把她丢进放好热水的浴缸，她就在那里，在两声残余的啜泣之间，断断续续地跟我讲了那两个小呆瓜为她安排的命运。

于是我一下子被带到了这本日记的创始之日。1936 年 9 月。我十二岁，很快就十三岁了。我是童子军。之前我是“狼崽”幼童军，“狼崽”之类的动物名称因《丛林奇谭》这本书而流行一时。所以我是童子军了，这很重要，因为我再也不是幼童军了，再也不是小毛孩了，我长大了，我是个大人了。暑期将尽，我在阿尔卑斯山某处的一个童子军营地。我们正与另一伙偷了我们旗帜的人作战。我们必须将旗帜夺回。游戏规则很简单。我们每个人将自己的围巾背在背上，用运动短裤的皮带夹住。我们的对手也是如此。大家把这条围巾叫做“命”。此次突袭我们不仅要收回我们的旗帜，更要带回尽可能多的命。我们也把它们叫做战利品，并把它们悬挂在皮带上。谁带回的命最多，谁就是令人生畏的战士，是“王牌猎手”，就像一战期间的那些飞行员，他们会根据自己打下的敌机的数量，用德国铁十字勋章来装饰飞机的龙骨梁。总而言之，我们在玩战争游戏。因为我不是很强壮，所以冲突一开始，我就丢了命。我掉入了一个埋伏圈，两个敌人把我按倒在地，第三个抢走了我的命。

他们把我绑在一棵树上，这样我就不会“死”了还试图加入战斗。然后他们就把我丢在那里了。在森林中央。被绑在一棵松树上，松脂黏住了我的双腿和我赤裸的胳膊。我的敌人们消失得无影无踪。前线部队离我越来越远，间或听到的说话声越来越弱，后来就什么都听不到了。森林的阒静向我的想象力扑来，宁静之中躁动着种种可能的声音：噼啪声，沙沙声，叹息声，咯咯笑声，穿过乔木的风声……我心想，之前被我们的游戏惊扰到的动物现在要重新现身了。当然不会是狼，我已经是大人了，不会再相信狼吃人的故事，不，不会是狼，更可能是野猪，比如说。野猪会对一个被绑在树上的男孩做什么呢？可能什么都不会做，它不会去管他。但万一是带小猪的母猪呢？然而，我一点也不害怕。在这种情形下，一切都有待发现，我只是考虑了通常会出现的问题。我越是努力想获得自由，绳子就收得越紧，皮肤上黏上的松脂就越多。松脂会变硬吗？有一件事可以肯定，我无法挣脱束缚，童子军个个都是打死结的行家里手。我觉得很孤单，但我不认为别人永远找不着我。我知道这不是个人迹罕至的森林，我们经常在里面碰到采欧越桔和覆盆子的人。我知道冲突一结束，就会有人来给我松绑。即便敌人们忘记了我，我自己的部队也会发现我不见了，他们会报告大人，然后我就得救了。所以我不害怕。我耐心地忍受着自己的痛苦。我的理智轻而易举地控制了我的想象力就当时的情形展开的种种联想。一只蚂蚁爬到我鞋子上，接着又爬到我光着的腿上，带来一阵痒痒的感觉。这只孤独的蚂蚁动摇不了我的意志。

单独看，我认为它没有什么杀伤力。就算它咬我，就算它钻到我运动短裤里，钻到我内裤里，那也没什么好大惊小怪的，我能忍受这种疼痛。在森林里被蚂蚁叮咬并不是罕见的事，这种痛感是大家所熟悉的，可以克制住，它是酸涩的，而且转瞬即逝。这就是我当时的精神状态，像个平静的昆虫学家，直至我的视线落在一个蚂蚁窝上。这个蚂蚁窝在另一棵松树脚下，离我的树有两三米的距离。一个松针垒成的巨大的丘陵，内外攒动着黑色的、野蛮的生命。一种极其恐怖的静止的蠕动。当看到第二只蚂蚁爬上我的凉鞋时，我的想象力开始失控。现在已经不是被叮咬的问题了，这些蚂蚁会爬满我的全身，把我活活吃掉。我的想象力没有向我展现细节，我没有对自己说这些蚂蚁会沿着我的腿往上爬，然后吞掉我的生殖器和肛门，或者从我的眼眶、耳朵、鼻孔钻进我的体内，顺着我的肠和窦从里面吃掉我，我没有看到自己成为被捆绑在松树上的活人蚁穴，从死亡的嘴巴里吐出一串串搬运工——它们正忙着将我一点一点运输至三米开外那个蠕动着的可怕的“胃”里，我没有想象这些酷刑，然而它们全都在我惊恐的叫声里，我紧闭双眼，张大嘴巴，开始呼喊。这呼救声可能覆盖了整个森林，以及森林那头的世界，我的声音在这尖叫声中断裂成成千上万根针，这是重新变成小男孩的我的声音，而我的整个身体都在用这声音呼喊。我的括约肌也和我的嘴巴一样没有节制地喊叫起来，被我释放的东西沿着腿流了下来，我能感觉到我的运动短裤渐渐满了，我在流淌，腹泻的气味混合着松脂的气味，更加剧了我的恐惧，因为气味——我心想，气味会令蚂蚁陶醉，招来其他动物，于是我的肺散落在我的呼救声中，我全身都是眼泪、唾沫、鼻涕、松脂和大便。然而，我看到蚁群对我不屑一顾，它们仍沉重地在自己的地盘上努力，为自己数不胜数的小事情操心，我看到除了那两只流浪的蚂蚁之外，其他数量可能达到上百万只的蚂蚁完全忽略了我，我看到、察觉到甚至明白了这一点，但一切为时已晚，恐惧大获全胜，占据我身心的东西已经不再顾及任何现实，我的整个身体都在表达被活活吞噬的恐惧，这种恐惧完全是我自己思想的产物，根本不需要借助蚂蚁的合谋。我当然隐隐约约地知道这些，后来沙普利耶神父——他叫沙普利耶——问我是不是真的认为蚂蚁会把我吞掉，我回答说不是，他要我承认是不是演了一出闹剧，我回答说是，他问我是不是觉得用尖叫声惊吓散步的人——他们最后给我松了绑——很有趣，我回答说我不知道。像个婴儿一样一身是屎地被带回到同学面前，你不觉得羞耻吗？我回答说我觉得羞耻。他一边问我这些问题一边帮我清洗，用水柱冲去最大的屎块，甚至没有脱掉我的衣服，也就是军装，我再提醒你一下，童子军军装，我再提醒你一下，你有没有花一秒钟时间想一想，那对散步的夫妻会怎么想童子军？没有，对不起，没有，我没有想过。那么，说真话，你还是觉得这出闹剧很有趣，对不对？不许撒谎，不要告诉我你没有从中获得一点乐趣！你觉得很有趣，对不对？我不认为自己当时很好地回答了这个问题，因为那时我还没有开始写这本日记。在接下来的整整一生中，这本日记给自己制定了目标，那就是要区分身体与思想，从此以后保护我的身体，让它免受我的想象力的侵扰，保护我的想象力，让它不再受身体那不合时宜的反应的困扰。你妈妈会怎么说啊？你有没有想过你妈妈会怎么说？没有，没有，我没有想到妈妈，在他问我这个问题时，我甚至心想，在呼救时，我唯一没有喊的是妈妈，妈妈是我唯一没有喊的人。

我被开除了。妈妈来接我的。第二天，我开始写这本日记，我写道：我不会再害怕了，我不会再害怕了，我不会再害怕了，我不会再害怕了，我永远不会再害怕了。

2

12—14岁

（1936–1938）

既然应该像这个样子，

那就让我像这个样子吧

12岁，11个月，18天　　　　　　　　1936年9月28日星期一

我不会再害怕了，我不会再害怕了，我不会再害怕了，我不会再害怕了，我永远不会再害怕了。

12岁，11个月，19天　　　　　　　　1936年9月29日星期二

恐惧清单：

——害怕妈妈；

——害怕镜子；

——害怕同学，尤其是费尔芒坦；

——害怕昆虫，尤其是蚂蚁；

——害怕疼痛；

——害怕因为害怕尿裤子。

这样把我害怕的东西列出来实在太傻，因为我什么都怕。不管怎么说，恐惧每次都来得很突然。一开始根本没想过会害怕，两分钟后，你已经害怕得要发疯了。这就是我在森林里的

遭遇。我能想象自己会害怕两只蚂蚁吗？都快 13 岁的人了！在蚂蚁之前，当别人攻击我时，我甚至没还手就扑倒在地。我让别人夺走了我的“命”，然后让别人把我捆在树上，就像我真的死了一样。我怕死了，真的死了！

解决方案清单：

——害怕妈妈吗？当她不存在。

——害怕同学吗？去跟费尔芒坦说话。

——害怕镜子吗？照镜子。

——害怕疼痛吗？最让你痛的是你的恐惧。

——害怕尿裤子吗？你的恐惧比你的屎尿更让人恶心。

比列恐惧清单更傻的，是列解决方案清单。我从来不照做。

12 岁，11 个月，24 天　　　　1936 年 10 月 4 日星期天

自从我被开除以来，妈妈的气一直没有消。今天晚上，我还没打肥皂，她就把我从浴缸里拎了出来。她强迫我看浴室镜子中的自己。我还没把自己擦干呢。她抓着我的肩膀，好像我企图逃跑似的。她的手指弄疼了我。她不停地说，看看你自己，看看你自己吧！我抓紧了拳头，闭上了眼睛。她叫起来，睁开眼睛！看看你自己！倒是看看你自己啊！我觉得冷。我咬紧了牙关防止牙齿打架。我整个身体都在发抖。你不看你自己，我们就不出浴室门！看看你自己！可是我没有睁开眼睛。你不想睁开眼睛？你不想看看你自己？总给我演同一出戏？好极了！

想不想我告诉你你像什么？我眼前的这个男孩像什么？你觉得他像什么？你像什么？想听我告诉你吗？你什么都不像！完完全全什么都不像！（我一字不漏地抄下了她对我说的所有话。）她摔门而去。当我睁开眼睛时，镜子上已经起雾了。

12岁，11个月，25天　　1936年10月5日星期一

要是爸爸看到妈妈发脾气的这一幕，他会在我耳边说：一个完完全全什么都不像的男孩，听我说，这太有意思了吧！一个完完全全什么都不像的男孩，他到底该像什么呢？像《拉鲁斯词典》上的人体结构解剖图吗？爸爸每次强调一个词时，简直让人觉得他是用楷体说出来的。随后他会沉默，留给我足够的时间思考。我会想到《拉鲁斯词典》里的人体解剖图，是因为爸爸和我，我们曾花了很多时间一起用这张图来研究解剖学。我知道人是什么样的。我知道脾动脉在哪里，我叫得出每一块骨头、每一根神经、每一块肌肉的名字。

13岁，生日　　1936年10月10日星期六

妈妈又对多多使出了“干净手帕”这一招。她当然等到了午饭时分，所有人都到齐时。多多正把俄式冷盘端过来。妈妈问他“可不可以”放下盘子，然后非常温柔地把他拉向自己，好像要爱抚他似的。但她没有做出爱抚的动作，只是拿出了手

帕。她用手帕擦多多耳朵后面，擦他的肘窝，擦他的膝弯。多多全身僵硬地站着。当然了，手帕（妈妈向所有人展示了手帕！）没那么白了。指甲也不得体。这么脏的小男孩，卖什么乖啊！去把自己收拾干净，小伙子！然后一边指着多多一边对维奥莱特说：您看着点，好吗？尤其让他不要忘了肚脐那里！给你们十分钟时间。在这些充满恶意的时刻，妈妈的声音听起来总像个活泼的小女孩。

小时候，维奥莱特给我洗澡时，总会跟我描述路易十四宫廷里的肮脏，好像她是从那里出来的一样。啊！那里的气味太丰富了，相信我！那些人喷起香水来，就像是要毁尸灭迹。维奥莱特还喜欢拿破仑写给约瑟芬的信（那时他刚从埃及战场回来）："不要洗澡，我马上到。"总之一句话，我的小壮士，我们其他人，我们并不是得香得像朵茉莉花似的，别人才会爱我们。不过这话可不要对别人说！

说到洁净，有一天，我用马毛手套给爸爸擦背时，他问我：你有没有想过，这些人类污垢最后都到什么地方去了？当我们清洗自己时，我们玷污的是什么？

13岁，1个月，2天　　　　1936年11月12日星期四

我做到了！我做到了！我把衣橱上的布拉了下来，我照了

镜子！我下定决心要结束这一切。我把布拉下来，握紧拳头，深吸一口气，睁开眼睛，然后我照了镜子！我照了镜子！就好像第一次看到自己一样。我在镜子前待了很长时间。镜子里的人并不是真正的我。是我的身体，但不是我。连朋友都不是。我反复对自己说：你是我吗？你是我吗？我是你吗？是我们吗？我没有疯，我十分清楚自己是在跟印象玩游戏，仿佛那不是我，而是某个被遗弃在镜子深处的男孩。我问自己，他在那里多长时间了？这些小游戏会让妈妈气急败坏，但它们完全吓不倒爸爸。我的儿子，你没有疯，你是在和自己的感觉玩，就像其他同龄的孩子一样。你在向它们提问。你会无止境地向它们提问。即使当你变成大人，变成老头，也将一直如此。记住：整整一生，我们都应该努力相信我们的感觉。

在我看来，我的影子的确像是某个被遗弃在镜子里的男孩。这种感觉绝对真实。把布拉下来时，我很清楚自己会看到谁，但我还是吃了一惊，好像这个男孩是尊雕像，在我出生前就已经被扔在那里了。我看了他很长时间。

然后我就有了那个想法。

我走出房间，蹑手蹑脚地来到书房，打开《拉鲁斯词典》，用尺子裁下那张人体解剖图（没人会发现，《拉鲁斯词典》对妈妈来说只有一个用途，就是在餐厅吃饭时，把它垫到多多屁股底下），再回到房间，锁上门，把自己脱得精光，把那张解剖图嵌到镜子的槽里，然后对比了我俩，解剖图里的人体和我。

事实是，我们完全没有关系。解剖图里的人体是个成年运动员。他有着宽阔的肩膀。他笔直地站立在肌肉发达的双腿上。而我呢，什么都不像。我是个又白又软的小孩，胸部凹陷，瘦骨嶙峋，肩胛骨下面都塞得进信了（用维奥莱特的话说）。但是，我们还是有一个共同点：我们俩都是透明的。可以看到我们的血管，数得出我们有几块骨头，不过我的肌肉一块也看不到。我只是皮、血管、软塌塌的肉和骨头。没有一点结实的东西，妈妈会这样说。这是真的。这样一来，谁都能夺走我的“命”，把我捆在树上，把我丢在森林里，用水柱冲洗我，取笑我，或者说我什么都不像。要保护我的不是你吗？你会任我被蚂蚁吃掉！你会在我身上拉屎！

但我会保护你！为了保护你，我甚至可以与自己作对！我会让你长出肌肉，让你的神经变得坚强，每天都照顾你，然后对你所有的感觉感兴趣。

13岁，1个月，4天　　　　1936年11月14日星期六

爸爸过去总是说：一切对象首先是兴趣的对象。所以我的身体是兴趣的对象。我准备写自己的身体日记了。

13岁，1个月，8天　　　　1936年11月18日星期三

我想写自己的身体日记，还有一个原因，因为大家都在说别的东西。所有身体都被遗弃在带镜子的衣橱里。别人也写日

记，比如吕克或弗朗索瓦丝，他们什么鸡毛蒜皮的小事都写，情绪啦，感觉啦，友情啦，爱情啦，背叛啦，没完没了的解释啦，他们对别人的看法啦，他们认定的别人对他们的看法啦，他们玩过的地方啦，他们读过的书啦，可是他们从来不谈身体。今年夏天在弗朗索瓦丝身上我就已经发现了这一点。她给我读了她的日记，说要“绝对保密”，其实她给每个人都读，艾蒂安跟我说的。她每次都是有感而发，不过之后几乎从来记不起是出于哪种感受。你为什么要写这个？我记不得了。所以，对于写下来的东西的意义，她已经不是十分确定。至于我，我希望今天写的东西在五十年后还是同一个意思。完全同一个意思！（五十年后，我就六十三岁啦。）

13岁，1个月，9天　　　　1936年11月19日星期四

回想了一下所有我害怕的东西，我写下了下面这张感觉清单：对虚无的恐惧碾碎了我的蛋蛋，挨打的恐惧使我浑身瘫痪，对恐惧的恐惧令我成天焦虑不安，焦虑令我肠胃打结，情绪（即使是美妙的情绪）令我起鸡皮疙瘩，思念（比如说想念爸爸）使我眼眶湿润，意外让我惊跳（甚至一扇砰地关上的门），一慌乱就尿裤子，一有点伤心就哭鼻子，一生气就呼吸困难，一羞愧就变矮小。我的身体对一切都有反应。不过我始终不知道它会有什么样的反应。

13岁，1个月，10天　　　　　　　　　1936年11月20日星期五

我认真想过了。如果我如实描述自己的感受，那么我的日记将成为我的思想和肉体之间的大使，将成为我的感觉的译者。

13岁，1个月，12天　　　　　　　　　1936年11月22日星期天

我要描述的不仅仅是强烈的感受、极度的恐惧、疾病、事故，而是我的身体感觉到的一切。（或者说是我的思想让我的身体感受到的东西。）比如风轻轻抚摸皮肤的感觉，当我堵住耳朵时宁静在我身上制造的噪音，维奥莱特的气味，蒂乔的声音。蒂乔已经有大人的声音了。一种沙沙的声音，仿佛他一天抽三包烟似的。才三岁！等他长大了，他的声音当然不会像现在这样尖，但会是同一种沙沙的声音，每个字都带着笑。这点我十分确信。就像维奥莱特提到生气的马奈斯时会说：随便他怎么大呼小叫，他的声音是不会变的！

13岁，1个月，14天　　　　　　　　　1936年11月24日星期二

我们的声音是风穿过我们身体时奏响的音乐。（我是说，当它没有从我们的下面出来时。）

13 岁，1 个月，26 天　　　　　　1936 年 12 月 6 日星期天

从圣米歇尔教堂回来时我吐了。呕吐是最让我恼火的事。像一只口袋一样被翻转。我们的皮被翻过来了。而且还一阵一阵的。同时还撕扯着你。你在抵抗，但别人把你翻转了。里外调了个个。就像维奥莱特剥兔子皮一般。皮的另外一面。这就是呕吐，它让我羞愧难当，它让我怒不可遏。

13 岁，1 个月，28 天　　　　　　1936 年 12 月 8 日星期二

在记录之前，要让自己先平静下来。

13 岁，2 个月，15 天　　　　　　1936 年 12 月 25 日星期五

昨天晚上，妈妈的礼物是一个问题：你真的认为自己配得到圣诞礼物吗？我又想起童子军的事，于是我回答说不配。其实是因为我不想要她的任何东西。乔治叔叔给了我两个哑铃，每个重两公斤，约瑟夫给了我一个可以锻炼肌肉的器械，叫拉力器，五根橡胶弦连着两个木头把手。得抓住把手，拉开拉力器，然后尽可能多拉几次。在使用说明书上有一个男人的照片，买拉力器之前和买拉力器后 6 个月的对比。几乎认不出他来了。他的胸廓是原来的两倍，他的上提肌令他的脖子粗壮如公牛。可是，他每天只不过拉十分钟。

13岁，2个月，18天　　　　1936年12月28日星期一

艾蒂安和我玩了晕厥游戏。感觉很好。对方站在你后面，把你抱在怀里，用尽全力勒你的胸。你则把肺里的气都吐光。一次，两次，三次，对方使劲全身力气勒你。当你肺里一点空气都没有时，你的耳朵开始嗡嗡作响，你晕头转向，然后你便晕厥了。很奇妙的感觉！感觉自己离开了，艾蒂安说。是的，或者说覆灭了，或者说沉没了……总之，真的非常奇妙！

13岁，3个月　　　　1937年1月10日星期天

多多把我叫醒了，半夜里。他在哭。我问他为什么哭，他不肯告诉我。于是我问他为什么把我叫醒。最后他终于告诉我了：同学都嘲笑他，因为他撒尿撒得没有他们远。我问能撒到哪儿。他说不远。妈妈没教过你吗？没有。我问他现在想不想学。想。我问他在撒尿前有没有卷好他的“袜子”。他说：什么我的袜子？于是我们走到阳台，我向他展示了怎么卷“袜子”。这个窍门是维奥莱特在帮我洗澡时教我的，那时我还小。她说：卷好你的袜子，别让它给我们找麻烦！多多的小“头”露了出来，他尿得很远，一直尿到贝热拉克家停在楼下的霍切奇斯车顶上。跟人行道的宽度一样远。他高兴得一边尿尿一边笑。抖动让尿喷得更远。我怕吵醒妈妈，用手捂住了多多的嘴巴。他又在我手里笑了一会。

13岁，3个月，1天　　　　　　　1937年1月11日星期一

男孩有三种撒尿方式：1）坐着撒；2）站着撒，不卷“袜子”；3）站着撒，卷“袜子”。（“袜子”就是包皮。字典已经证实。）把“袜子”卷起来，就能尿得很远。不过妈妈没有教过多多这个，这实在难以置信！话说回来，这种事难道不该天生就会吗？如果天生就会，那多多为什么没有自己琢磨出来呢？要是维奥莱特没教我，我会怎么样呢？有些男人会不会因为从来没想到把“袜子”卷起来，于是一辈子都尿在自己脚上呢？整整一天，我一边听老师们讲课一边在想这个问题。吕利耶老师、皮埃拉尔老师、奥夏尔老师。他们知道那么多关于“世界进程”（妈妈会这么说）的知识，但他们可能从没想过要把自己的“袜子”卷起来！比如说吕利耶先生，他长着一副想把一切教给全世界的样子，但我相信他总是尿到自己脚上，并且对此困惑不已。

13岁，3个月，8天　　　　　　　1937年1月18日星期一

我喜欢做的一件事是在快要睡着时醒过来，然后体验再次入睡的美妙滋味。在入睡的那一刻醒过来，这真是太帅了！这种入睡的艺术是爸爸教给我的。好好观察自己：你的眼皮变得沉重，你的肌肉放松了，你觉得自己想的东西已经不完全是“想”出来的了，好像你已经在做梦，同时又知道自己还没睡

着。好像走平衡木一般走在一堵墙上，随时有可能掉入睡眠的一边？没错！一旦你觉得自己要掉入睡眠了，马上摇头，把自己弄醒。待在墙上。你的清醒状态会保持几秒钟，在这几秒钟里，你可以对自己说：我马上又要睡着了！这是一种妙不可言的承诺。然后再把自己弄醒，再享受一次这种感觉。如果有必要，一旦觉得要掉下去了，你就掐自己！尽可能回到水面上来，最后再让自己被淹没。我听着爸爸小声给我上入睡课。再来一次，再来一次！因为他的关系，这是我每天晚上向睡眠提出的要求。

13 岁，3 个月，9 天　　　　1937 年 1 月 19 日星期二

可能死亡就是这样的。如果我们不那么害怕，这种死亡的滋味其实很好。可能我们每天早上醒过来，只是为了推迟死亡降临的美妙时刻。爸爸去世时，他最后一次睡着了。

13 岁，3 个月，20 天　　　　1937 年 1 月 30 日星期六

刚才在擤鼻涕时，我想起一件事，多多小的时候，我曾试着教他擤鼻涕。但他不会呼气。我把手帕放到他鼻子底下对他说，来吧，呼气，于是他的气就从嘴里出来了。要不然他就完全不呼气，他在身体里面呼气，他像球一样鼓起来，却什么都出不来。那时，我以为多多有点弱智。但这不是真的。是因为

有关身体的一切，人都得学，绝对是一切：学习走路，学习擤鼻涕，学习洗澡。如果别人不告诉我们怎么做，我们就什么都不会。最开始，人什么都不懂。完全不懂。像野兽一样野蛮无知。唯一不需要学习的，是呼吸、看、听、吃、小便、大便、睡着和醒来。就这样还要打点折扣！我们能听到，但要学会听。我们能看到，但要学会看。我们会吃，但要学会把肉切成小块。我们会大便，但要学会拉到便桶里。我们会小便，但当我们不再尿在自己脚上时，就要学习瞄准。学习，首先是学习控制自己的身体。

13岁，3个月，26天　　　　　　1937年2月5日星期五

您说话时这样强调关键词的读音，您这是把我当成傻瓜了吗？吕利耶先生当着全班同学的面问我。一边问一边模仿我说话的口气，结果，毫无疑问，大家都笑了起来。您觉得您的历史老师需要依靠您，才能判断废除南特敕令是一个代价昂贵的错误吗？另外，您不觉得您这个年纪的男孩用代价昂贵的错误这种词有点太矫揉造作了吗？您是不是有点赶时髦啊，我的朋友？我希望您更简单一些，不要用您的知识压垮我们。

看到爸爸因为我的楷体受到嘲笑，我心里难过极了。（我的楷体也是他的，所以他们嘲笑的是他。）我想模仿吕利耶有点刺耳的声音来回答他，但我的脸红了，我屏住呼吸阻止眼泪流下来，我什么都没有说。铃声响了，我一阵恐慌。走出教室，在

外面碰到所有人，不！只是想象了一下场面，我就已经动不了了。真的动不了了。我的腿拒绝带我走。我就一直坐着。我没有身体了。我又回到了我的衣橱里！我假装在书包里、在课桌里找一件丢失的东西。太丢人了！最后，对这种羞耻感的反感给了我站起来的力气。不管怎么样，他们可以瞧不起我，有什么关系。他们甚至可以打我或者杀了我，我都无所谓了。

可是，外面等我的只有维奥莱特。她出来买东西，顺便过来接我。我的小壮士，你的害怕全写在脸上了！在脸上？你的脸比鸭蛋还白。没有吧！当然有！我们的脸告诉我们的，比我们的话还多。看看马奈斯，气血一上来，能持续一整天。而且我听到你的心跳了。她什么都没听到，但她是维奥莱特，她是猜到的。回到家，她让我吃了下午茶（面包，葡萄果酱，冰牛奶）。我让她以后别再来学校接我了。你想自己保护自己对吗，我的小壮士？是时候了。不要怕任何人，如果你鼻青脸肿地回家，我会给你疗伤。

13岁，4个月　　　　1937年2月10日星期三

起先妈妈以为我在演戏，好不去上学。其实不是的，我真的得了咽峡炎。头两天还发高烧了。四十多度！感觉像穿着潜水钟生活在浓汤里（用维奥莱特的话说）。医生怕我得猩红热。卧床十天。一开始感觉有一只手想从身体里面掐死你，阻止你吞咽。包括吞咽你自己的唾液。实在太难受了！我们可是不停

歇地在制造唾液啊。每天能制造几升？所有这些以升计算的唾液都被我们吞下，因为吐出来是不礼貌的。生唾液，吞唾液，这是身体的功能，与呼吸一样自动。没有这种功能，我们就会像鲱鱼一样干死。我在想，只是记录身体在我们无意识情况下做的事，就得用去无数本本子。我们身上是不是有无数自动功能呢？我们从来没有关注过它们，可是只要其中一种功能出了毛病，我们满脑子想的就全是它了！以前每次看到我过分自怨自艾，爸爸总会引用塞涅卡的一句话：*每个人都认为自己背负着最沉重的包袱*。可是当身体某种功能出问题时，的确是这样的！我们成为了世界上最可怜的人。得咽峡炎的头几天，我整个人都变成了我的喉咙。人会*聚焦*，爸爸常说，一切问题由此而来！在人的眼中，框框之外无物存在。儿子，我建议你打破条条框框。

13岁，4个月，6天　　　　1937年2月16日星期二

整整一个星期，我的房间成为了医务室。维奥莱特在厨房烧漱口水，然后在爸爸那张小游戏桌上配药。她把桌子摆在窗边，又在上面盖了一块白色桌布。圣米歇尔教堂的修女向她演示了怎么做膏药。不要舍不得用料，我的孩子。（其实维奥莱特都可以做她奶奶了！）

维奥莱特在桌布上摊开一块布，在上面倒上煮好的亚麻面糊，撒上一点芥末，把布的四边折叠起来，然后把它贴到我脖子上，

于是我就能舒坦一刻钟。这个东西让我发痒、发热、发烫，像有千万根针刺穿了我的喉咙，但喉咙显然没那么疼了，因为现在你只想着发烫的部位了。苦难的替代就是这样的，我的孩子！（爸爸说。）要想忘记痛，试试更痛的！（维奥莱特说。）最难受的是圣米歇尔教堂的修女给我涂消毒剂。她把一根小棒子一直插到我喉咙深处，我立即就吐在了她的围裙上。我把她臭骂了一顿，她再也不想上我家来了。然后妈妈又来大呼小叫：你不想治病吗？你想得蛋白尿病吗？想得风湿病吗？这些病会死人的，你知道吧！最后会攻击心脏！如果是维奥莱特给我涂消毒剂，就一点问题也没有：张大嘴，我的小壮士，继续呼吸，不要合上喉咙里的阀门。跟你说了不要合上阀门！（她指的是声门。）好——嘞。要是小便变绿了你可不要晕倒，这是消毒剂里面的蓝色素在作怪！完全正确：亚甲蓝与尿液的黄色混合在一起，会让小便变成绿色。幸亏她提前告诉我，因为会让我晕菜的，正是这一类的意外。

13 岁，4 个月，7 天　　　　1937 年 2 月 17 日星期三

敷药膏，喝漱口水，涂消毒剂，休息，是的，但最好的药方，是在维奥莱特的气味中入睡。维奥莱特是我的家。她身上夹杂着蜡、蔬菜、柴火、黑肥皂、漂白水、陈年酒、烟草和苹果的气味。当她把我裹到她的披巾里面时，我就回家了。我听到她的话在她胸脯深处沸腾，然后我就睡着了。醒来时，她已经不在那儿了，但她的披巾还盖在我身上。这是为了防止你在睡梦中迷

路，我的小壮士。迷路的狗总是能沿着猎人衣服的气味回家。

13 岁，4 个月，8 天　　　　　　　　1937 年 2 月 18 日星期四

我的身体也是维奥莱特的身体。维奥莱特的气味就像是我的第二层皮肤。我的身体也是爸爸的身体，多多的身体，马奈斯的身体……我们的身体也是别人的身体。

13 岁，4 个月，9 天　　　　　　　　1937 年 2 月 19 日星期五

腿还是软绵绵的，但烧已经退了。医生放心了。他说要是猩红热的话“早该爆发了”。“爆发”这个词引起了我的注意，因为每次维奥莱特说起她丈夫，总是说“他情感爆发向她表白那次可爱极了”！（他死于战场，1914 年 9 月，战争才刚开始，他就牺牲了。）战争也会“爆发”。

13 岁，4 个月，10 天　　　　　　　　1937 年 2 月 20 日星期六

你还想吗？想什么？发烧，你还想吗？为什么我还想发烧？因为这样就可以不去上学了啊！多多非常开心，因为他又可以上我的床了。他叽叽喳喳地说个不停。如果你还想发烧，那就得把体温计弄热，不过不要把它放到平底锅上，它会爆炸的，最好轻轻拍它，不是放进身体的那头，是另一头，圆的！

你用指甲轻轻拍它，温度就会上升，你可以在被子下面拍，就算妈妈监视着你也没关系，不过不要太用力，否则水银会变成虚线，明白了吗？（他沉默了一会，马上又继续说。）还有吸墨纸那一招，你知道吗？把一张干的吸墨纸放进鞋子，塞在脚底和袜子之间，只要一走路，人就会发烧。你在胡说些什么啊？发誓是真的！谁跟你说的？一个朋友。

13岁，4个月，15天　　　　1937年2月25日星期四

妈妈搞不懂为什么我会喜欢维奥莱特的葡萄果酱。她声称宁可饿死也不吃一勺这“恶心的东西”！她要求我把果酱罐放在自己房间里。我可不想在厨房看到这么令人倒胃口的东西，你听到了吗！一闻到它的气味我就想吐！

可我喜欢葡萄果酱的一切。它的香味，它的颜色，它的味道，它的质地。嗅觉，视觉，味觉，触觉，它带来的快乐占了五种感觉中的四种，除了快乐还是快乐！

1）它的香味。紫葡萄。我看到自己和蒂乔、罗贝尔、玛丽安娜在葡萄架下。阴影是热的。它散发出覆盆子的香气。大家感到很惬意。

2）它的颜色。几乎发黑的紫罗兰色。当我把涂了果酱的面包片浸到牛奶里时，面包上就会出现一道色带，从黑紫罗兰一直到淡淡的蓝色，中间是深深浅浅的红色和紫色。太漂亮了！

3）它的覆盆子味。但没有覆盆子那么酸。

4）它的质地。介于果酱和果冻之间。会化但不滑。维奥莱特也用桑葚做这种果酱。

5）啊！我忘记了，还有它的温度。要是把果酱罐放在窗台上过夜，再把面包片浸到热牛奶中，热和冷的对比实在妙不可言。

但是我喜欢这葡萄果酱，尤其因为它是维奥莱特的葡萄果酱。而且我相信这正是妈妈不喜欢它的原因。

问题：我们对别人的感情会影响我们的味蕾吗？

13岁，4个月，17天　　1937年2月27日星期六

刚才，多多因为"瞌睡虫"[①]而在浴室里洗了眼睛。维奥莱特跟他说，瞌睡虫每天晚上都会来，于是，一旦眼睛发痒，他就要去洗它们。我跟他解释说，让他眼睛发痒的不是瞌睡虫，而是睡意。大家说瞌睡虫来了，其实是说想睡觉了。他回答说：不是的，是瞌睡虫！多多仍旧身处形象的帝国。而我写这本日记，则是为了摆脱这个帝国。

13岁，4个月，27天　　1937年3月9日星期二

乔治叔叔给我回信了。除了维奥莱特，只有他愿意回答孩

---

① 此处原文为"le marchand de sable"，直译为卖沙子的小贩，是西方民间传说中一个神奇的人物，他会把沙子撒在人们眼睛上，让他们入睡。——译注

子们提出的问题。这样一来，艾蒂安知道的东西就比我多多了。

我亲爱的孩子：

……你问我是不是“在受到惊吓或刺激后开始掉头发的”。孩子，我是在大战期间变成秃子的，而且不止我一人这样。有一天早上醒来，我发现帽子里有一把把的头发，第二天还有，第三天还有。几个星期后，我就秃顶了。医生说这是脱发症，他说会再长出来的。说得好听！……

现在你问我，“作为秃子界代表”，我“头顶会不会打寒战”。我告诉你吧，至少有过一次，那时战争刚结束不久，我去剧院看莎拉·伯恩哈特演出。你想象不出莎拉·伯恩哈特的声音有多美。……

至于你问我的其他问题，有关“月经什么的”，我没法回答你。我的孩子，女人对男人来说是个谜。不幸的是，反过来并不一定成立……

朱丽叶和我亲切拥抱你。代我们向你母亲大人问好，随时欢迎来巴黎向我们展示你的肱二头肌。

乔治叔叔

关于生理期，他说的话只是在委婉地告诉我，这不是我这个年龄的人应该问的问题。我有点预料到会是这个结果。在收到他回复之前，维奥莱特已经大概给我解释过是什么意思了。我会问她这个问题，是因为费尔芒坦说的一句话，他说他姐姐

"来事了"，"惹不起"。剩下的，我照抄了字典。

月经。《拉鲁斯词典》：

"月经包括：（1）标志着青春期来临的初潮；（2）与女性生育期相关的经期；（3）闭经或绝经期。"

"月经周期，或者前后两次月经第一天之间的间隔，根据不同的女性，在二十五至三十天不等。"

"在怀孕期间，通常来说在分娩时，月经几乎总是会停止。"

13岁，5个月 1937年3月10日星期三

我还记得乔治叔叔和爸爸之间的一次对话。那时爸爸已经下不了床了。他几乎不再吃东西。乔治叔叔请他坚持住。他甚至有点在求他了。他眼里含着泪水。不可能了，爸爸说，老弟，我是身体里面变成了秃子！跟你那光溜溜的脑门一样，再也长不出东西来了。乔治叔叔和爸爸感情非常好。

13岁，5个月，6天 1937年3月16日星期二

爸爸早跟我说过了！可是知道是一回事，经历是另一回事啊！我醒过来，从床上惊跳下来。我的睡裤全湿了，两手黏糊糊的！床单上也有。其实到处都有。我的心狂跳不止。脱睡裤时我才想起爸爸说过的话。射精，儿子。如果哪天夜里发生了，不要害怕，不是

因为你又开始尿床了，而是，*未来就此到来*。别慌张，与其慌张不如立刻习惯，因为你的一生会不断地制造出精子。刚开始时不太能控制：摩擦，快感，然后“扑”的一声，全部释放！逐渐习惯后，开始学会克制，最后终于能在这件事中获得最美妙的享受。

睡裤像上了胶的纸一般贴在我的腿上。洗澡时，多多也来到浴室。他一定得说上两句。他无比兴奋。没关系的，是精虫，这是生孩子用的，一半在男生身上，另一半在女生身上！

13 岁，5 个月，7 天　　　　1937 年 3 月 17 日星期三

在皮肤上风干的精子碎裂了。简直像云母一样。

13 岁，5 个月，8 天　　　　1937 年 3 月 18 日星期四

其实我已经不记得爸爸的脸了。可是他的声音，哦！是的！我记得他跟我说过的每句话。他的声音像一阵风。他总是贴着我的耳朵轻轻说话。有时我在想，我是真的记得爸爸的话，还是他还在我身上说话。

13 岁，5 个月，18 天　　　　1937 年 3 月 28 日星期天

我又把人体解剖图嵌到了穿衣镜的槽里。既然应该像这个样子，那就让我像这个样子吧。

13岁，5个月，19天　　1937年3月29日星期一

我做到了。我去找了费尔芒坦，请他给我展示一下练肌肉的器械。一开始他对我不屑一顾。他认为我的情况属于不可救药的类型，他是不会屈尊来教我的。即使我帮你做数学作业也不行？他不再笑了。出什么事了？你想练“小老鼠”来吸引小妞吗？（我想他说的是肱二头肌、三角肌和上提肌吧。）你想练出一身“古罗马胸甲”吗？（可能是腹肌：直肌、斜肌，还有锯肌。）这样的话，你得做仰卧起坐，多做俯卧撑！费尔芒坦只比我大两岁，却已经是个真正的运动健将。一般来说，在足球、俘虏球这种集体游戏中，他的队伍总是能赢。他是不少俱乐部的会员，想让我也跟他一起去。不可能。我得先走出我的衣橱。不参加集体运动，但伏地挺身可以，是的（他把伏地挺身叫做俯卧撑），还有仰卧起坐。这些都可以一个人做。还有跳绳、单杠、长跑。再请他教我骑自行车（维奥莱特可以把她的自行车借给我），教我游泳。马奈斯已经给我做过示范，但当他把我扔进小水塘里时，我只会模仿青蛙漂浮在水面上。费尔芒坦教我跑步、骑自行车、游泳，作为交换，他让我给他写作文，做英语作业。我表示同意。

13岁，6个月，1天　　1937年4月11日星期天

伏地挺身（俯卧撑）的要旨在于使身体与地面形成大约15度的角度，从脚尖到绷直的手臂都保持在一条直线上，随后弯

曲肘部，直至下巴碰到地面，然后再挺身，这样一直做到手臂没有力气为止。身体必须保持紧绷，背部不能弓起，在肘部弯曲时膝盖不能触碰地面，胸部只能稍稍接触地面。也可以把脚搁在床沿上，加强对手臂的锻炼。这是最基本的伏地挺身。还有很多其他种类的。费尔芒坦一一给我做了演示。在音乐中，这可以叫做同一主题的变奏。击掌俯卧撑：前臂把身体推得足够高，这样就能在落地前击掌。（不要马上试，你的头会先着地，你会把牙齿磕掉的。）背后击掌俯卧撑：同样的做法，只是推力要更大，这样才能有时间在背后击掌。（你想都别想。要不然就在垫子上做。）还有更难的，旋转俯卧撑：身体在落地回到开始姿势前自传一圈。单手俯卧撑，换一只手再做。还有三指俯卧撑（登山运动员练习指骨的绝佳办法），等等。

给丽松的注释

亲爱的丽松：

接下来的四本日记（1937 年 4 月—1938 年夏）你肯定会跳过。只能在里面看到记录我肌肉增长情况的表格（肱二头肌、前臂、上半身、大腿、腿肚、腹肌……）。在少年时代初期，我把时间都花在量自己的身高体重上了。手里拿着一把卷尺，我成了我自己的人种志学家和我自己的野人。今天这一切让我发笑，但我想我那时是真的下了决定，要长成拉鲁斯解剖图的样子。自从被童子军营开除以来，每年放假维奥莱特都会带我到布里亚克，在那里度过假期。在布里亚克，我在农田和树林里干活，以此代替健身运动。看到一个城里来的孩子这么热爱农村生活，马奈斯和玛尔塔吃惊不已。他们从来没想过，我都是根据严格的肌肉训练标准来选择农活的：砍木头是为了锻炼肱二头肌和前臂，装草料是为了锻炼大腿、腹肌和背阔肌，追赶山羊、奋力游泳是为了把胸廓练得发达一点。今天我觉得有点愧对马奈斯和玛尔塔，因为我向他们隐瞒了自己的真实目的。维奥莱特没有上当，但对我来说，没有比和她分享一个秘密更让人开心的事了。

告诉我，丽松，因为我从来没有跟你们提起过我的童年，我突然意识到，你可能不太能够理解这个多灾多难的开端：去世的父亲，脾气暴烈的母亲，被遗弃在衣橱里的年轻身体，才十三岁就已经用老学究的口吻一本正经写作的男孩。

你瞧，我来自某个生命的终点。我父亲是世界大战还给普通生活的无数活死人中的一个。心中全是恐惧，肺已被德国毒气摧毁，还在徒劳地试图继续活下去。最后几年（1919—1933）他做出了一生中最英勇的斗争。在这复活的企图中，我出生了。我母亲想通过怀我来拯救她丈夫。孩子会对他大有裨益，孩子就是生命力！我猜想最初他对这个计划可能既没有体力也没有兴趣，不过母亲给他打了足够多的气，所以我得以在 1923 年 10 月 10 日出世。全然的失败：因为我出生的第二天，父亲又陷入垂死状态。母亲无法原谅我们的失败，既无法原谅他也无法原谅我。我不知道我出生前他们的关系怎么样，反正母亲喋喋不休的责备今天还在我耳边回响。父亲“太自闭”，“不够努力”，

"对什么都不在乎"，成天"坐在那里"，把她"孤零零地"丢给生活，她"什么都得考虑什么都得做"。对一个濒死者的这些辱骂是我童年时期的日常"音乐"。父亲对此一声不吭。可能出于同情吧，毕竟侮辱他的是个不幸的女人，但更多的是出于疲惫，出于虚弱，而她却把这种虚弱当做冷漠的一种阴险的表现。这个女人没有从这个男人那里获得她期待的东西，对一些性格焦虑的人来说，这足以让他们生活在怨恨、蔑视和孤独之中。然而，她还是留了下来。她没有离开他。那时人们不会离婚，或者很少离婚，至少比今天少，或者我们家没有离婚的传统，或者她不会离婚，谁知道呢。

我的出生没有令她的丈夫复活，我母亲马上视我为没用的东西，一个废物，严格意义上的废物。她把我扔给了他。

可我很爱那个男人。我当然不知道他快要死了，我把他的萎靡不振当成了某种极度温柔的表现，并因此而爱他，因为爱他，所以模仿他的一切，直至把自己变成了一个理想的小活死人。跟他一样，我很少动，我几乎不吃东西，我的举止都以他那极其缓慢的动作为标准，我渐渐长高，却没有血肉，总之，我努力不让自己拥有身体。跟他一样，我沉默寡言，一旦说话就带着一种温柔的嘲讽，一面向一切事物投去悠长的目光，目光中流露出一种无力的爱。我的一个睾丸固执地拒绝露面，仿佛我下定决心只活一半似的。尽管不情愿，八九岁时，一场手术还是让它就了位。不过很长一段时间里，我一直认为自己在这方面是个"独眼龙"。

我母亲把父亲和我叫做她的幽灵。“真受不了这两个幽灵！”我们听到她在“砰”地一声摔上门后说。（尽管留在原地，她一直在逃离，所以我记忆中会有一扇扇摔上的门。）所以，最初的十年我是在一个日渐萎靡的父亲的陪伴下度过的。他常常看着我，仿佛心存深深的歉意，因为他不得不离开这个世界，却要把他的孩子留在这里，这个孩子是人类的乐观从他那里强取豪夺来的。然而，他决不能让我赤手空拳。尽管虚弱，他仍然开始教育我。而且不是一点点，这点你不用怀疑！他生命的最后几年是一场狂热的赛跑，一面是他自己意识的消亡，一面是我的意识的怒放。他去世后，他的儿子必须会读，会写，会性数配合，会数数，会计算，会思考，会记忆，会说理，会适时闭嘴，却不停止思考。这就是他的计划。玩？没有时间。另外，用什么样的身体玩呢？我属于人们常在公园沙坑边上看到的那种小孩，你知道的，就是那种软绵绵的、不知所措的、被同伴的活力吓傻的小孩。“他么，”我母亲会一边指着我一边说，“他是幽灵的影子！”

可我有着怎样的脑袋啊，我的女儿！而且很早就这样了！在识字以前，我已经把无数寓言故事熟记于心。父亲和我长时间地“秘密会谈”，一起评论这些故事的寓意。他把这些“秘密会谈”叫做我们的“小哲学”练习。很快，他又加入了伦理学家们的箴言，孩子们很早就能从这些思想的水彩画中获益，前提是有人在旁边陪伴着，他就是这样做的，一边悄声道出他的评论，因为他的声音日渐变弱——在生命的最后两年，他只能呢喃着说话了。可我觉得还有一个原因：他喜欢以友好的悄悄话的方式，把这些永恒的真理介绍给我。所以，从很小的时候起，我就拥有丰富的普世知识，我很珍惜这些知识，把它们当做一种独一无二的爱的遗产。在你们还是孩子的时候，布鲁诺和你常常嘲笑我，因为你们会听到我一边系鞋带一边背书，或者一边洗碗一边背书，像哼小调一般，有时是蒙田的只言片语，有时是霍布斯的三两句话，有时是拉封丹的一则寓言，有时是帕斯卡的一个思考，有时是塞涅卡的一句箴言（“爸爸在自言自语，爸爸在自言自语！”），你还记得吗？啊，那是从我的童年时代冒上来的小哲学的泡泡。

到了六岁，该把我送去学校时，父亲坚持要把我留在身边。我妈妈请来的反对这个计划的督学——他叫雅尔丹先生——看到我们悄悄话的水平和广博的知识面后大为震惊。他给了我们自主权。父亲一去世，在我照规定通过初一入学考试后，母亲就直接把我交给了国民教育部门。你可以想象一下我是怎样的学生。比起我的知识量，比起我像书本一样的写作或说话方式（像王子的谏臣一样低语，用令人恼火的楷体强调讲话的精髓），我的老师们尤其佩服我的，是我那堪比公证人的完美书写，这是父亲严格教育的结果。字迹要清晰，我父亲说，不要让人觉得你是想通过难以辨识的字迹来掩饰还没有掌握的思想。至于课间休息，如果老师们没有把这条玻璃蛇置于自己的保护之下，你可以猜想得到我的同学们会给我安排怎样的命运。

父亲的死使我成为了双重的孤儿。我失去了他，连同他一起失去的还有他的存在痕迹。像所有寡妇那样——无论是痛苦得发疯还是被自由陶醉——，父亲去世的第二天，母亲就抹除了能令她想起这个男人的一切痕迹。他的衣服送到教区，他常用的东西扔进垃圾桶或卖场。这一次，我真的成了他的幽灵！我被剥夺了关于他的一切触摸得到的记忆，像没有躯体的影子一般在屋里游荡。我吃得越来越少，我不再说话，同时心里生出一种对镜子的恐惧。我觉得自己血肉那么少，以至于镜子里的倒影看起来很可疑。（机灵的你经常指出我对镜子和照片的不信任态度，我想这大概是童年恐惧的后遗症吧。）夜里比白天更夸张，一想到要从镜子前经过，我的血液都凝固了。怎么也无法把一个念头从头脑中赶走，即镜子中有我的形象，其实灯全部熄灭的时候，根本看不到镜子中的自己。总之，亲爱的女儿，你父亲十岁时体重很轻，情况很糟。就是在那时，我母亲帮我报名参加了“狼崽”幼童军，随后是法国童子军，打算一蹴而就地让我拥有肉身。户外活动和“身体精神！”（她这样说时完全没有开玩笑的意思）会给我带来很多好处。如你所知，这个计划完全失败了。对于以一个睾丸开始的人生，这样的领域肯定不是能有所建树的领域。

不，真正给了我身体，直至让我成为一个有胆识的男子汉，可以毫无顾忌地享受身体的能力的，是维奥莱特。维奥莱特给我们家做家务、洗衣服、做饭，她是马奈斯的姐姐，蒂乔、罗贝尔和玛丽安娜的姑妈。我母亲以一种闻所未闻的速度损耗着家政人员的耐心；刚受雇没多久，他们就已经逃之夭夭了，还被扣上了种种罪名。直到有一天，维奥莱特接过了班，排除万难坚持了下去，因为她秘密地收养了那个幽灵一般在屋里游荡的没长大的孩子。我是在她的羽翼下成长起来的。法国童子军机构本来的作用是把我从妈妈身边带走，这个计划失败后，维奥莱特就成了唯一能长久地帮助妈妈摆脱我的机构，因为她会带我到她弟弟马奈斯和弟媳玛尔塔的农场度假，包括漫长的暑假。维奥莱特是我童年时代唯一的爱，但她最初只是一个权宜之计。你会看到，这本日记常常提到维奥莱特，即便在她去世后也是如此。

行了，自传性的说明到此为止。你又可以回到严肃的事情上来了。在马奈斯和玛尔塔的农场。1938年夏天。你会发现，我的状态好了很多。

14岁，9个月，8天　　　　　　1938年7月18日星期一

为了克服恐高症，我请求马奈斯允许我把床安在放水果的阁楼里。（四米高。）玛尔塔同意了。上去没问题，梯子是竖直的，朝上看就可以了。下来却是另一回事了！一开始，我像个疯子似的紧紧抱着梯子。有一次我曾在中间一根横杠上停留了整整五分钟！在下面等我的罗贝尔朝我大声喊，不要看下面，深呼吸。目光与横杠保持同一高度！要不然就彻底放手，这样下来得更快！

14 岁，9 个月，19 天　　　　　　1938 年 7 月 29 日星期五

在珀吕夏家跳麦堆，这完全是另一回事！上周我还不敢，还是恐高的问题。玛丽安娜嘲笑我：蒂乔就跳得很好！才五岁！罗贝尔说：你不喜欢沙滩吗？罗贝尔把这个游戏叫做去沙滩，因为麦子“像沙子一样金黄，反过来也说得通”。在爬上梯子前我们得先把衣服脱掉，这样麦子就不会粘到衣服上了。跳麦堆是被禁止的，衣服上的麦子是个让人百口莫辩的罪证。如果马奈斯或珀吕夏在我们身上发现一颗麦粒，就会把我们的屁股揍开花（罗贝尔的话）。屋脊高七米，大梁高五米，麦堆最高处有两米。我们爬上梯子，我们沿着大梁跑，然后我们往下跳。在虚空中下坠三米！尤其不能喊叫！要是他们听到了，要是被他们逮到我们光着身子跳进他们的麦堆，他们会把我们的两个屁股蛋打得开花！（还是罗贝尔说的。）直到上星期我都无法在大梁上跑动，连站在上面都不能够。蒂乔可以在上面雀跃，随后一头栽进麦堆，我却只能匍匐前进，然后闭着眼睛往下跳。第一次是被玛丽安娜推下去的。我吓得直叫。我们埋在麦堆里，一动不动地至少呆了五分钟，蒂乔想马上再跳，罗贝尔拉住了他，并堵住了他的嘴。然而没有人听到我的叫声。接下来的三次我不得不自己一个人跳，以此作为担保。不能喊！在大梁上站直！跳时睁开眼睛。从三米高处往下跳，内脏都蹦到了嗓子眼，身体在麦堆里砸出一个吱嘎作响的洞，裸露的皮肤被不久前才打下的麦子的热气包裹，多么新鲜的抚摸……感觉太好了！现在，我跳得流畅多了。经常和蒂乔

两个人一起玩。可是，我觉得眩晕感一直都在：我们可以控制眩晕感，但它永远无法被克服。

14 岁，9 个月，21 天　　　　　　　　1938 年 7 月 31 日星期天

我觉得晕，但我不在乎。所以我们可以阻止感觉麻痹我们的身体。感觉像野兽一样被驯服。对恐惧的记忆甚至可以增加快感！这个结论也有助于克服我的恐水症。现在我每次扎进小水塘，感觉就像刚驯服了一只野猫。跳麦堆，空手抓鳟鱼，喂马斯图夫时不怕被咬，把弟弟妹妹们从草场带回家，这些都是被战胜的恐惧。爸爸会说，这些都是你的阿尔科拉桥[①]。

14 岁，9 个月，25 天　　　　　　　　1938 年 8 月 4 日星期四

恐惧不能给你任何保证，它会把你暴露给一切！但这不代表我们不必谨慎。爸爸过去常说：谨慎是勇气的智慧。

14 岁，10 个月　　　　　　　　1938 年 8 月 10 日星期三

两条鳟鱼，第三条从我手里溜走了。去年我还不能把活的

---

① Pont d'Arcole，位于意大利北部，1796 年 11 月，受督政府之命出征意大利的拿破仑率领法国军队在此战败奥地利军队，奠定了法国军队意大利之役获胜的基础。——译注

鳟鱼抓在手里。因为我觉得很恶心。我会马上扔掉它们，好像它们的生命会让我触电。话说回来，我捉一两条，罗贝尔能捉六七条。哪天要是蒂乔也加入行动，一定会把整条河都扫荡一空的吧！

14岁，10个月，10天　　　　1938年8月20日星期六

两种疼痛的概念。

今天早上挤牛奶时，一头奶牛撞翻了牛奶桶。罗贝尔跪在地上把牛奶引到沟槽里。等他手拿牛奶桶站起来时，一块木板钉在了他膝盖上。原来他之前跪在一颗钉子上了！他只是把木板拔下来，随后又投入了劳动。我跟他说应该立刻消毒，他说不碍事，挤完牛奶再说吧。我问他疼不疼，他说有点。四点，我在切面包准备喝下午茶时切到了大拇指腹。血流了出来，我立即就想呕吐，头也开始发晕，我让自己靠着墙倒下来，坐在地上以防晕倒。罗贝尔和我之间的差距太大了。如果问妈妈，这种差距是哪里来的，她会回答："他们那些人没有一点想象力，仅此而已！"她经常这样说维奥莱特。（比如维奥莱特在女儿去世时没有哭，妈妈就这样说她。）所以我晕倒的原因竟然是我的高度文明！说得好听！跟我同龄的罗贝尔和他的身体是友好相处的，道理就这么简单。他的身体和他的思想是一起长大的，它们是好伙伴。它们不需要在每次出意外时重新认识对方。如果罗贝尔的身体流血了，他不会大惊小怪。如果我的身体流

血了，我会惊讶得晕倒。罗贝尔知道自己身上有很多血！他会流血是因为他生活在一个身体里。就像杀猪时猪会流血一样！而我呢，每次得碰到新情况，我才知道我有一个身体！

14岁，10个月，13天 1938年8月23日星期二

水果阁楼的梯子被一根绳子代替。主要是为了防止蒂乔爬上来。目前没有脚的辅助，我只能爬到一半。

14岁，10个月，14天 1938年8月24日星期三

蒂乔是儿童时代的我的反面。绝对的体力型。一点没有这个年龄的孩子一般都有的小胖菩萨相。是一只由神经、肌肉和肌腱组成的蜘蛛。静时一动不动，然后瞬间就会活蹦乱跳起来。从来没有慢吞吞的动作。他太迅速了，以至于根本无法预见到他的活力会引发怎样的灾难。不出三个星期，他就能爬上绳子，到达我的阁楼。上个星期他突发奇想，跟踪一只獾来到它的老窝。马奈斯用铲子挖土，像解救狗一样解救了他。獾非常生气，但竟然没有抓他！也没有咬他。如果蒂乔是只狗的话，獾肯定已经把它肚子撕开了！（野兽也能感觉到童年吗？）蒂乔浑身脏兮兮的，但笑得很开心。每天都有诸如此类的丰功伟绩。然而，每个晚上，他都像个乖孩子一般，要求我讲一个故事。他听着，在自己的床上躺得笔直，乱蓬蓬的黑发下，眼睛睁得大

大的（昨天晚上是《小拇指》），整个人都表现在脸上了：不安，不耐烦，气恼，同情，大笑出声，然后，突然间，他就睡着了。

14岁，10个月，18天　　1938年8月28日星期天

在小水塘判断错误。扎进水里时角度太直，腰部发力又太迟。结果就是：手掌心和膝盖的皮都擦破了。在水下时没什么感觉，一出水面就疼死了！（“刺疼”实在是一个贴切的词。）当维奥莱特说要用马奈斯的苹果烧酒给我清洁伤口时，我忍不住问她会不会很疼。当然了，不然你以为呢？马奈斯的烧酒可不是劣等货色！把腿伸出来。我伸出腿，整个人紧紧抱住了椅子。你准备好了吗？（蒂乔兴致勃勃地注视着维奥莱特的举动。）我咬紧牙关，闭上眼睛，示意准备好了。维奥莱特擦了伤口，而我竟然什么都没感觉到！因为我没有叫，她反倒叫起来。真正痛不欲生的叫声，好像她被活活剥皮了一般！起先我惊呆了，后来蒂乔和我就笑起来。随后我就感觉到膝盖上挥发的酒精带来的清凉。酒精带走了一部分疼痛。我对维奥莱特说，这个办法对另一个膝盖肯定不灵，因为现在我已经知道她的诡计了。打赌吗？把另一条腿伸出来。这次，她发出了另一种叫声。一种尖锐得难以想象的鸟叫声，直刺我的耳膜。同样的效果。又什么都没有感觉到。我的小壮士啊，这叫“听觉麻醉”。在给我清洁手上的伤口时，她没有喊叫，但她的沉默比她的叫声更让

我吃惊。在我开始有所感觉时，清洗已经结束了。

所以，如果我们能够成功分散思想对疼痛的注意力，伤员就感觉不到疼痛了。维奥莱特跟我说，她是在照顾马奈斯的时候发明这个方法的，那时马奈斯还小。马奈斯小时候怕疼吗？她笑起来：即使是马奈斯，也有小的时候。

14岁，10个月，20天　　　　1938年8月30日星期二

睡觉时发现蒂乔在我的床上。所以他爬上绳子了！我不忍心把他赶走。那怎么办呢？必须把他捆起来，然后顺着绳子送他下去。他睡得像只小狗那么沉。平时他跑来跑去，边跑边叫。睡觉时才像个儿童。连炸弹都弄不醒他。我的睡眠一直都很轻。即使在很累的时候，我的思想也保持着警觉。而且醒来时经常觉得像是有一把钳子要把我的心从胸腔里挖走！你跟你妈妈一样，弗朗索瓦丝说，容易焦虑。这是真的。不过在这里比在家好多了。

14岁，10个月，23天　　　　1938年9月2日星期五

维奥莱特撞见我光着身子在水塘下面的小水洼里。刚刚采完桑葚，我在洗澡。我的手和胳膊红得像杀手。她看着我：我看到你的小喷泉周围长起了水芹。（从来没人谈论我们的体毛。除了维奥莱特。）胳膊下面也有吗？我抬起胳膊，让她自己看。

她已经不认识我的身体了。当你长大时，那些最熟悉你的人不再了解你最私密的东西。一切都变成了秘密。然后，人一死，一切又都重现了。最后一次给爸爸清洁身体的是维奥莱特。

14岁，10个月，25天　　1938年9月4日星期天

马奈斯建议我练拳击。你很灵活，动作很快，肌肉很棒，等你长大了，你的手臂长度会很好，你应该练拳击。他在参军期间曾经是全军冠军。这项运动最有意思的地方是躲闪。马奈斯在谷仓地面上画了面对面的脚印。我们都站到自己的脚印里，我必须尽量用拳头打到他。来吧，来打我，尽量碰到我。游戏规则就是这样。我在我自己的脚印里，他在他自己的脚印里，我伸出拳头就能够到他，我必须打到他。无法碰到他。起先，我的动作慢悠悠的，他不停地说，再快一点！再大力一点！再快一点！出拳再大力一点！尽量碰到我！再来！再来！完全没有办法。他躲过了所有的拳头。要么他就后仰，我的拳头挥出后根本碰不到他（这让手肘很疼），要么他就蹲下，我的拳头从他上面经过（这让我失去平衡），要么他就扭腰，我就打偏了（这让我被迫走出自己的脚印）。有时，他仅靠左右转脸就能躲过我的拳头。于是我又没打中。擦过，但没打中。而且双手在整个过程中一直交叉放在背后，双脚一直站在脚印里。我的拳头只能碰到空气。如果我声东击西，他就会笑着闪避：小滑头，来吧！跟一个幽灵打拳击实在太累人了！你喘着气，你的肩、

肘、肌腱生疼，你火冒三丈，你精疲力竭。而对手会选择这个时刻予以回击。三两下轻拍，马奈斯就碰到了我的肝、下巴和鼻子。他的灵活和快速简直难以想象。而维奥莱特还说1923年以后他体重增加了一倍。1923年是他参军的年份，也是我出生的年份。

14岁，10个月，27天　　　　1938年9月6日星期二

一个五岁的孩子爬上了四米高的绳子，这件事我能跟谁讲呢？谁都不会相信我。可是这是蒂乔现在每天晚上都会做的事。除此之外他很乖。讲完故事后立即就会睡着。醒来时就和我一起打马奈斯挂在我房梁上的木屑袋。马奈斯用木炭在上面画了自己的脸：把我擦掉。这是规则。得通过训练擦去这幅画。这张肖像画惟妙惟肖！他的乱发、他的眉毛、他的小胡子足矣：的确是马奈斯。

14岁，10个月，28天　　　　1938年9月7日星期三

维奥莱特死了，维奥莱特死了，维奥莱特死了，维奥莱特死了，维奥莱特死了，维奥莱特死了，维奥莱特死了，维奥莱特死了，维奥莱特死了，维奥莱特死了，维奥莱特死了，维奥莱特死了，维奥莱特死了，维奥莱特死了，维奥莱特死了，维奥莱特死了，维奥莱特死了，维奥莱特死了，维奥莱特死了，

维奥莱特死了，

维奥莱特死了，维奥莱特死了。一切都结束了。

给丽松的注释

亲爱的丽松：

你又可以跳过下一本日记了。你只能看到这个句子的无限重复。维奥莱特真的去世了。对于孩子时代的我来说，她不应该去世。有我保护着她呢，你瞧。我从她那老年人的力量中汲取的力量使我自然而然地成为了她的保护人。只要我生活在她身边，她就不会有任何事。可她仍然去世了。她去世了，而我当时在她身边。只有我。我是她死亡的唯一见证人。一个下午，她坐在她的红帆布折叠椅上等我，我在河里逆流而上逮到了五条鳟鱼（她教会了我徒手逮鳟鱼的本领，把它们紧紧按在石头上，不要害怕蛇，小动物是不会吃大动物的），那个下午我把五条活蹦乱跳的鳟鱼扔进了她的篮子（她负责杀鱼，把它们放在石头上，一下子杀死），她却死了。在我逮到第六条鱼时。我发现她时，她已经从折叠椅上摔下来，喘不过气来，像我刚刚扔下的那条鱼一样寻找着空气，我跑向她，我叫着她的名字，我拍她的背，我以为她吃东西噎着了，我解开她的上衣纽扣，我把我的衬衫浸到河里，然后给她做冷敷，而她一直在追赶她的气息，捕捉令她窒息的空气，空气本该救她的命，现在却要将她闷死，她的眼睛因为生活的这种背叛而露出惊愕的神情，她的双手紧紧抓住了我的胳膊，像一个溺水的人抓住最后一根树枝，她无法跟我说话，甚至无法告诉我她快要死了，只有冰冷的手指，含糊不清的叫声，嗓门的可怕撕裂，嘶哑的、逐渐变青的死亡，因为她快要死了，她和我，我们俩都知道。维奥莱特我不要你死！当时我喊的是这句话，不是救命，不是帮帮我们，而是维奥莱特我不要你死！我反复喊着这句话，直到她的眼中突然没有了我，她那近在咫尺的眼睛突然什么都不看了，她突然之间在我怀里具有了一个已经亡故的女人的重量。于是我们俩都不再动弹。她的身体吐尽了所有令她窒息的空气，而我就这样让时间流逝。罗贝尔和玛丽安娜找到我们时，第六条鳟鱼还活着。

妈妈带我回家后，我就把自己关在房间里，开始用唯一的一句话填满本子："维奥莱特死了"，无限重复。你现在看到的就是这本本子，我的第八本日记。这本写满后，我又写满了另外几个本子，这是我当时的计划，接下来的所有日记，只写这一句话，维奥莱特死了，一本接着一本，屏着气写，直至耗尽自己的全部力气。从书写的认真程度来看，那是一种平静的决心，维奥莱特死了，已经是我今天的笔迹，成竹在胸，字母的圆弧部分饱满细长，一种严格的第三共和国的叫声，一页页整洁的书写，为一种剧痛服务。我呼喊着“维奥莱特死了”，直到力气耗尽，笔从手上掉下。不是因为写字写累了，而是因为肚里空空。因为我在绝食。妈妈没有来参加维奥莱特的葬礼，妈妈谈起已经去世的维奥莱特，口气还和从前维奥莱特在世时一样，我觉得妈妈污染了我对维奥莱特的记忆——我没有污蔑任何人，我怎么想就怎么说！——，于是我开始绝食，因为我不想再跟妈妈生活在一起。我那时并不知道我母亲没有思想，她是数不胜数的人群的一分子，他们“凭良心”把模糊的感觉称作“意见”、“信念”、“确信”甚至“情感”和“思想”，其实这些模糊的感觉是非常暴力的，它们为他们的评判提供了武装。维奥莱特很狡猾，维奥莱特很粗俗，维奥莱特不称职，维奥莱特可能偷过东西，维奥莱特心不在焉，是个酒鬼，不懂节制，维奥莱特身上有臭味，这是维奥莱特应有的下场，而我再也不愿意和妈妈生活在一起。寄宿或死亡，这就是我当时的口号。而绝食是我施加压力的手段。

14岁，11个月，3天　　　　1938年9月13日星期二

绝食，你吗？明天再说吧！她错了。我坚持住了。其实绝食也没什么可怕的。我没有作弊。我没有偷偷吃东西。太饿的

时候，我就喝一杯水，就像领圣餐前太饿可以喝水一样。吃饭时间一到，她就会把同一盘饭菜端给我，就像多多每次不喜欢吃她给他做的东西时，她就以同样的方式对待他。如果你觉得我们可以浪费粮食，那你就想错了！她真的什么都不明白。有些人很有意思，他们可以一面自以为什么都知道，一面却那么不了解人。不过我不想对她感兴趣。我再也不会喊妈妈了。

14 岁，11 个月，4 天　　　　　　1938 年 9 月 14 日星期三

最后一次上厕所。现在我真的空了。我的胃（还是肠？）咕噜噜直叫，因为我的消化器官在空转。一个人如果真的饿了，他睡觉时就会蜷缩成一团。我们以胃为中心把自己合了起来。好像挤压胃就能忘记空洞感似的。一整天只想着吃的。唾液变成甜的了。我想我可以吃下任何东西。多多想让我带他一起去寄宿学校。他说他不想一个人留在这里。

14 岁，11 个月，5 天　　　　　　1938 年 9 月 15 日星期四

昨天晚上，我吃了我的被子。这不是作弊，只是想让嘴里有点东西。我想我可能睡觉时还在咀嚼。多多趁机威胁了我。他让我发誓带他一起走。他说，如果你不带我一起走，我就把所有最好吃的东西都拿过来，然后在你面前吃掉。我们一起笑了。

14 岁，11 个月，6 天　　　　　　　　1938 年 9 月 16 日星期五

今天早上，她想亲我。我从床上跳下。我不想让她碰我。可是我晕头转向，然后就摔倒了。她想把我扶起来，我滚到床下，让她够不到我。她说她应该把我送到疯人院，而不是寄宿学校。她还说我在演戏，你偷偷吃过东西，我看到你了！她一直在重复这句话，好让自己安心。这是多多告诉我的。

14 岁，11 个月，7 天　　　　　　　　1938 年 9 月 17 日星期六

食物就是能量。我没有能量了。我是说，我的身体没有能量了。至于意志，还好，一切照旧。我不会吃的，也不会说话，直到她同意送我去寄宿学校。随便哪一所，都无所谓。

我不能再躺着了。我不能再睡觉了。我必须出去，必须走一走。吃得越少就越是觉得自己的身体沉重，距离也显得越发遥远。在街上时，我从一盏路灯走向下一盏路灯。到达一盏路灯，我就停下来呼吸一下，看着下一盏，然后重新出发。每一次散步我都得走至少十盏路灯。去十盏，回十盏。等我老了我可能会这样走路，一边数着路灯一边向前。

14 岁，11 个月，8 天　　　　　　　　1938 年 9 月 18 日星期天

她找了一个新厨娘：萝朗德。由于她自己再也不来我的房

间，所以她打发萝朗德给我送来午饭。她让她做了我最喜欢吃的菜。今天早上是罗勒西红柿酱意面。（用的是维奥莱特瓶子里的酱！）今天晚上是多菲内奶油烙土豆和葡萄果酱炼乳。我一点都没有碰。我只是头上缠着毛巾，像吸氧一般弯腰在盘子上方深吸了一口气。西红柿和罗勒的香气真的会充实身体。饥饿在身体里凿出空洞，香气在其间慢慢散开。肉豆蔻的香气也是。你没有吃，但你已经饱了。萝朗德把满满的盘子拿走了。她可能觉得自己进了一个疯人院吧。多多说我真的十分狡猾。

罗勒西红柿酱，八月份我帮维奥莱特一起准备的。不能保存太长时间，我的小壮士，一个半月，两个月，最多了，否则的话罗勒会混到油里，味道就不好了。（那时她声音里的确已经没有太多气息。）我哭了。

14 岁，11 个月，9 天　　1938 年 9 月 19 日星期一

做俯卧撑现在成了难题。我的手臂已经没有力气。连十个都做不到。绝食前，我已经不数个数了。减肥挺好的，我无所谓，但我不想失去肌肉。只是我没有太多脂肪可以消耗。尽管穿着紧身内衣、天鹅绒衬衣、厚毛衣，盖着爸爸的被子，我还是觉得冷。这是饥饿捣的鬼。脂肪融化了，就会觉得冷。维奥莱特不会喜欢看到我这样哭个不停的。别再掏空自己了，我的小壮士，你真的会变瘦的！很久以前，爸爸去世时，为了安慰我，她曾带我去游乐园，我在射箭的地方赢了十二公斤糖。摆

摊的老板怒气冲天。这孩子可真是个神箭手，他会让我们破产的，够了！那时我才十岁半！我们让别人开车送我们回家，然后给了司机一包糖。维奥莱特，维奥莱特，维奥莱特……我反复叫着维奥莱特，维奥莱特，维奥莱特，维奥莱特，维奥莱特，我不停地叫，所有的眼泪一起流出来，维奥莱特，维奥莱特，维奥莱特，维奥莱特，直到她的名字失去一切意义。

14 岁，11 个月，10 天　　　　　　1938 年 9 月 20 日星期二

今天早上我把早饭从窗口扔了出去。诱惑太大了。萝朗德没有再给我送任何东西，中午没有，晚上也没有。我在衣橱的镜子里一边看着自己的肋骨，一边想起了爸爸。爸爸当时可能也数过路灯吧。最后的日子，他完全不出门了。我已经记不太清他的样子，但我还记得他的手放在我头上的感觉。他的手在他那极细的手臂尽头显得非常大。而且非常重。他得费很大的劲才能举起它。大多数时候，他把他的手放在我手上，由我把它放到自己头上。但我得扶着它，防止它掉下来。或者我就把头放在他膝上，这样对他来说更方便。他从来不会饿。他会长久地坐在桌子边上，甚至在吃过饭、收拾过桌子后还坐着。我想他是没有力气起身。而且不想说话。有一天，一只苍蝇停在了他鼻子上。他没做任何赶走它的尝试。围着桌子坐着的所有人都看着这只苍蝇。他说：我觉得它已经把我当成我的尸体了。

14岁，11个月，13天　　　　1938年9月23日星期五

去上厕所时，我从楼梯上摔下来。她不在。我的胳膊上一片淤青，腿上和胸脯上也是。我全身都疼，尤其是呼吸时。我一次只能吸进一点点空气。呼吸撕扯着我的肺，像撕裂包装纸一般。萝朗德把我抱到床上。淤青让她害怕。尤其是我后脑勺上的肿块。上帝啊怎么会这样！她不停地说，上帝啊怎么会这样！她请来了医生。我没有摔坏，但我的一根肋骨可能裂了。走出我的房间，医生大叫起来。他大声说这“无法容忍”。萝朗德回答说，不管怎么说，这不是她的错。她不停地说：“不管怎么说！”您的雇主在哪里？我怎么可能知道！我睡着了。把我叫醒的是乔治叔叔。假期后他没有回巴黎。他会在约瑟夫和雅奈特家一直待到九月底。他在和艾蒂安一起抓蝴蝶。我跟他说话了。我跟他说了寄宿学校的事。他觉得这个想法很好。你会有很多同伴的。萝朗德进来提醒他，太太回家了。他们把自己关在客厅里，可是他们吵架的声音那么大，以至于我听到了好几个词，甚至还有完整的句子。乔治叔叔的声音：你真是完全疯了！她的声音：这是我儿子！乔治叔叔的声音：这是雅克的儿子！她的声音：雅克不配做父亲！他的声音，非常生气：这是我侄子，你可以相信我，我会做个好叔叔的！她的声音，越来越尖：您这是想教训我？在我家！在我自己家！客厅的门砰的一声响，然后是她房间的门。之后是长长的沉默，我又睡着了。再次把我叫醒的还是乔治叔叔。他对我说：寄宿学校的事

包在我身上，你去艾蒂安的那个学校。现在你想吃点什么？最想吃什么？我回答说，一碗冷牛奶加一片涂了葡萄果酱的面包。把餐盘端来时，他让我不要再做这种事：我们不能跟自己的健康开这种玩笑。你的身体不是玩具！把这些吃下去，穿好衣服，我带你去约瑟夫和雅奈特家。

3

15—19岁

（1939—1943）

从今往后，哪个大人要再建议我
掌控自我，我完全可以答应他
而不必担心自己撒谎了

15 岁，8 个月，4 天　　　　1939 年 6 月 14 日星期三

我觉得我们在宿舍里做了一件大糗事。都是我的错。一个实验。我想检验一下我们的五种感官在刚睡醒的阶段各自扮演着什么样的角色，这是一个科学实验。我们总是在一种感官发出的信号中醒来。比如说听觉：一扇大力关上的门会把我吵醒。视觉：达马斯先生打开宿舍灯的那一刻我会睁开眼睛。触觉：妈妈总是把我摇醒；这个举动其实是多余的，因为她一碰到我我就会惊醒。嗅觉：艾蒂安号称在乔治叔叔家时，巧克力和烤面包的香味就足以把他从睡梦中拉出来。还剩下味觉要验证。味觉的刺激会让一个人醒来吗？我们的实验由此开始。艾蒂安在我嘴里放了一点盐，我醒了过来。第二天，我在他两片嘴唇之间倒入了一些磨得很细的胡椒粉，同样的结果。于是我想，如果同时刺激五官，也就是听觉、触觉、视觉、嗅觉和味觉，那么会发生什么事呢？醒来时会是什么状况呢？艾蒂安把我们的这个实验称作“全觉醒”。他说什么都想成为第一个“探险者”。我也有同样的愿望，于是我们就抛硬币决定，我

赢了。接下来要做的，就是同时展开五种行动把我弄醒：叫我，摇我，用光照我，把盐放到我嘴里，让我闻一些气味重的东西。气味这方面，艾蒂安去总务处偷了一点洗厕所瓷砖用的氨水。今天早上，离规定起床时间还有一刻钟的时候，我们进行了实验。五种感觉，同时进行。马勒曼摇我，鲁阿尔在我嘴里放了一勺醋，波米耶用一盏电灯照我眼睛，扎夫朗把一团浸了氨水的棉花团放在我鼻子底下，艾蒂安则在耳边大叫我的名字。据说我发出了一声惨叫，整个人动弹不得，眼睛睁得大大的，紧绷得像一张拉开的弓，却一句话都说不出来。艾蒂安试图让我平静下来，其他人则纷纷跳下床。达马斯先生来时，我还处于同样的状态。我的不适感持续了半个多小时。有人叫来了医生。医生说我得了"蜡屈症"，让人把我抬到医务室。他猜想我可能有癫痫症，叮嘱别人观察我。医生走后，达马斯先生请示弗拉什先生怎么解决，弗拉什先生把艾蒂安叫去了，问他究竟发生了什么事。艾蒂安指着上帝发誓他不知道，说他听到我的叫声时，好像我刚从噩梦中惊醒，说他试图想让我清醒但没有成功。弗拉什把他打发走了，看起来并不相信他的话。至于我，我什么都记不起来了。醒来时发现自己在医务室，我非常吃惊，而且有点神志不清。感觉自己像是被压路机碾压过一般。

结论就是，如果同时刺激一个熟睡的人的五感，可能会把他杀死。

16岁　　　　　　　　　　　　1939年10月11日星期二

油腻的头发。头皮屑（如果穿一件深色上衣就特别明显）。脸上两颗红红的痘子（一颗在额头上，一颗在右颊上）。鼻子上三个黑头。乳头肿起来了，特别是右边那个，按压它会感觉到疼。尖锐的疼痛，像是被针扎了一般。不知女孩子们怎么样？一年之内重了十公斤，长了十二公分。（达到了拳击手的臂长，马奈斯说得对。）膝盖疼，夜里也疼。这是成长的疼痛。维奥莱特过去常说，哪天不疼了，我就会开始变矮。在淋浴间大镜子里看到自己的形象。我简直认不出自己了！或者，更确切地说，我觉得镜子里的我趁我不在时长大了。于是我自己的身体一下子成了好奇心的对象。明天会有什么惊奇发生呢？我们永远不知道身体会在什么方面给我们制造惊奇。

16岁，4个月，27天　　　　　　　　1940年3月8日星期五

艾蒂安十分肯定德拉鲁埃神父在监督我们自习时自慰。我们在被子底下做的事，他在桌子底下做。这在我看来既非正常也非不正常：只是觉得不合适，尽管这种事可能很常见。我从来没想过在公共场合解决问题，不过可以想象，有一点危险系数会增加快感。艾蒂安说德拉鲁埃神父会从他的书包里拿出什么东西，可能是一张照片，反正不是杂志，比《巴黎活色生香》要小得多，然后他会一边看着那个东西一边偷偷自慰。这件事

可能是真的，但没法证实，因为德拉鲁埃神父总是把他那巨大的书包放在桌子上，在他与我们之间树立起一道围墙。艾蒂安坚持己见：是真的，我发誓，他的右手，看！所以说他是右撇子。如果是右撇子，那么几乎不可能用左手正经解决问题。专家之言。

16岁，5个月　　　　　　　　　　1940年3月10日星期天

在拳击场一角，我被鲁阿尔站着K-O.了。因为我没有放松警惕，而且绳子一直支撑着我，所以他没有立即察觉到我的状态，还在继续出拳，直至我终于倒在地上。这是我第一次被K-O.。（我希望是最后一次。）很有意思的经历。起先我还有时间欣赏鲁阿尔的躲闪：弯曲膝盖、上身和脖子；在我出招时滑移，然后像弹簧一样又挺起身。我还处于失衡状态，还在赞叹他的速度，还在想我完了，他的拳头就已经从我的下巴下面打到了我。我听到"噗噜"一声，仿佛我的脑子变成了液体。在他出拳猛击期间，我还能听到我们周围人在说话，但我已经听不懂是什么意思了。他把我的*插头拔掉了*，我心想。因为虽然身处这种半昏迷状态，我还能相当清晰地思考，甚至还很有条理。在静止的时间里，我心想：漂亮的反击，很猛烈！在反击中，冲击无疑由冲劲和我们两个身体的体重共同产生！然后我又想：总自以为是最快的，这下得到教训了吧。我还想到：当我们自称最快时，*应该*变得最快。在倒下来时，我知道自己晕过去了。昏迷状态只持续了七八秒钟。

16岁，5个月，1天　　　　　　1940年3月11日星期一

K-O.的副作用。今天早上感觉眼睛里面有压力。好像有人试图将它们推出眼眶似的。白天的时候就好了。

16岁，6个月，6天　　　　　　1940年4月16日星期二

今晚的食堂，菠菜泥加煮鸡蛋。马勒曼提醒我们，今天白天草坪刚刚修剪过。这是真的。他号称每次都这样。我不相信他的话，也就是学校让我们吃草的事，但没用，马勒曼的观察已经影响了我的味觉，以至于煮菠菜泥有了一种不可置疑的绿色味道。就是草坪刚修剪过后，漂浮在草皮上方空气里的那种绿色气息的味道。一种植物的精华。我十分肯定，有生之年，菠菜对我来说将一直保持这种味道。一种马勒曼味道。

16岁，6个月，9天　　　　　　1940年4月19日星期五

德拉鲁埃神父的的确确在我们上自习时自慰。不管怎么说，他的书包里有必要的素材：印有裸体女士图像的明信片。现在不属于他了。我把他拉到洗衣房给他看漏水的地方（由我引起的），艾蒂安趁机把这些明信片偷了出来。对于这起偷盗

事件，这个可怜人自然不能声张，这让他神情慌张，看起来愤怒、羞愧又疑惑。艾蒂安和我决定将这些女士占为己有。有一百二十五个呢！我们料想别人可能会随便找个借口检查宿舍，所以把这些明信片藏在了小教堂里，没有人会去那里找它们。我们隔段时间会选择一位，作为爱的唯一对象。每个人选择自己的。然后我们就爱她。直至下一位。

女孩会不会也这样对待男人的形象呢？受刑的基督或圣塞巴斯蒂安那具有艺术美感的裸体会不会让她们陶醉呢？

16 岁，6 个月，15 天　　　　　　　　1940 年 4 月 25 日星期四

乳房的问题。（女人的乳房。）我觉得没有什么崇拜对象能比女人的乳房更美妙、更激动人心、更复杂的了。妈妈常跟我说：你曾让我的胸部得了脓肿。她说的是她亲自喂养我的那段时期。那是她生命中十分短暂的一段时光，可是她跟我说起来，好像很多年后她还在承受那段时期遗留的后果似的。起先我不明白什么是脓肿，我那时真的很小。词典给我解了惑（组织或器官内的脓液堆积），我试图想象乳房脓肿。尽管没有成功——想象一个流着脓液的乳头实在超越了我的能力——，我还是感到一阵真诚的歉意。我不是为妈妈感到难过，而是为所有的女性乳房。她们身上如此感人的部位应该非常脆弱，以至于婴儿那还没长牙的嘴都能把乳头变成一个脓肿！然而，当玛丽安娜给我看她的乳房，并且同意我摸摸它们时，我并不觉得它们脆弱。相反，它们又小又硬。淡粉红色的乳晕很大，给乳房戴上了一顶主教帽。乳头像珍珠纽扣一样发着光。不过要承认，玛丽安娜那时只有十四岁。她的乳房可能正在成形。根据组成我们神圣后宫的明信片判断，乳房会随着年龄发生很大的变化。它们会变大变软。从比例来看，乳晕似乎变小了，乳头挺了起来，没那么亮了，但更有肉感。艾蒂安把他观察蝴蝶用的放大镜借给了我，好让我看个仔细。它们变软了，而且具有各种形状。不过它们的皮肤似乎始终是细腻的，尤其是下面的皮肤，也就是连接乳房和胸腔的皮肤。女性身上那么美丽的部分竟然具有实际功能，这让我觉得不可思议。这些妙物要用来喂饱婴儿，让婴儿贪婪地吮吸它们，把口水留在周围，这简直是亵渎！总之，我爱女人的乳房。无论如何我爱我们那一百二十五位朋友的乳房，也就是所有女人的所有乳房，不管大小、形状、重量、密度和肤色。我觉得我的手心生来就是为了迎接女性乳房的，我手心皮肤柔软，是为了迎接它们皮肤的温柔。我很快就能亲自去证实这一点了！

16 岁，6 个月，17 天　　　　1940 年 4 月 27 日星期六

蒙田，第三卷，第五章：“生殖行为到底对人做了什么？导致他会耻于谈论一个如此自然、如此必要、如此正当的行为，并把它排除在严肃规矩的语言之外？我们勇气十足地说着：杀人，偷盗，背叛；然而对于这件事，我们却只敢支支吾吾？这

是不是意味着，我们谈论得越少，就越有权利浮想联翩呢？”

16 岁，6 个月，18 天　　　　　　1940 年 4 月 28 日星期天

自我满足时最美妙的感受，是那个被我称为走钢丝的时刻，在这个时刻，我即将到达高潮，却还没有到达。精子就在那，马上会喷涌而出，可是我用尽全力挽留着它。我的阴茎头冠那么红，龟头那么肿胀，那么迫不及待要爆炸，使我松开了我的生殖器。我看着颤动的阴茎，还在尽全力憋着不让精子射出。我把我的拳头握得那么紧，眼皮闭得那么紧，牙关咬得那么紧，结果我的身体也跟着颤动起来。被我称作走钢丝的就是这个时刻。我的眼睛在眼皮后面乱转，我的呼吸非常急促，我把所有画面——我们的女朋友们的乳房、臀部、大腿和丝般的皮肤——都驱逐出了大脑，而精子就停留在柱状的熔液中，在火山口附近。不可以让这股岩浆倒流。一旦被什么事打搅，比如达马斯先生打开宿舍门，这东西就真的会回流。可是不能这样。我几乎敢肯定，让我们的精子打道回府，这十分不利于健康。只要一感觉到精子回流，我的大拇指和中指就会套住龟头，让精子始终在火山口沸腾（确实像熔岩，或者像树液，因为在那些时刻，我的阴茎像极了一根紧绷的、疙疙瘩瘩的枝条！）得非常小心、非常精确才行，失之毫厘——可能比毫厘更小——谬以千里。我的整条阴茎那么敏感，以至于只要有人朝上面轻轻吹口气，或者只要碰到毯子，我的龟头马上就能爆炸。我还可

以一而再地阻止喷发，每一次都是真正的享受。不过，绝对的享受是之后的时刻，我终于彻底失败，精子淹没了一切，滚烫地从我的手背流下来。啊！美妙的失败！这种感觉同样难以描摹，里面的一切都来到了外面，随之而来的是将你吞没的快感……一种吞噬性的喷发！走钢丝的人坠入了熔岩喷涌的火山口！走钢丝的人坠入了黑暗！艾蒂安说这是“至高享受”。

16岁，6个月，20天　　　　　　1940年4月30日星期二

对这种至高的感官享受的贬低体现在，人们谈起它时，用的都是丑陋的词汇。“摇晃自己”（se branler）听着像神经病，“拍打自己”（se tripoter）很愚蠢，“抚摸自己”（se caresser）听着像老奶奶的小狗狗，“手淫”（se masturber）让人恶心（这个动词里有一种海绵的感觉，即便它的拉丁语也是如此），“碰自己”（se toucher）则毫无意义。“你们碰自己了吗？”听告解的神甫问。当然了！不然怎么洗脸呢？我、艾蒂安和其他小伙伴一起，就这个问题展开过长久的讨论。我觉得我找到了合适的表达：“掌控自我”（se prendre en main）。从今往后，哪个大人要再建议我掌控自我，我完全可以答应他，而不必担心自己撒谎了。

16岁，6个月，24天　　　　　　1940年5月4日星期六

大富翁游戏！这主意太好了！对我们的一百二十五位女朋

友，我们做出了这样的决定。用她们之中最漂亮的几个来做色情大富翁游戏的图片。确切地说，是*大富翁游戏之初夜*。这将是游戏的名字。在走完六十三格格子后，获胜的一方将获得失去童子之身的权利。“*您赢了。睡到她身边。*”一个赌钱的游戏。罚款将放到一个大家共有的罐子里。我们将组织一个八人俱乐部，这样罐子能够很快变满。马勒曼、扎夫朗和鲁阿尔都想参加，这个主意令他们很兴奋。决赛将在高考口试后、暑假之前进行。胜利者可以把罐子里的所有钱拿走，但只能把它用在一件事上，即让自己失去童贞。结束后要写一份书面报告。就照这么办。游戏的主题形象是蒙娜丽莎的脸，因为她那神秘莫测的微笑可以有各种解释。

大富翁游戏之初夜

游戏规则

游戏由两颗骰子决定前进后退。

游戏开始时，您的钱包必须是满的，随后您一次掷两颗骰子。

如果来到格子：

2：等长大了再说。停止掷骰子三次。

4：检查您的内衣时，您的母亲被上面可疑的斑点震惊。她带您去看医生，医生给您装了一个阻止夜间污染的仪器。退到3，停止掷骰子两次。

6：您在独自偷欢时，被达马斯先生逮了个正着。他让您洗冷水澡。退到 5，停止掷骰子两次。

8：您犯了意淫罪。去 7 忏悔罪过，停止掷骰子一次。

10：您的梦扰乱了您的心绪。偷偷去 9 洗衣服。

12：不小心看到您的脏内衣，您的乔治叔叔向您表示祝贺：您成为男人了。掷骰子两次，根据点数总和前进。

<u>如果之后来到格子</u>：

15：（这里出现蒙娜丽莎谜样的微笑。）她对您微笑了！再掷一次。

19：要取悦女孩，得身强体壮才行。去健身房锻炼肌肉。付三块钱，停止掷骰子两次。

21：（蒙娜丽莎。）她对您笑了，但这次是嘲讽的笑。退到 17 好好检讨自己阴暗的思想。

23：要取悦女孩，得成为游泳健将。去上游泳课。付四块钱，停止掷骰子一次。

27：（蒙娜丽莎。）您想亲她，她打了您一记耳光。退到 13 品味失败的感觉。

29：要取悦女孩，得会跳舞。去上舞蹈课。付五块钱，停止掷骰子一次。

33：（蒙娜丽莎。）她觉得您很脏。退到 11 去洗澡。

39：（蒙娜丽莎。）她觉得您的发型很糟。退到 31 去理发，付一块钱。

41：爱情让人盲目。在找回理智之前，停止掷骰子一次。

43：您有舌苔，有口臭。去把自己弄干净，停止掷骰子一次。

45：（蒙娜丽莎。）她觉得您乱穿衣服。退到37去做一套衣服，付十块钱。

47：您长了一颗青春痘。去治疗一下，停止掷骰子一次。

51：（蒙娜丽莎。）她觉得您毫无文化。退回到1接受教育。

53：您浪费了宝贵的时间来打扮自己。停止掷骰子一次。

57：（蒙娜丽莎。）不要告诉别人她对您做了什么。她很开心，您也是。再掷一次。

59：爱情让人长出翅膀。再掷一次。

61：达马斯先生发现你们在玩这个游戏。所有人都回到第一格。

63：您赢了，睡到她身边！再把罐子里所有的钱都拿走！

必须走到格子63才能赢。如果骰子把您带到了更远的地方，那么从格子63开始算，超过多少后退多少格。

16岁，7个月，2天　　1940年5月12日星期天

有时，在宿舍，当我因为焦虑在半夜醒来（经常是因为梦见了爸爸或维奥莱特），我会想象所有睡觉的人和我都是同一个身体的部分，然后在这样的感觉中这样渐渐平静下来。一个在同一种呼吸节奏中沉睡的巨大身体，它做梦，呻吟，出汗，抓

痒，挣扎，吸鼻子，咳嗽，放屁，打呼，污染环境，做噩梦，惊醒，立即又睡着。在那些时刻触动我的，不是同伴情谊，而是一种感觉，似乎我们宿舍（总共六十二人）从有机角度看构成了同一具身体。如果我们中有谁死去了，这具巨大的身体仍会继续存活下去。

给丽松的注释

顺便说一下，丽松，这些是我在德国发起5月10日闪电战的第三天写的。二次世界大战。人类又开宴了。那一天，我对自己发誓，为了纪念爸爸，我不会参加这场狂欢。你会看到，时势帮我做出了另外的决定。

16岁，8个月，13天　　1940年6月23日星期天

我们碰到了伛偻的人，目光空洞，动作迟缓。有些人完全迷失了。字面意义上的。衣衫褴褛、身上长虱、胡子拉碴的难民在陌生的城市街道上游荡。我无法想象上一个月他们还在巴黎过着正常的生活。一些随波逐流的身体……

第二天

在无限期推迟大富翁游戏决赛的当儿，鲁阿尔在敦刻尔克失去了他的哥哥。他非常爱他哥哥。我们的初夜游戏等待更好

的时机再进行吧。

16 岁，9 个月，14 天　　　　　　　1940 年 7 月 24 日星期三

梅拉克。我在一棵山毛榉树的树皮上蹭破了胸部、脚底、手臂和大腿内侧。总之就是活生生脱了一层皮。可以说是被剥皮了。都是因为蒂乔。他突发奇想把一只小乌鸦从窝里偷了出来，但小鸟的双亲对这个领养计划表现出了敌意。因为蒂乔不同意放弃猎物，它们就真的对他发起了攻击。他把小鸟抱在胸前，试图用另一只手把乌鸦父母赶走。这一切发生时，他在离地面六米高的地方，骑在一根树枝上！玛尔塔在树底下冲他大喊，让他放开小乌鸦，马奈斯去找猎枪了，要把乌鸦父母打下来。总之，双方都想保护自己的后代。我一点不怀疑马奈斯会开枪，因此三步并作两步爬到蒂乔身边。在爬最下面的三米时，我用双手和脚底抱住光溜溜的树干，像一只猴子，又像一名电工。我刚捉虾回来，还光着脚穿着泳衣。爬上去时一点问题都没有。感觉像抱着一个活的身体。下来时，蒂乔的重量老是把我往后拉，我只得紧紧贴着树干。他的左臂（他不想放开他的新伙伴）要把我勒死了，所以我松开了一点树干，好让自己快点下去。正是在行动的这个阶段，树皮的摩擦把我剥了皮。尤其是当我想放慢速度时，因为我们到达下面的速度有点快。着地时，我浑身是血，而小乌鸦已经死亡，肯定会这样，它被蒂乔的爱闷死了。玛尔塔呼天抢地：这个小东西，一定会整死我

们！七岁还不到呢，一定会整死我们！当然了，我又有机会用烧酒清洁伤口了。这次没有听觉麻醉。玛尔塔不是维奥莱特。在我把指甲掐进手心的当儿，马奈斯计划要把他的小儿子揍一顿，而这小子此刻正忙着埋葬他的牺牲品。不过马奈斯最后还是放弃了计划，声音中有一点自豪感：不管怎么说，这个小无赖，他什么都不怕！结果就是，我只能光着身子睡觉了，被子都被扔到一边，两腿叉开，全身神经都火辣辣地疼。从今往后地狱在我心中就是这个样子：没有火焰却永不停止的燃烧，双眼圆睁却只能看到无尽的黑夜。玛息阿的受刑。

16岁，9个月，23天　　1940年8月2日星期五

爬树其实还是乐趣无穷的！尤其是爬橡树或山毛榉树。爬树时整个身体都展开了。手和脚将你从自身状况中解救出来。抓住攀附的枝条时多么快！动作是多么的正确！不是因为我们上升了，这不是登山（爬山似乎会让我头晕），而是在树叶中自由穿行！我们在哪？既不在地上也不在天上，我们位于爆炸的中心。我想生活在树上。

16岁，11个月，6天　　1940年9月16日星期一

每次埋头看书看得头沉重起来时，我就去打沙袋。马奈斯把他的滑稽肖像换成了赖伐尔的头像。来吧！把它擦掉！（厚

刘海，下沉的眼皮，像是在赌气的嘴唇，嘴角叼一根烟，还是很像的！）因为麻袋会把我的关节磨破，所以我用一双袜子把自己的手包了起来。

16岁，11个月，10天　　　　　　1940年9月20日星期五

梅拉克。在仓库里打网球。我在最里面的墙上，在球网的高度画了一条线。墙上刷的石灰和地面都不平整，所以无法预测球的反弹；对训练反应来说，没什么比这更好的了。再加上与蒂乔他们的跳麦堆游戏，追赶倔脾气的山羊，还有与不知疲倦的罗贝尔一起在农场干活，我在这里的生活堪比突击队的训练。

17岁，1个月，14天　　　　　　1940年11月24日星期天

马奈斯被一把乱扔在秸秆下的镰刀割伤了腿肚子。马奈斯和玛尔塔对卫生的概念：烧酒洗伤口，像往常一样，不过包扎时用了一张蜘蛛网，马奈斯亲自去马厩里找来的，上面沾满了黑乎乎的马粪。这个会发力，他用一贯的简洁风格说。不可能跟他讨论破伤风，这是肯定的。我们一直都这样做的，而且我们还活着。我猜蜘蛛丝可能有收敛甚至结痂功能。可是马粪怎么说呢？事实是，直到现在为止，这些狗皮膏药还没有害死过家中任何人。

17岁，2个月，17天　　1940年12月27日星期五

乔治叔叔路过梅拉克，问我愿不愿意做医生。（这是你堂弟艾蒂安决定要走的路。）我不愿意。失序的身体，谢谢了！我觉得我是从失序的身体开始的！至于照顾别人……先得花大把时间治好他们对身体的胡思乱想，他们只知道从道德角度看待自己的身体。我可没有耐心向诺埃米婶婶解释，问题不在于她"该不该"得气肿。那你对做什么感兴趣呢？我的好叔叔问。观察我自己的身体，因为它对我来说既熟悉又陌生。（我当然不会这样对他说。）无论医学多么发达，它都无法消除这种陌生感。总之就是采集标本，像卢梭在散步时做的那样。采集标本，直到生命的最后一天。而且如果我指望这项工程有朝一日能够帮助谁，那么现在只能为自己这么做。至于职业，这是另外一回事了。无论如何，这本日记中没有职业的位置。

17岁，5个月，8天　　1941年3月18日星期二

昨天晚上，艾蒂安和我在伏尔泰和卢梭的问题上狠狠吵了一架，他是讽刺大师的代表者，我是卢梭的辩护人。这次争吵让我记忆犹新的，不是我们的论据（说实在的，我们根本没什么论理能力），而是艾蒂安的反应。他抓起一把长尺子，用一段顶住我的肚子，另一端顶住了自己的肚子。每次我们其中一人被自己的信念推动，朝对方走近一步时，尺子就会深深陷入我们俩的腹部。

太疼了！如果我们后退，尺子就会掉落。讨论就这样结束了。这就是人们所谓的“言论要有尺度”。这个发明可以申请专利。

17岁，5个月，11天　　　　1941年3月21日星期五

有时勃发的欲望会在最意想不到的时刻占据我。比如亢奋地读书时。空洞的身体在神经元刺激下充血了！我读着书，然后就勃起了。我说的不是阿波利奈尔或皮埃尔·路易的书，这些作家会友善地送我们那些礼物。我说的是卢梭之类的作家。要是卢梭看到我读他的《社会契约论》都能勃起，应该会非常吃惊吧！随后，一次只跟精神有关的小小高潮。

18岁，9个月，5天　　　　1942年7月15日星期三

在准备高考和预科考试期间，什么都没有写。身体被切除。要放松自己时，就练拳击、打网球、游泳。在田里帮马奈斯干点活。三次帮忙给牛接生，五次帮忙给羊接生。始终杀不了猪。不过吃还是吃得下的。在我干活时，可怜的东西就会过来让我摸它。动物对人的这种傻乎乎的信任……

18岁，9个月，25天　　　　1942年8月4日星期二

网球：把G家三兄弟打得一败涂地。三场六盘球，三兄弟

谁也没有在一盘球中获得两局以上的胜利。比赛刚开始时，他们一心想羞辱我。三兄弟的大哥对我称呼贵族的表达横加指责，告诉我在谈论贵族人家时，人们不说“德·G一家”，而只是简单地说“G一家”。良好的教育要求省略贵族标志“德”。地球人都知道啊！那就好。另一件事是我既没有运动短裤也没有平底凉鞋，即便在一个私人球场（也就是他们家球场），我这样穿着“奇装异服”与一群打扮无懈可击的对手打球也是不“合适”的。所以他们把符合要求的服装借给了我：运动短裤，短袖上衣，袜子，雪白的平底鞋。我在“附属建筑”里找到了一根晾衣绳，用它系好了短裤，（故意给了我一条超大的？）然后给了他们三次致命的打击。蒙莫朗西公爵的旁枝被最底层的平民处决！为此我也付出了代价，失去了他们的妹妹可能会对我产生的青睐，而我对她并非无动于衷。不过无所谓了，我为维奥莱特报了仇。三兄弟不认识她。维奥莱特年轻时曾在他们家干过活，后来被赶出了家门，因为她让这家的一个三十二岁的远方表兄失去了童子之身！（这种事捏造不出来。）

在这几场球中，只有我的身体可以对抗他们的傲慢，这种感觉令人热血沸腾。甚至不是一个训练有素的身体，因为没有人教过我打网球。马奈斯的仓库和对球员的观察是我唯一的老师。没有上过网球课就开始击球，这等于让身体在没有正确动作的帮助下适应各种状况。我的动作太多了，大部分都是错的，从美观角度说很糟糕，而且浪费了很多精力（没节奏，鲤鱼跳，不协调的身体，胡乱挥舞的四肢，小丑的杂耍动作），但因为这些动作不是由“打球的知识”训练出来的，所以我强烈感觉到了身体的自由和源源不断的新意：从来没有一个相同的动作！我享用着眼睛为我的双腿和球拍提供的所有意外情况。没有一次击球是事先准备好的，没有一次击球同前一次相似，没有一次击球符合学院派的姿势，而我那些高贵的对手们只会用这些姿势来节省体力。结果就是，对他们来说，我完全不可预料，我的球令他们不知所措，没有一次按照他们预计的路线飞行。他们抗议着，朝天翻着白眼，又气恼又高高在上，面对一些软绵绵的球时尤其如此，仿佛我不遵守战争规则打仗似的。可是我的速度、我的柔韧性、我的灵活度、我的反应能力令我心里乐开了花（啊，击球的瞬间就知道自己打对了的感觉！），最关键的是，我是不知疲倦的，每个球都能回。对身体的自由运用令我着迷。我的滑稽动作令我的对手失去士气，看到他们的优越感瓦解了，我非常开心。让我满足的不是我的胜利，而是他们失败时的脸色。在瓦尔密[①]我们已经没有教养了。（而我至今都没有套裤[②]。）我的誓言：在任何方面，我都要像打网球那样生活！

19岁，15天　　1942年10月25日星期天

故事发生在一个小饭店。你和一个女孩在一起，一个和你

① 瓦尔密（Valmy）战役为法国大革命期间的一场战役，尽管战争规模很小，但具有重要战略意义，确保了法国大革命的成果。——译注

② 影射大革命时期平民出身的“无套裤汉”。——译注

一样的大学生。你们含情脉脉地注视着对方。她突然奋不顾身：让我看一下你的手。她权威地拿起你的手，极度专注地打量起你的手心，好像她需要知道的关于你的一切全在你的生命线、爱情线、智慧线、运气线、这个线那个线之中。这些日子，研究过我掌心线条的女孩还真不少。没有一个人的结论与另一个相同。她们都能算命，不过算出来的命都不一样。对迷信的迷恋是不是眼下这个无耻时代的征兆？除了星体，一切都已经失去？终极选择标准：选择那个闭着眼睛跳进我掌心的女孩。

19 岁，1 个月，2 天　　　　1942 年 11 月 12 日星期四

看到德国鬼子列队前进。这是共同身体的可恶版本。

19 岁，2 个月，17 天　　　　1942 年 12 月 27 日星期天

我不会跳舞。弗朗索瓦丝、玛丽安娜还有其他人都曾试图教会我。昨天晚上在埃尔韦家也是如此，想教会我的是光彩照人的维奥莱娜，主人的妹妹。让别人带着您，您什么都不需要做。很快我的节奏就乱了，我的身体在舞伴的怀中成为了负担。三两下滑稽的跳跃，以便赶上节奏，但最终让我失去勇气。舞蹈是少有的几个我的身体无法与思想协调的领域。严格来说是我的下半身：我的手可以随心所欲地打节拍，我的脚却拒绝跟上。截肢的乐团指挥员。至于头，一旦情况复杂一点，就会晕

头转向。然而，舞蹈本质上就是要旋转的，一种旋转的艺术，不转动自己就没法跳舞！眩晕，恶心，脸色苍白，您怎么了？您觉得不舒服吗？很好，亲爱的维奥莱娜，过来一下吧，我们聊聊，我试着向美丽的维奥莱娜解释，结果她说，可是，所有人都会跳舞啊！所有人，除了我，看来如此。因为您不想！这话说的！我为什么要放弃这张王牌啊，我的美人？我的同学们可是都从中获益匪浅！您不肯把自己交给别人，您的大脑太发达了，您不够野蛮。不够野蛮？活见鬼，马上给我搬一张床来，床垫也行！这个愿望非但没有实现，我还听到自己跟维奥莱娜解释说，这个现象在我自己看来也不可理解，因为在其他需要手脚配合的场合，比如说拳击或者网球，我的四肢十分协调。我还说小时候玩俘虏球时，我的同学都争着跟我分到一组，因为我是战无不胜的，我还听到自己跟这位艳光四射的姑娘说，十五岁时，我已经是俘虏球的王牌选手了。我一边对自己说，快闭嘴吧，一边还在夸耀俘虏球的好处，这是一个非常复杂的游戏，需要极好的身体素质，以及手臂、头和腿之间的完美配合，总有一天它会成为——相信我，亲爱的维奥莱娜——一项令足球也相形见绌的集体运动，跟它相比足球只是企鹅的消遣……你到底怎么回事，你到底怎么回事啊大蠢货？在这位令人想入非非的天仙的怀里，我不仅不满足于扮演水泥袋的角色，还要用俘虏球来惹她生厌，“啊，这是个多么需要战略战术的游戏啊，亲爱的维奥莱娜”，你给我闭嘴吧傻驴，这不过是个屠杀游戏，在游戏中，两支长满青春痘的杀手队伍把时间都花在兴奋地将球扔到对方球员脸部这种事上。美丽的维奥莱娜要是看到，一定会对游戏的野蛮程度表示满意，而且即便你是出色的玩家，这也不是什么王牌，可以让这位姑娘委身于你。另外，这位姑娘后来开溜了，她号称你的赫赫战功让她口渴，导致她要去喝一杯 *drink* 了。

19 岁，2 个月，19 天　　　　1942 年 12 月 29 日星期二

然而，她还是来了。当天晚上。结果比跳舞还糟糕。我在埃尔韦家我的房间里，夜已深，整座房子终于沉睡了。我坐在一个类似棋牌桌的小桌子前，正忙着记录悲怆的跳舞经历，这时我背后的门开了。动静那么小，结果我只听到门合上的声音。我掉转头，看到了她。她穿着睡衣，白色的蝉翼纱或是类似的布料，像希腊人那样露出一个肩膀，另一个肩膀上绑了一条细带子，打了一个小小的结，看起来像蝴蝶的翅膀。她一句话都没有说，甚至没有笑，看着我的目光意味深长。我完全说不出话来了，圆润的肩膀，修长白皙的手臂，双手垂放在大腿两侧，光着脚，呼吸急促，双乳挺拔丰满，睡衣悬挂在乳峰，垂直掉下，在赤裸的身体与布料之间制造出一个空洞。我的眼睛试图寻找她的腰肢曲线，她的小腹，她的大腿，她身体的形状，不过我身边的小灯不具备透视功能，灯得放在她身后才能显出她的轮廓，一开始我想的只是这些，灯的位置不佳，辜负了这透明的承诺，要是灯在她身后，一切都会不一样，我们俩都没有

动弹，我甚至没有站起来，没有对她作出任何举动，她站在那里，门已经在她身后关上了，我坐着，大半个身子侧了过来，一只手还放在桌子上，摸索着合上了日记本，钢笔上的墨水要干了，我心想，我想的是这些，是的，我总不能一边猜测维奥莱娜那被不透明的布料遮盖的身体曲线一边盖上钢笔盖子吧，现在衣服的白色开始让我眼花，我看到她的左手沿着她的胸部往上摸索，她的手指在到达肩膀位置时展开了，她的大拇指和食指抓住了细带子的一端，轻轻一拉解开了蝴蝶结，睡衣于是带着全部布料的重量掉到她的脚下，露出她赤裸的身体，我想我不可能看到更美丽的女性身体了，这个身体突然之间呈现在金色的灯光中，我的天哪太美了，太美了，我不停地在心里重复，如果灯光就此永远熄灭，我将带着对这种美的记忆死去，我想我差点叫出声来，可是我无法站起身来，完全因为惊喜而瘫痪，多么漂亮，多么完美，我觉得我当时有一种感恩的心情，从来没有人给过我这样的礼物，我也想到这些，可是我一点没有动弹，她倒是动了，她去床上躺了下来，她没有示意我过去，她没有朝我伸手，她没有说话，她没有微笑，她等着我走过去，而我最后终于走了过去，走到她身边，然后我站在她床头，我无法把视线从她身上挪开，脱掉你的衣服，我对自己说，轮到你了，于是我这样做了，笨手笨脚，小心翼翼，没有一点风度，朝她转过身，坐在床沿，与其说是交出自己，不如说是隐藏自己，衣服脱完后，我在她身边躺下来，然后什么都没有发生，我既没有抚摸她也没有吻她，因为我身上某样东西死了，或者不愿意诞生，归根到底这是一回事，因为我的心把我的血送往全身各处，唯独不送往备受期待的地方，我的血燃烧了我的脸颊，在我颅腔内飞溅，疯狂地撞击着我的太阳穴，然而没有一滴血流向我的腿，我的两腿之间空空如也，我甚至没有对自己说你没有勃起，我的两腿之间没有任何感觉，我想的全部是这个，两腿之间什么都没有，不得不说她也没有帮助我，一句话都没有说，一个动作都没有做，直到她最后突然起身，然后我听到门在她身后合上的声音。

19 岁，2 个月，21 天　　　　1942 年 12 月 31 日星期四

维奥莱娜事件的失败拉响了自省的警报。途经家中时，光着身体站在衣橱前，我回顾了儿童时代以来我在身体的系统锻造方面学会的本领。毫无疑问，大量的俯卧撑、仰卧起坐、各类体育锻炼让我成为了一个像那么回事的男孩。具体说来，也就是像拉鲁斯人体解剖图，它现在又被嵌到穿衣镜槽里了。比较起来，我所有的肌肉都已各就其位，非常明显，胸大肌，肱二头肌，三角肌，腹肌，桡骨肌，胫骨肌，如果转身的话，还有屈肌，孖肌，臀肌，背阔肌，上臂肌，斜方肌，什么都不缺，那个人体解剖图活生生就是我的形象，真正的成功，就算一辈子在镜子前也看不厌自己。“什么都不像”的我如今像一本字典了！补充一点，我现在不再害怕了。什么都不怕。甚至不怕自己会害怕。通过意志的锻炼，没有什么恐惧是不能被克服的，

同一种意志可是塑造出了这个身体。再来偷我的命看看，再把我绑到树上！是的，是的，我的小壮士，可是当你把这身体和精神平衡的杰作放在美丽的维奥莱娜身边时，它却成为了一具死尸。可怜的小伙子，你的确什么都不像。回你的健身房去吧，回到你热爱的学习中去吧，练习你的身体，准备你的考试，你能做的只是"训练"，"成为什么人"。天哪，性器官的松弛带给人的不存在感是多么可怕！其实我已经"掌控自己"多少次了啊！另外，多少次呢？一百次？一千次？爬满静脉的枝条，随便一点联想就能让它充血！在童男神奇的喷发中，有多少精子曾从它深处出来？应该可以计算的。几升？看着从可怜的德拉鲁埃神父那里偷来的明信片扮演男人让我喷洒了几升精子。最后，在维奥莱娜的床上，却只有一具死尸。连跳舞都不会。预热时很可笑，行动时不存在。如果不是被恐惧感吓傻，你还能被什么吓傻呢，小伙子？而你竟然夸耀说自己已经战胜了恐惧感。这就是今天早上我光着身子站在镜子前，面对拉鲁斯解剖图时对自己说的，思绪多少有点混乱。那么下一次呢？下次会发生什么事？在什么样的精神状态下，你的身体敢于接近一个女性的身体？这就是我今天早上想的，这就是我现在写的，拉鲁斯解剖图一直在我的眼皮底下。突然之间一个细节冒出来：拉鲁斯解剖图的两腿之间也是什么都没有！既没有阴茎也没有睾丸！最接近的两种肌肉叫做腰大肌和耻骨肌，但它们跟我说的东西一点关系都没有。解剖图的两腿之间什么都没有！阴茎的确不是肌肉。那它是器官吗？是肢体吗？第五肢？这个肢体是什么性质？海绵状的？吸血海绵？然而，解释血液循环的解剖图中也没有这个部位。图上整个身体直至腹股沟都被灌溉，独独没有将生命输送至生命创造部位的血管。两腿之间空空如也。看来阴茎被驱逐出了拉鲁斯家族。可耻的部分。圣灵的家园。你自己解决这个问题吧。拉鲁斯先生是个宦官。

19 岁，2 个月，22 天　　　　1943 年 1 月 1 日星期五

我忘了记录一个细节。妈妈打开我的房门，吃惊地看到我站在衣橱前：出什么事了，你觉得自己很帅吗？

19 岁，2 个月，24 天　　　　1943 年 1 月 3 日星期天

男性生殖器：阴茎，肉棒，肢体，阳具，尾巴，鸡巴，鸡鸡，命根，家伙，小弟弟，老二，屌，等等。睾丸：阴囊，精巢，蛋蛋，卵蛋，卵球，懒子，核桃，等等。大量词汇可以用来称呼这个生殖器官，生理学家却厌恶呈现它。

19 岁，3 个月，4 天　　　　1943 年 1 月 14 日星期四

维奥莱娜事件有了意想不到的尾声。这件事是由艾蒂安和我在街上吵架引出来的。艾蒂安说我对他朋友埃尔韦的妹妹的态度“卑劣可耻”。把这个姑娘叫到自己房间却不碰她，你能想

象她受到的屈辱吗？而且我怎么面对埃尔韦？不管怎么说，是我让埃尔韦邀请你的！艾蒂安气极了，而我已经准备抡起拳头打他的脸。幸好他的一句话拦住了我。这姑娘的确不漂亮，所以你更该死了！你应该早点察觉到，又不是第一次看到她！几个月来她一直在跟她哥哥谈论你！现在她成天都在哭！你的行为跟谋杀有什么分别，老兄，我费尽力气也不能让埃尔韦消气！不漂亮？维奥莱娜？不漂亮，她觉得自己很丑，脸不够甜美，太平板了，她觉得自己是鲤鱼脸，脸色也太苍白，这都是她哥哥说的。你不觉得她有点丑吗？维奥莱娜丑？不，我不觉得。当然不丑！天哪，这个天仙深信自己是因为丑才被打发走的！全是我的错！让她伤心欲绝！维奥莱娜孤身一人面对痛苦的镜子！就像我一样！所以双方阵营中都是耻辱、惊慌、无知和孤独吗？

19 岁，3 个月，6 天　　　　1943 年 1 月 16 日星期六

今天晚上，出于结束冷战的可贵念头，艾蒂安向我强调了这个处境中矛盾的幽默：妹妹没有被玷污，哥哥为此怒发冲冠！我们生活在现代社会好不好！于是我把前因后果都告诉了他。他做了一个实用的结论：童男的失败？向大家学习，去妓院，学习这种事的好地方！你去过吗？没有。鲁阿尔去过吗？也没有。马勒曼呢？他说他不想去，因为妓女都是贝当的拥护者。

给丽松的注释

亲爱的丽松：

这次的注解是为了介绍背景。“在此期间”，就像你小时候看的连环画上写的那样，马赛老港遭遇了袭击，确切日期是1月3日。一颗炸弹落在给德国士兵开的妓院，另一颗落在了光辉酒店的餐厅。很多人受难。接着是几次大规模搜捕行动，我的朋友扎夫朗在搜捕中失踪了。后来德国人又炸毁了老城区：一千五百栋建筑被毁，我左耳耳膜损坏了一段时间。一月底保安队成立，二月份开始抓人参加强制劳动。日益严峻的形势让很多人精神萎靡，艾蒂安却向他们解释，他从中看到的是战争的决定性转折。德国鬼子开始焦躁不安了，这是纳粹分子完蛋的先兆。他说得很对。

19岁，6个月，9天　　　　1943年4月19日星期一

扎夫朗的失踪在食堂引发了一起大规模群殴事件。为他辩护的马勒曼陷入了包围圈。我狠命地拳打脚踢，想把他救出来。性事上受到的羞辱让我力气倍增，我想。女士们先生们，当心功能不全的童男子，他身上孕育着一个杀人犯。至少在这个领域，我的身体能够听从我的指挥。借助对解剖图的完美知识，哪里会疼我就打哪里，由此向自己提供了残忍的快乐。毫无畏惧的战斗令我陶醉！鲁阿尔和他那重四十八公斤的身体应对得

也不赖。可能会被开除。作为自由申请人准备考试。要是我能被录取就好了……

19岁，6个月，13天　　　　1943年4月23日星期五

在火车上跟艾蒂安碰头。火车会把我送回家，口袋里装着开除声明。全世界最严肃的艾蒂安问了我们同车厢的其他三位旅客——两个男人一个女人——一个问题，仿佛他才从那本摊在他膝上的医学课本里读到这个知识似的。这个问题是，大家是否知道，我们的生殖器官所依赖的神经和动脉的名字叫做“耻神经和耻动脉”。大家从报纸上抬起头，大家从风景中收回视线，大家用目光互相质询，不，大家尴尬地微笑着承认不知道。艾蒂安斩钉截铁地断言，眼下全国都在闹革命，出现这种事实在令人不齿。他看着课本的封面，大声念出作者的名字，并且宣布在元帅每个星期天都鼓励我们让法国人丁重新兴旺起来之际，将繁殖器官看作可耻之物是一种故意与祖国作对的态度！那您呢，先生，您似乎对这个问题不太感兴趣啊？他问我，好像我们不认识似的，您怎么看？我先装出一副吃惊的表情，随后一边用目光询问另外三位乘客，一边羞怯地建议，应该将这些神经和动脉重新命名为“振兴国家神经和扩大家庭动脉”。谁都没有发现恶作剧，大家都认真思索起来，然后以一种全世界最严肃的态度同意了我的建议。那位女士甚至提出了别的建议。

狗年月。

19 岁，6 个月，16 天　　1943 年 4 月 26 日，复活节后星期一

费尔芒坦和另外两个家伙来我家招我入伍。费尔芒坦不知道我被高中开除的事，他以为我放假了。妈妈开心地接待了他，把他带到我的房间。他穿着制服，戴着保安队贝雷帽，看起来像意大利即兴喜剧中的人物，走路姿势很是滑稽。我正在复习功课。我对我的老同学说，我永远不会加入保安队的，而且我还觉得他的这个建议是对我的侮辱。我说这话时很有一种“过度矫揉造作”的成分，如果看到其他人这样我一定会发笑的。他朝他的两个同伴转过身（其中一个也穿着制服，我不认识他们），说：侮辱？怎么可能！侮辱是这样的！然后朝我脸上吐了一口痰。费尔芒坦从很小时候起就开始随便往人脸上吐痰，我是不多几个没遭殃的。所以这口痰虽然来得突然，我却不觉得惊讶。有失必有得，这样我就可以安静度日了。我没有皱眉，甚至没有躲闪。我听到“扑”的一声，我看到痰朝我飞来，我感觉到它在我额头上粉身碎骨，然后顺着鼻梁和左颧骨之间的间隙流了下来，要我说，挺像飞溅的温水的。我没有擦拭。我专注于感觉——其实很平常——而忽略了象征，因为据说痰是侮辱的象征。如果我皱一下眉，他们就会屠杀我。唾液从皮肤上流下的速度没有温水快。唾液有沫，它是断断续续流下来的，虽然干了，却没有全部挥发。同来的二人中的一个，穿制服的那个（费尔芒坦和他还带有武器）说，不管怎么样，他们只招男人。我没有接话。我感觉到剩下的痰在我左边的嘴角颤抖。有那么一瞬间，我心想我可以用舌头把它舔下来，然后回赠给它的主人，不过我克制住了，因为我为了装模作样已经付出了很多。那再见吧，费尔芒坦盯着我说。跟演戏似的，他一边重复着这句话，一边倒退着走出我的房间，同时用手指着我说：我们会再见的，娘娘腔。我在重新投入学习前写了这页日记。明天，我要奔向梅拉克。

4

21—36岁

（1945—1960）

莫娜的爱的标点符：

给我这个逗号，

让我把它变成一个感叹号。

给丽松的注释

亲爱的丽松：

你会发现那次羞辱事件后，出现了两年的空白。因为费尔芒坦和他的同伴们上梅拉克找我来了，你想象得到吗？他们想让我倒霉。幸好蒂乔（他那时才九岁，脑筋已经转得飞快，跟你现在认识的蒂乔差不多）看到了他们，及时来向我报告，我才得以逃跑。这以后，没有别的办法，只能加入游击队。是马奈斯引介我的。我之前不知道罗贝尔和他都是抵抗运动成员。马奈斯假装说了它很多坏话，而马奈斯这一类人，他们说什么大家都会深信不疑。由于他也没有为此说占领者的好话，因此他保留了“孤独的野人”的名声，谁都不敢去招惹他。马奈斯入党可能是一生中特别让我吃惊的事情之一。另外，尽管有柏林墙事件，尽管有匈牙利，尽管有古拉格，尽管有非斯大林化，尽管有一切问题，他到最后都还是个共产党员。马奈斯不是个心思太多的人。

我之所以没有跟你们说起过我的这段年轻时光，是因为归根到底，我是因为形势所迫才加入抵抗运动组织的。如果没有费尔芒坦的小团伙，我可能会打打沙袋，翻翻书，这样一直到战争结束。在学业上出类拔萃，获得各种文凭，谋求一个地位，这是我应该向我父亲的在天之灵献上的供品。肯定不能参加战争！他会诅咒我的！“人类最让我心痛的，”他过去常说，“不是他们把时间都花在自相残杀上，而是他们总能在自相残杀之后存活下去。”需要一口痰的冲击才能将我推入风暴中。我参军完全是出于弹道学规律，无他。

总之，1943 年春至 1945 年春（在拉特尔的部队），我不得不放下学业，停止写日记。我们写的东西会在我们身后留下长长的痕迹，这与地下行动是有冲突的。太多同志因为自己写的东西而遭殃！没有日记，没有信，没有字条，没有通信录，没有踪迹。在执行通讯联络任务期间尤其不能写！最后的 10 个月，他们给我分配了这项任务。那段时间，我对自己的身体失去了兴趣。我是说作为观察对象的身体。其他事务需要得到优先对待。比如说活着，确保工作和任务的完成，在望不到头的几个星期里保持极度警惕状态，尽管其间什么都没有发生。地下党战士的生活是鳄鱼的生活。在自己的洞穴里一动不动地待着，直至有人出现，发起攻击，然后以同样快的速度消失，进行新一轮的等待。在两次攻击之间，不能放松警惕，保持镇静，加强锻炼，倾听一切可能的声音。外部的威胁迫使我不对身体的小小意外大惊小怪。

我不知道是否有人研究过地下战争中的健康问题，不过这是个可以挖掘的主题。在同路人中，我很少看到有生病的。我们迫使身体经受了一切考验：饥饿，口渴，不舒适，失眠，疲惫，恐惧，孤独，拥挤，无聊，受伤，但它们没有尥蹶子。没人生病。一次偶发的痢疾，一次被任务需要快速治愈的感冒，都没什么大碍。我们常常肚里空空地睡觉，脚踝扭伤了还在走路，我们有碍观瞻，但我们不会生病。我不知道我的结论是不是对所有游击队都适用，反正这是我在自己的队伍里观察到的现象。被拖去参加强制劳动的男孩就没这么幸运了。他们像苍蝇一样地倒下。工伤、精神崩溃、传染病、各种感染、想逃脱强制劳动而进行的自残，这些都令工厂的人员大批减少；这些劳动力付出自己的健康，做着一项只会打他们身体主意的工作。而我们被动员的则是精神。无论称它什么，反抗精神也好，爱国主义也好，对占领者的仇恨也好，复仇渴望也好，好战精神也好，政治理想也好，博爱思想也好，对自由的展望也好，无论是什么，它都让我们保住了健康。我们的精神让我们的身体为一个巨大的、战斗着的身体服务。对手当然还是存在的，每种政治倾向都有自己争取和平的方式，对自由法国都有自己的想法，然而，在反抗侵略者的斗争中，抵抗运动无论有多少种形式，它在我眼中始终像一个唯一的身体。重建和平后，这个巨大的身体让我们每个人复归到个人细胞集合的状态，因而也就是矛盾的状态。

在战争的最后几个星期，我认识了方旭。就是你很喜欢的方旭。她在一个伤员拥挤的废弃砖瓦厂里做外科手术，虽然不是医生，她却有这方面的天赋。你知道，多亏了她，我才保住了我的胳膊。你不知道的是，我把维奥莱特的听觉麻醉术教给了她，而她成功运用了这项技术。在给我们换纱布时，她骂骂咧咧的声音特别大，使疼痛都回流到我们的大脑深处。你还不知道的是，尽管她有着方方的头、长长的眼睛、布列塔尼口音和坚强的性格，她并不比你我多一滴布列塔尼人的血。她原名叫肯奇塔，逃亡到布列塔尼的西班牙人的女儿，为了向我们的共和国表示感谢改名弗朗索瓦丝。“方旭”这个男孩的昵称是她的布列塔尼小伙伴们给她取的，以此褒奖她那假小子的举止。

21岁，9个月，4天　　　　1945年7月14日星期六

以法兰西共和国临时政府之名，依据本人被赋予的权责……

仪式期间我到底在哭什么？维奥莱特去世以后我就没有哭过。除了最近这段时间，粉碎的手肘让我痛得直哭。总之，整个仪式期间，我哭得不能自已，一直在哭，无须借助啜泣，仿佛在尽情宣泄自己，也没有擦拭泪水。当他给方旭和我授勋时，我还在尽情地哭。他一点都没觉得受了冒犯，反而充满男性气概地对我说：现在您有权哭了！尽管我像张贴纸那么黏糊，他还是给了我一个诚挚的拥抱。他也没有擦拭自己的泪水。英雄主义实在是太感人了！两年没写日记，我在此记下的首先是泪水。今天早上，我确确实实流干了身体里所有的泪水。更确切地说，我的身体流干了我的精神在这场荒谬的屠杀中积攒起来的所有泪水。泪

水将多少自我排除在了身体之外啊！哭泣宣泄的情绪比小便多无数倍，哭泣对自我的清理比在最清澈的湖水里游泳还要好无数倍，我们在彼岸卸下了精神的负担。灵魂一旦溶化，我们就能庆祝与身体的重逢了。今晚，我的身体将好好睡一觉。我的哭是放松的哭泣，我想。一切都结束了。其实这件事已经结束几个月了，但我需要这场仪式来结束这段插曲。结束了。他为之授勋的，其实是这个：我的抵抗运动的终结。向眼泪致敬！

21岁，11个月，7天　　　　　　　　1945年9月17日星期一

我又开始准备考试。我马上找回了智力工作的所有物理感觉。书本的颤动的沉默，手指摸在书页上感觉到的绒毛，羽毛笔写在纸张纤维上的沙沙声，胶水呛人的气味，墨水的反光，一动不动的身体的重量，保持交叉状态太久开始感到发麻的脚尖。发麻的感觉让我突然跳起来去打沙袋，一边跳跃一边出击，右直拳，左直拳，勾拳，上勾拳，组合拳，再从头开始（当然了，我再也无法完全伸展左臂，不过它还是可以打勾拳和上勾拳的），脑袋里背诵着的诗句随着拳击的节奏嗡嗡作响，心里筛选着一个又一个世纪向我贡献的佳句，与此同时腿在跳动，拳头在出击，汗水流淌下来，用洗衣桶里舀出来的凉水给自己冲个澡，把自己擦干，穿上衣服，学习，学习，重新一动不动，这种俯瞰文字的感觉！游隼在印刷书页的广袤田野上方巡视，藏好了，亲爱的思想，我的猎物，我的牧场，我不仅要吃掉你

们，还要消化你们，用你们的血肉滋养我的头脑！哎哟，我在写什么呢？今晚到此为止吧，我的眼皮像沙子一样沉重，我的笔开始胡言乱语。睡觉吧。让我们就地躺下，然后睡觉。

21 岁，11 个月，10 天　　　　1945 年 9 月 20 日星期四

给自己放了会假，重新读了这本日记的一部分。（前几天蒂乔把日记本还给了我。之前他把它们藏起来了——“一行都没看，我发誓！”）我在里面找到了多多，又吃惊又激动。住在妈妈家时，我想出了多多这个人物来给我作伴，多多，我虚构的弟弟，我曾教他小便，教他吃他不喜欢吃的东西，教他忍耐，教他性的真谛——摸摸我，小多多，我觉得自己有点冲动！我在沉默之中培养了多多，来对抗母亲那骄傲的、充满谎言的、喜欢摆架子的愚蠢。我不能说多多就是我，不，不过他是一个让人信服的化身练习。在奄奄一息的父亲和满口谎言的母亲之间，我的存在感那么少，存在得那么少。母亲把她的谎言称作是“生活”，生活不是这样的，生活不是那样的……即便只是想象出来的人物，多多那焦躁不安的身体（有时恐惧让他离开他的床睡到我床上，我能听到身边的他睡梦中的呼吸声）比“圣母”心目中的“生活”更真实，更具体。写下这几行字时，我突然觉得过去的几年中，“元帅”的声音在我听来正是母亲的声音的确切复制。那颤抖的声音在谈论祖国时暗示的对生活的看法，是同一种谎言，静止的，亘古不变的，胆战心惊的，虚伪

的，可笑的。在我心底，参加抵抗运动的是多多。被授勋的，也是多多。有一点我能确信：多多不会对此自吹自擂。

22岁，3个月，1天　　1946年1月11日星期五

喝了那么多年菊苣根代咖啡之后，终于找回了咖啡的滋味！又浓又苦的黑咖啡。一口喝下去，嘴里的啃噬感马上叫人想心满意足地咂嘴。胸骨后面的灼烧感刺激着、呼唤着，加快了心脏的跳动，给神经元通了电。另外，很多时候，它们的味道其实很糟糕。战前的咖啡质量似乎更好一点。为什么今天的咖啡没有以前好了？是怀旧情结在作怪吗？

22岁，5个月，17天　　1946年3月27日星期三

关于做噩梦的问题。过去的这两年，我很少做噩梦。天下太平后，噩梦又卷土重来。在我看来，噩梦不是精神的产物，而是身体器官通过大脑的排泄。我决定通过记录噩梦来驯服它们。我在床尾放了一个备忘录，一醒过来就记下噩梦。这个习惯对梦境产生了两个影响：它让梦拥有了叙事结构，并剥夺了它们惊吓我的能力。梦不再制造恐惧，而是变得古怪，仿佛它们知道我等着将它们记录在案，于是将这一切当作了一种文学荣誉，真蠢！尽管仍旧很阴森，它们已经失去了噩梦的质地。就在昨晚，在某个梦境最可怕的部分，我清醒地想道：别忘了

醒来时把这记下来。“这”在这里的意思是：大兵罗桑被撕扯下来的手臂在天空中写着字。

22 岁，6 个月，28 天　　　　　　　　1946 年 5 月 8 日星期三

第一个二战胜利纪念日。仿佛是为了庆祝这个纪念日，抗战岁月让我免受的所有病痛一下子都爆发了：鼻炎，腹泻，失眠，噩梦，焦虑，发烧，失忆（找不到手表和钱包，丢了方旭的地址 、关于苏埃托尼乌斯的课堂笔记、所有实践报告等等）。总之，我的身体失控了。简直可以说，它突然与从前那个焦躁不安的孩子重新建立了联系。（没关系的，维奥莱特过去常说，你只是有点心烦而已。）事实是，今天早上醒来，我神经紧张，鼻子不通，腹泻不止，喉咙发紧，一测体温，38.2°。盖了三层被子还感冒，吃了一顿美味的火锅后却拉肚子，这是我的身体在回到舒适环境后的反抗吗？至于焦虑，两个小时的学习终于溶解了阻塞喉咙的那团东西，翻译智慧的老普林尼让我平静下来。不过痢疾让我全身乏力，几乎无法再打沙袋。战争万岁，因为它令身体保持健康？无论如何，在我进入死神之舞的那两年中，整个世界替我承受了神经的紧张。

23 岁　　　　　　　　　　　　　　1946 年 10 月 10 日星期四

到巴黎后去了方旭家。明天我要去部里面试。方旭问我有

没有地方睡觉。十四区一个旅馆。我还活着呢，我的炸弹，不要去旅馆，而且今天还是你生日呢。（啊，她竟然记得这个细节！）她开车带我到了罗什舒瓦尔大道一个被政府征用的大公寓里，那里住着五六个音乐家。大家一起喝酒，气氛很欢乐，没什么大道理，也没多少理性可言。反正我们去了。挺好的。某一刻，他们所有人都跑到地窖里去了。方旭认识一个秘密的地方，在奥贝尔冈夫街，别人把那里变成了一个好得不得了的酒吧。我们去吧！我有点犹豫。我累了。火车还在我身上开着。绝对不能影响明天的面试。如果失败了，那我只能打道回府了。不了，谢谢，我该睡了。方旭指给我看一个房间，一张床，就是这里。你要泡个澡吗？泡澡？在一个真正的浴缸里？有可能吗？我在浴缸里重新组合了被十七个小时的火车粉碎的身体。泡完澡后，我光着热乎乎的身体，马上就睡着了。睡到半夜，我被弄醒了。有人钻进了我的被子。一个跟我一样赤条条热乎乎的身体，肉乎乎的，没有比它更女性的了，只说了三句话，嘘，不要动，让我来，随后吞没了我，我身体的那部分立即在她嘴里展开了，具有了可嘉的血肉，真实又持久，在此期间两只手一直在抚摸我的腹部，随后又滑向了我的胸部，沿着我肩膀的轮廓游走，又顺着我的双臂和腰下来，像陶工的双手一般翻转我，抓住我的臀部，而我的臀部充满信任地任凭它们抓住，轻轻地揉捏，其间她那性感温柔的双唇一直在努力干活，还有一条柔软的舌头，哦！请继续，请继续，我感觉到体液涌上来，肚子渐渐变空，这是当然的，控制住自己，小伙子，控制住，不要杀死这种永恒，可是怎么控制一座要喷发的火山呢？从哪里下手控制呢？握紧拳头，闭紧眼睛，咬自己的嘴唇，在一位我根本不想夺取其武器的女骑士身下反抗，这些都不够，做什么都没用，上来了，我结结巴巴地说，停一下……轻一点……等一等……停一下，停一下，我的手推开她的肩膀，等一等，等一等，可是她的肩膀那么圆、那么满，于是我的手指变成了叛徒在此滞留，又变成了猫爪开始揉捏，我知道自己坚持不了了，我知道，然后那个有教养的男孩突然对自己说，不能在她嘴里，这样可能不行吧，甚至成为了一种确信，不能在她嘴里。可是她推开了我的手，并没有放开我，而我已经享受到来自身体最深处的快感，她一直把我含在嘴里，然后慢慢地、耐心地、坚定地、完全地喝掉了我那处男的精液。

结束后，她睡到我枕边，我听到她轻声说：方旭对我们说今天是你生日，我想这是一个不坏的生日礼物。

23岁，3天　　　　1946年10月13日星期天

我的生日礼物叫苏珊娜，来自魁北克，是弹药专家，简单地说就是拆弹专家，这也是个需要耐心和精确度的工作。多亏了她，我的面试很成功。我向外洋溢着生机活力。我们度过了一个又一个不眠之夜。因为，正如苏珊娜早餐时向整桌人平静地解释的那样，我们整夜都是在“爱”中度过的，绝对不能简单地满足于一次“吞食”，满足我后，就该“轮到她来享受了”，

随后又是我，随后是我们一起，这次是同时爆炸，然后再来一两个“小把戏”，因为“这位仁兄，他储备的爱多得简直不可思议！”我给这些魁北克句子加了引号，然后对着穿越了几个世纪和重重海洋的口音浮想联翩。在整桌人欢声笑语期间，我产生了一个怀疑：路易丝·拉贝可能是用苏珊娜的口音作诗的①，可能高乃依也是，方旭引用了他的一句诗来应景：效果越变弱，欲望越高涨。

23岁，4天　　1946年10月14日星期一

我真喜欢口音的肉感啊！

23岁，5天　　1946年10月15日星期二

办公室老上司和新进年轻员工的对抗之中，有某种与身体有关的东西，几乎是兽性的，无论如何有一种原始的性别意识。至少刚刚经历的谈话给我留下了这种印象。两个雄性互相观察着对方。占据统治地位的老人，往上爬的年轻人。这场意欲嗅出对方知识和意图的对峙完全没有半点客气可言。你到底知道多少？你到底想走多远？上司问。你给我设的是什么陷阱？候选人问。两代人的对峙，一方行将就木，另一方想取而代之。

① Louise Labé，法国十六世纪女诗人。——译注

这种事从来没有温情可言。无论表面看来如何，文化和文凭在此几乎起不了任何作用。睾丸之间的决斗。你有资格进入这个圈子吗？这是上司真正感兴趣的。你有资格继续活下去吗？这是候选人心中的问题。在老精子和新精子的混杂气味中，是一阵阵低声的咆哮。

23岁，16天　　　　　　1946年10月26日星期六

刚才，做完爱后，我腹部朝下平躺着，全身汗湿，身体被掏空，已经平静下来，开始有点昏昏欲睡。这时我感觉到有清凉的水滴落在我的背上、大腿上、脖子上、肩膀上。水滴以不规则的间隔时间掉落，缓慢地、美妙地一滴一滴落下来。因为不知道下一滴会何时掉落在何处，又因为每一滴水珠都让我发现身上某个确切的点，而这个点直至那时为止似乎从没被触摸过，这个游戏因而显得分外迷人。最后我终于转过身：苏珊娜跪坐在我身上，手里拿着一杯水，正在用指尖给我洒水，神情专注得像正蹲在一个地雷上。她皮肤上有雀斑和美人痣，仿佛布满星星的夜空。我用圆珠笔在上面画出了本月的星图，大熊星座，小熊星座，等等。轮到你了，苏珊娜说，来看看你的天空和你的天国。可是我皮肤上什么都没有，脸上背上也没有，连一粒痣都没有，什么都没有。白纸一张。这让我悲从中来，她却用她的方式解释道：你是全新的。

23岁，3个月，11天　　　　　　　1947年1月21日星期二

苏珊娜走了，回她的魁北克去了。对所有人来说，战争都结束了。我们一起有尊严地庆祝了这次分离：

右颊的一道抓痕。

左耳耳垂上的一个咬痕。

脖子上一个吻痕，右边大动脉那个地方。

另一个吻痕，左边下巴下面。

上嘴唇上一个咬痕，肿胀变青了。

四道平行的抓痕，每道之间间隔约一厘米，从胸骨上面一直到左乳头。

背部高处也有类似的伤痕。

右乳头上一个吻痕。

大拇指腹被咬开了一个很深的伤口。

睾丸被榨干了，很疼。

还有终极签章，左腹股沟凹陷处的一个唇印：“口红消失后，就得重新开始生活。”

方旭又一次担负起为我疗伤的任务。比如她告诉我，苏珊娜并不是因为我的生日才上我的床的。不是吗？不是的，我的炸弹，她是受命让你失去童贞的。说笑的吧？没说笑！你让我们很困扰。洁身自好的联络员，这实在太稀少了。那么多的危险，那么多的压力，你们大部分人一完成任务就会回到床上。全力地相爱，这是联络员们反抗战争的方式。他们都需要活力，

需要庇护的手臂，无论男孩还是女孩！你却不需要。大家都知道。所以大家产生了怀疑：神父？童男？无能？活死人？为爱所伤的人？这是大家对你的猜测。苏珊娜于是就地去寻找答案了。这是抵抗运动的最后考验，我的炸弹。

给丽松的注释

自从1945年科尔玛战役的那个下午以来，方旭就一直叫我“我的炸弹”。在那场战役中，阿尔萨斯某条路上的一个地雷爆炸，炸掉了我半个左臂。而我把半条手臂送到了一辆拖拉机的车门处，无忧无虑的样子仿佛战争已经结束了一般。方旭就是这样叫她的伤员的。通过伤害他们的武器名称。“我的炸弹”是因为那个地雷，“我的机关枪”是罗朗，他手抓自己的肠子逃出了埋伏圈，“我的浴缸”是埃德蒙，他在一次严刑拷打后幸存了下来。我的炸弹：后来她再也没有叫过我别的名字。

23岁，3个月，28天　　　　1947年2月7日星期五

每次感冒后，醒来时鼻子总是堵住的。很干，但是堵住了。尤其是左鼻孔，被一团黏膜息肉堵住。如果把食指深深插入这个鼻孔，指尖能很明显地感受到这团东西。如果睡觉时张着嘴，醒来就会喉咙干涩，仿佛风干的尸体。难道我对巴黎的空气过敏吗？

23岁，4个月，9天　　1947年2月19日星期三

是因为苏珊娜离开了，还是因为我所有的提议都被沙普兰狂轰滥炸了一番，还是因为帕尔芒捷这个蠢货不停地用他的配额问题烦我，我才会一直感觉到胃反酸？还是孩子的时候，我就已经有了老年人的毛病。这些毛病会伴随你一生，最终成为一种脾气。我会不会变得很酸，然后过两年变成一个尖酸刻薄的人？

23岁，5个月，21天　　1947年3月31日星期一

没有食欲。睡得很差。什么都下不去，什么都出不来。食道部位的疼痛几乎变成永久性的了。之前一直拖着，现在我开始担心了。艾蒂安建议我去做个检查。尤其有助于缓解焦虑，他特别说明。他向我推荐的肠胃专家两周后可以在科尚医院接待我。罗内牌药片还能起点作用。没有苏珊娜的消息。

23岁，5个月，30天　　1947年4月9日星期三

还要等五天。浪费了多少时间啊，我的上帝！还是没有苏珊娜的消息。你还想从这个姑娘那儿得到什么呢？方旭问我。她已经为你打开了生活的大门，我的炸弹，你只须走进去就可以了！我想让胃口回来。包括对性的胃口。以及对生活的胃口。

可是，回来的只有我儿时的恐惧。以疑心病的形式！因为，无须再欺骗自己，我感受到的，是对癌症的毫无理智的恐惧。疑心病：由意识紊乱引起的对身体各种表现的扩大化感受。一种迫害妄想症的形式，其中我们自己既是迫害者，又是受害者。我的精神和我的身体在互相耍阴谋诡计。话说回来，这是一种全新的感受，因而很有意思。我天生就有疑心病吗？还是只是某个暂时性危机的受害者？胃癌：被消化器官从身体内部吞食！这是神话故事中才有的恐怖！

23 岁，6 个月，2 天　　　　　　1947 年 4 月 12 日星期六

我失去了消化功能。

23 岁，6 个月，4 天　　　　　　1947 年 4 月 14 日星期一

看病只看了七分钟。出来时我吓坏了。医生说的话我连四分之一都没有记住。要我描述他的桌子我肯定做不到。思想的奇怪的晕厥。您很走运，一个病人取消了预约，这样我三天后可以接待您。真的假的？他会不会是在吹牛，这样可以避免告诉我其实情况危急呢？我没有听他说话，反而研究起他的脸。他生硬、精确地告诉我，三天后，他要塞一根管子到我胃里，看看里面究竟是什么情况。在这颗专家脑袋上，除了刚才那个消息，完全读不出别的信息，可是我的疑心病却觉得他的每一个表情都隐藏着不

可告人的动机。你这个可悲的家伙，你疯了吧，从你的举动看，你好像把这个大夫当成纳粹党卫队的奸细了！

23岁，6个月，6天　　　　　　　　1947年4月16日星期三

无法阅读。无法集中精神做任何事。只有工作还能稍微让我分点心。尽管今天早上若赛特和玛丽昂一个觉得我神不守舍，另一个觉得我忧心忡忡。罗内牌药片已经完全起不了任何作用。我全身的神经都受到了动摇。我很确信游戏已经结束，我是最后一次以非病人的身份品尝这瓶酒、这些橄榄、这道蔬菜泥——另外，这些东西也没有被消化——，我再也看不到吕科的板栗树开花了。从什么时候开始你对板栗树也有兴趣了，蠢货？你一直觉得它们很学究气！是的，可是马上就要死去的确信甚至能让你爱上一只蟑螂。对疾病的恐惧比疾病本身更可怕。快点出诊断结果，好让我振作起来！因为面对不可避免的癌症，我懂得如何自持！我甚至给自己想出了几个颇具英雄主义的姿态。在等待期间，是湿濡的双手，指尖极其轻微的抖动，一阵阵的恐慌，恐慌来临时，本来便秘的我开始拉肚子，像十二岁时那样。我不会再害怕了，我不会再害怕了，我永远不会再害怕了……说得好听！有没有可能我什么都没有学会呢？有没有可能这本用来驱逐此类恐慌的日记其实没起任何作用呢？那个有点风吹草动就把屎拉在裤子里的无脊梁小屁孩，我是否必须与他同居到最后一刻呢？别再哼哼唧唧了，消停一会，行吗？从外面看看你自己，你这个傻

瓜，你活着从一次全球性杀戮事件中走了出来，一个妙人儿还为你开辟了通向女士们的道路呢！

23岁，6个月，7天　　　　1947年4月17日星期四

在一种完全自我放弃的状态下做了胃镜。我已经向医生缴械投降。盲目的信任，然而对结果没有半点幻想。平静地认命了。肠胃医生在见习医生的陪同下，把一根软管塞进了我的喉咙，随后把它推进食道，以便最后能够检查我的胃，一直检查到幽门。在此期间，我一直在与可怕的呕吐感作斗争，心里想的是那个吞沙子的人。小时候，有一天，爸爸带我去马戏团，我就是在那里看到那个吞沙子的人的。医生们一边研究我一边在闲聊。他们检查我的管道时谈论的是下一次的假期。这样很好。愿生命长存不息！好消息：检查只发现了一处普通的食道炎。坏消息：他们想让我在抽血结果出来后再来一下。治疗：胃部包扎，节食。禁止吃带汤汁的肉。（我觉得这个大夫在命令我节食时几乎无动于衷！）

23岁，6个月，18天　　　　1947年4月28日星期一

检查结果完全正常。什么病都没有！这让我百感交集：兴奋的劲头被羞耻感减弱，因为我曾那么害怕。由于放松的心情战胜了其余一切念头，我就与艾丝黛尔一起去了餐馆。我点了

烤香肠、炒土豆和一瓶布鲁伊葡萄酒。到目前为止还没有感觉到胃反酸。与艾丝黛尔在植物园开心地散了会步。我找回了我的身体！哦，是的，蒙田，健康的美丽光芒！

23岁，6个月，28天　　1947年5月8日星期四

一个行人问我去特洛加德洛怎么走。我不但没有告诉他，还用苏珊娜的口音自然地回答，偶不系这里人，偶系魁北克人，内个特洛加德洛，偶不认习。当苏珊娜摹仿法国口音，也就是我的口音时，她向我展示了我们这种语言的生理学。她的脸收缩，她高耸眉毛，直起头，半闭上眼皮，伸出一张高傲、赌气的嘴：你们这些可恶的法国人，说起话来嘴巴撅得像鸡屁股，好像你们要在我们可怜的头上下金蛋似的！

23岁，6个月，29天　　1947年5月9日星期五

苏珊娜常说：口音其实就是对语言的吃相！你的法语，你是在小口小口地吃它，我则是在狼吞虎咽。

给丽松的注释

疑心病之后几个月没写日记。重新找回的生活乐趣，正在步入正轨的职业带来的兴奋感，还有政治舌战，这些事的重要性都超过了日记。耍了我之后，我的身体开始退出舞台。而且

在战后的最初几年，生活进入了高潮期。

24岁，5个月，19天　　　　1948年3月29日星期一

做完爱后，布丽吉特问我写不写日记。我回答说不写。我问她会不会在日记里谈论我们的夜晚。可能吧，她带着女孩特有的那种假惺惺的腼腆说。这些女孩，她们在承认了本质以后，以为还能通过在细节上的吞吞吐吐来挽救她们的秘密。你当然会谈论，我心想，这正是我自己不写私密日记的原因。我们这个夜晚留给我的，首先是一种挥之不去的疼痛感，来自我的包皮系带，它几乎快要被撕裂了。这是我唯一要在这里记录的。其余更愉快的事情与这本日记无关。

24岁，5个月，22天　　　　1948年4月1日星期四

“卷袜子”听起来怎么也比“敞露龟头”美好很多。尽管在生理学方面，我们必须提防美好的东西。另外“敞露”这个词有点让人联想到敞篷车，让我很是喜欢。还有神甫的大氅。我一“敞露”，扑哧，就少了一个神甫。

24岁，6个月，6天　　　　1948年4月16日星期五

在乔治叔叔的推荐下，我去看了一个叫贝克的医生。因为

每次感冒后的几个星期，总有“探空气球”堵住我的鼻孔（尤其是左边的鼻孔）。是息肉，没什么办法可想。我得一生都忍受这个病的折磨吗？以目前的医学水平来看，毫无疑问，年轻人。真的什么办法都没有了吗？在春秋季节尽量不要感冒。办法？避开公共场所：地铁，电影院，剧院，教堂，博物馆，火车站，电梯……他像开药方一般开出了这张单子，然后用一个建议进行了总结：注意避免口腔接触。（总之就是避开人类。）动手术行吗？我不建议您动手术，息肉不是扁桃体，它们会自动再长出来。老贝克医生放我走时，还是告诉了我一个好消息：鼻腔息肉极少致癌，这与哪天可能会在膀胱或肠子里发现的息肉很不同。

24 岁，6 个月，14 天　　1948 年 4 月 24 日星期六

我的神甫脱掉了大氅：包皮系带终于断了，我那撕裂的性器官让我们都沾上了血。布丽吉特和我。仔细检查过自己后，布丽吉特宣布“世界逆转了”。

24 岁，6 个月，21 天　　1948 年 5 月 1 日星期六

所以，禁欲。无论如何，布丽吉特的皮肤有点粗糙。我不认为自己能够每天晚上贴着她那粗糙的屁股睡觉。与她一起生活可能可以，贴着她的屁股度过夜晚，不行。

25 岁　　　　　　　　　　　　　1948 年 10 月 10 日星期天

身体深处的高潮，生殖器末端的高潮。从今以后，与布丽吉特在一起时，我也有因为必须所以不得不到的高潮了。一种彬彬有礼的高潮，仅限于制造高潮区域的小小快感，龟头出于下面的口号作出的让步：既然得做，那就让我们做吧，既然得有结论，那就让我们享受吧。原则上的高潮，然而精神并没有在此投入整个身体。“做得好，”我身上一个令人受益匪浅的声音轻声说，“要宣泄自己，首先得要填满自己，我的孩子。爱吧，让自己充满爱，全心全意地去爱，这样你就能尽情地享受了！”这个命题昨晚被莫加多尔街一位收费的小姐证伪，她是我送给自己的生日礼物。她那么不吝啬自己的时间，她的艺术那么具有说服力，她的身体那么顺服，以至于我的身体——包括头在内——完完全全地爆炸了，就像与苏珊娜在一起时那样。

25 岁，2 天　　　　　　　　　　　　1948 年 10 月 12 日星期

生日总是会让我想起最初的生活，那时妈妈常问我认为自己“有资格得到”什么样的礼物。今天我还能听到她的声音：你自己觉得呢，你有资格得到什么样的生日礼物？话里的教育意图强调着每一个音节，头上突出来的大眼睛表示她什么都知道。实际上又是个对别人那么不上心的女人。更不必说关心了。吹蜡烛时，我常常故意咳嗽。像爸爸那样。那时真正能让我开

心的生日礼物其实是：一场严重的肺结核！

25岁，3个月，6天　　1949年1月16日星期天

我以为有一根葱丝嵌在上面右边那颗门牙和它旁边的虎牙之间了，所以花了在我看来相当长的时间想把它剔出来。先是用我的指甲，接着是用名片一角，最后又用了一根削尖的火柴。可是并没有葱丝。只是我的牙龈向我发送的一个不实信息，我的牙龈自己大概被先前某次不适的记忆欺骗。这不是它第一次欺骗我了。我的牙龈时不时会产生幻觉！

25岁，3个月，12天　　1949年1月22日星期六

没必要再继续欺骗自己，我对西蒙娜没有欲望。她对我也没有欲望。我们的身体无法协调。身体上的这种不兼容早晚会打败我们的默契。从此我们进入了补偿模式。我们完美相处的表象使我们成为了那么“模范的”一对，掩盖了我们性生活失败的事实。不能让孩子有一天因为这误会而受苦。

25岁，3个月，14天　　1949年1月24日星期一

与西蒙娜在床上时，我试图采用曾经教过多多的方法。那时是教他吃他不喜欢的东西。可惜这样的挪用根本不可能。我

那虚构的小弟弟把注意力都集中在他含在嘴里的东西，而且只想着这个东西，辨别出其中每一种成分，而不是把它想象成莫须有的东西，因为孩子们通常会从食物的质地而不是它们的口味得出古怪的结论。米糕不是呕吐物，菠菜不是大便，等等。然而，在几乎一切都跟质地有关的床上，这个办法行不通。我越是知道自己怀里抱着什么，就越是无法适应：干燥的皮肤，突出的锁骨，二头肌后立即能感觉到的肱骨，肌肉太发达的乳房，太硬的小腹，太粗糙的阴毛，结实的、对我的手来说太小的屁股，总之，这个运动员的身躯每次都会让我幻想它的反面。更糟糕的是，我不得不通过幻想来完成任务。不然的话就是软弱不举、可疑的借口、黯淡的夜和早晨起来的坏脾气。

25 岁，3 个月，22 天　　　　1949 年 2 月 1 日星期二

还有，我不喜欢她的气味。我爱她，但我跟她不对味。在爱情里，没有比这更可悲的悲剧了。

25 岁，3 个月，25 天　　　　1949 年 2 月 4 日星期五

蒙田：一个女人最美的气味，是没有任何气味。是吗？维奥莱特你在哪里？你的气味是我的大衣。不过蒙田谈论的不是你。苏珊娜你在哪里？你的香味是我的旗帜。但蒙田谈论的也

不是你。

25岁，4个月　　1949年2月10日星期四

西蒙娜和我拥有“和睦相处的所有条件”，只不过我们的身体互相之间“无话可说”。我们步调一致，但我们不能合而为一。说实话，吸引我的并不是她的身体，而是她的姿态：她的目光，她的步伐，她说话的声音，她举手投足间略显生硬的风度，她颀长的优雅，她那面带疑虑的脸上肉感的笑容，这一切（被我当成了她的身体）与她说的、想的、读的、闭口不谈的都相得益彰，承诺着一种完美的和谐。谁知到了床上，我却看到了一个网球冠军，浑身是肌肉，是肌腱，是反射，是控制，是克制。要是拳击运动和身体锻炼没有为我带来一身肌肉，情况又会怎么样呢？腹肌对腹肌，我们互相抵触着对方。从此以后我把自己变成一个软绵绵的胖子怎么样？让我的身体膨胀，直至一边进入她的身体一边热情地吸收它。她在我的褶皱中变得懒洋洋后，应该会交出自己吧。方旭曾问波利娜·R为什么只喜欢大胖子，她眨着激动的眼睛用激动的声音说：啊！因为那感觉就像是在和云朵做爱！

25岁，4个月，7天　　1949年2月17日星期四

今天早晨，我们的床几乎纹丝不乱。

25岁，5个月，20天　　　　1949年3月30日星期三

蛀牙或痛的诱惑。被一颗蛀牙活生生疼醒。在让我腾空而起后，这个下流胚表现出了让人感兴趣的一面。蛀牙会电人。这是最接近放电的疼痛。与所有触电现象一样，它让人猝不及防。舌头不自觉地在嘴里神游，突然之间，两三千伏的电压！极度的疼痛，然而转瞬即逝。暴风雨的天空中一道孤独的闪电。这种痛不会蔓延，它被严格限制在作恶部位，而且几乎立即就会消失。以至于在制造惊诧之后，它也引起了怀疑。于是开始了一场危险的验证游戏。我们的舌头会去打探，它非常谨慎，像扫雷工一样小心翼翼，先探测着牙龈、可疑牙齿的牙床壁，随后又来到有缺口的齿尖碰运气，再滑进洞里，动作迟缓得像只鼻涕虫，同时用触须反复探测。无论小心与否，都会遭受一次能让人跳至天花板的电击，我们应该好好记住这一点。只不过，对于这样一种转瞬即逝的疼痛的意识，我们很难长时间地把它贮存在记忆里。然后我们会故伎重演。一次新的电击！软体动物立即蜷缩起身体。蛀牙真的很爱捉弄人。

25岁，5个月，24天　　　　1949年4月3日星期天

卡洛琳娜是一颗蛀牙。她那一闪而过的恶意瞬间就会被遗忘。结果就是，才受过打击，别人已经开始纳闷她到底是不是始作俑者。那么甜美的女孩！那么温柔的声音！那么苍白的皮

肤！那么蓝的眼睛！那么波提切利式的头发！于是，人们折回去，人们验证，人们再次哭丧着脸回来。她对我做了这个，她对我做了那个。受害者人数还不少。卡洛琳娜是我们那无法餍足的被爱需求制造的一颗蛀牙。被揭穿了以后，她就成了一颗病牙：我有一个非常不幸的童年。她装出一副无辜的蛀牙的样子：这不是我的错，男人的恶意造成了今天的我。然后她那数不胜数的受害者们就扮演起牙医的角色。我能治愈你，我，我能！这颗蛀牙魅力十足。大家争前恐后来到它面前。信任我的药膏，信任我的爱，信任我的牙钻，我知道你本质上并不是这样的！然后我们的舌头就在深渊的诱惑面前让步了。我预言这个女孩将会有光明的政治前途。

25岁，5个月，25天　　　　1949年4月4日星期一

结果，因为记录了对卡洛琳娜同志的看法，我这本日记就变成了私密日记。问题：当我的身体制造出隐喻，启发我认识自己同类的本性时，我能不能扩展一点思路，谈些有可能成为私密日记内容的东西？回答：不能。这个禁令最主要的依据是什么？卡洛琳娜肯定写日记，并在里面用她的欲望来调和现实。而且其他很多隐喻也都很适合描述这个女孩的性格。比如说虱子，它在暗中吸我们的血，而每次我们发现时都为时已晚。或者金黄色葡萄球菌，在两次灾难性的活跃期之间，它总在沉睡。不，不，决不能扩展成私密日记！

25岁，6个月，3天　　1949年4月13日星期二

有生以来第一次，我去看了牙医（乔治叔叔推荐的）。结果就是，脸颊肿胀，没法去上班了。我把间歇性触电与一种完全可以说持久的痛苦进行了交换，后一种痛苦是一个火盆，燃料是我左边的上颌骨，它被烧到了最炽热的程度。如果痛的话，吃这个。我吃了，还是痛。疼痛开始于麻醉针本身。我看到一根针垂直扎在我的臼齿上，在我的刽子手给我注射毒药期间，我的身体变成了一个熨衣板。不太好受，不过会很快。结果既不好受也不快。麻药注射完后，他就开始用一个牙钻在我的颌骨上钻孔，钻子的声音在我的头颅里回响，好像劳役犯在开矿。所有这些喧闹声都是为了把一些灰色的细丝从世界深处拉出来。看，这是您的神经。现在我来包扎一下，等伤口愈合了我们再商量装牙套的事。

他建议我以后刷牙要稍微再严肃一点。每天早晚各不少于十分钟。从上往下，从右往左。就像欧洲盟军最高司令部里面的美国大兵。

25岁，6个月，9天　　1949年4月19日星期二

正在与M&L进行紧张的谈判，突然之间闻到一股浓烈的尿味。那么出其不意，那么突然而至，以至于我惊跳起来。表面看来，我的谈话者们什么都没有察觉到。可是这气味的确在那！酸

溜溜的，让人喘不过气，确确实实让你感觉到“喉咙被掐住了”，简直臭得无以复加。好像我掉进了一个粪坑似的。这可怕的气味跟随了我整整一天，一阵一阵的，而我周围的人却没有受到任何影响。在办公室，在地铁里，在家，一扇门打开又关上，把我关在了污秽的厕所里，它的气息令我窒息。嗅觉幻觉，这是我自己的诊断。我没有掉进粪坑，我就是这个臭气熏天的粪坑，幸运的是，我没有往外冒臭味。一个封闭的、内有气味的坑，始终是这种幻觉。为了搞清楚状况，我跟艾蒂安说了这件事。他问我最近是不是去看过牙医。是的，你爸的牙医，上个星期。上臼齿？左边，是的。不用想了，他钻开了你的一个鼻窦，现在你直接与你的鼻腔接驳了。再过几天，等伤口愈合就好了。鼻腔？鼻腔开口在哪？我们的灵魂会散发出大便味吗？你也怀疑？艾蒂安详细地跟我解释了这种特殊的臭味。并不是因为我们的灵魂会散发恶臭，而是因为鼻窦经常被感染，制造出脓的气味，也就是有机物腐烂的气味，只要哪个牙医的牙钻稍微打点滑，我们的嗅觉器官就能充分享受到这种气味。常见的意外，没什么严重的。与我们的头颅内部直接连接，就像用放大镜观察身体内部的腐烂气味。（在身体外面，臭味会扩散并减弱。）至于气味，它是真实的，并不是幻觉：它是腐烂细胞的结晶。

25岁，6个月，15天　　　　　　　　1949年4月25日星期一

度过了六天闻着屎味然而别人毫无察觉的日子。其间还进行了博士论文答辩。答辩委员会什么都没注意到。异口同声的祝贺。而我浸泡在我的粪坑中。有点像麦克白夫人的处境。

25岁，7个月，4天　　1949年5月14日星期六

裁缝动作迅速地用他的卷尺量了我的尺寸。手长，腿长，腰围，领口长，肩宽。精确而中性地触碰着两腿中间的部分。（我偷偷想我是不是有感觉。）不过裁缝对这个身体不感兴趣。实际上，他并没有碰我。跟听诊的医生完全不同。他那穿针引线的手指测量着体积，描绘着轮廓。从他店里出来的，是社会的人，穿戴着功能的人。在这件新衣服里面，我感觉我的身体格外地赤裸。

25岁，7个月，5天　　1949年5月15日星期天

裁缝提出了一个问题，我没有明白。您是靠左还是靠右？他不得不向我解释。解释完，我不得不思考。应该是靠左吧，我想。是的，应该是靠左。我的生殖器倾向于向左蜷曲。之前我从没想过这个问题。

26岁，5个月，2天　　1950年3月12日星期天

几个月没写日记。有什么重大事件发生时总是这样。这

次是一见钟情。对于这种事，要紧的不是记录而是体验。令人窒息的爱啊！不好描述，否则会淹死在情绪的汤里。幸运的是，爱情总是与身体密切相关！所以，三个月前，方旭家的聚会。家里挤满了人。有人按门铃，我离门最近，于是我开了门。她只说了句："我叫莫娜。"然后我就呆在那里，挡住了她的去路，因为一种突然而至的、无条件的、确定无疑的爱而丧失了头脑。欲望对美的信任实在太令人吃惊！这个莫娜无疑是最值得追求的对象，于是她马上也晋升为最聪明、最善良、最有品位、最亲切的女人，是最好的伴侣人选！一种最高级的完美。我的心像铅一般熔化。即便她最愚蠢、最恶毒、最平庸、最贪婪有心机会撒谎讨人厌，即便她是不可救药的资产阶级或者偶尔要靠讨饭为生的叫花子，即便别人已经让我预先审核过她的材料，我的心还是会选择相信我的眼睛！我的生活只缺她了！面对着我站在这个门框里的人，这个怎么看都不急着进来的人，她是我的！大写的女人！我的女人！主有形容词和主有代词！永恒的肯定！在被爱的闪电击中的那一刻，我们的体液输送到我们心里的，是我们全部的文化：所有庸俗的情歌，所有高雅的戏剧，是蒙太古初见凯普莱特，是内穆尔初见克莱芙王妃，是克拉纳赫父子笔下的圣母、维纳斯和夏娃，是波提切利笔下的其他人物，是所有数量惊人的爱，来自溪流和博物馆，来自杂志和小说，来自广告照片和神圣文本，歌中之歌中之歌，是从我们青年时代起积攒起来的、被我们的火热自慰放大的所有欲望，是少年时代朝图片和文字放的所有空枪，是我们狂热的灵魂的所有目标，所有这一切都膨胀了我们的心灵，燃烧了我们的思想！啊！令人炫目的爱情！哦！一个突然变成千里眼的人！……还像个傻瓜一样站在门框里。幸运的是，我的大衣挂在了上面。我抓住了它，而在此后三个月的时间里，莫娜和我再也没有离开我们的床，我们在床上面对对方的总体也面对对方的细节，既为那一刻，也为永恒。温润的色泽，丝绸的质地，火焰和珍珠，莫娜的完美！只记录主要部分，因为还有她目光中的渴求，她皮肤上最细微的绒毛，她乳房的温柔的重量，她臀部的结实的灵巧，她肩膀的完美的圆弧，一切都适合我的手，适合我的准确尺寸，适合我的适度体温，适合我的鼻子，适合我的味觉——啊，莫娜的味道！——要让一扇门朝我们完美的另一半打开，非得依靠上帝才行！要让我们的性器官如此具有说服力地契合对方，至少得存在上帝才有可能！因为得循序渐进，我们的手和唇先认识了对方，随后是我们的性器官，我们抚慰它们，抚摸它们，挠它们痒痒，晃动它们，让它们相互适应，随后才允许它们相互探访、吞并，有控制地扩大快感的调子，直至最高音处的颠覆。如今它们开始相互吞食，在一声“是”一声“不”中相互深入，做得又快又好，不经我们的允许，完全盲目行事。在楼梯里，在两扇门之间，在电影院，在古董商的地窖里，在剧院的衣帽间，在广场的小灌木丛下，在埃菲尔铁塔顶端，请注意了！我说床，可是整个巴黎都是我们的床，巴黎及其郊区，塞纳河上，马恩河上！我们的器官，我们将它们物尽其用，直至不再饥渴，随后用舌头收拾洗净它们，仿佛它们是鞋底，是汤匙柄，我们既凝视它们风光无限的时候，也凝视它们疲惫不堪的时候，带着一种酒鬼特有的蠢笨的柔情，把这一切都转化成对爱、对未来和对后代的谈论。只要莫娜不离开我的床，我很乐意让自己的后代生长、繁衍，只要快乐不会褪色，加法叫做幸福，有什么不可以的呢？我不介意生一窝风流的孩子，想生多少就生多少，如果需要的话，每一下一个孩子，然后租一个军营安置这支爱的军队！总之，这是我现在的状态。要不是某个横陈在我床上的绝对赤裸的紧急事件呼唤我，告诉我现在不是怀旧的时间，而是行动的时间，我还可以任我的笔再信马由缰一会！问题不在于庆祝逝去的时间，而在于向还未流逝的时间致敬！

26岁，7个月，9天　　　　1950年5月19日星期五

昨天下午，圣母升天节后的星期四，六次，莫娜和我。甚至可以说六次半。而且时间越来越长。一种光芒四射的疲惫，严格意义上的。好像耗尽全部能量后即将报废的电池。莫娜站起来，然后软绵绵地跌倒在床尾。她笑道：我没有骨头了。通常她会说没有腿了。我们又刷新了纪录。

26岁，9个月，18天　　　　1950年7月28日星期五

爱的能量能让身体受多少益啊！眼下，我在任何事情——绝对可以说任何事情上都无往不利。上级觉得我是个不知疲倦的人。

26 岁，10 个月，7 天　　　　1950 年 8 月 17 日星期四

在身体享受方面，没有一个词能比"chavirer"——"船的倾覆"更意味深长。我们是真的神魂颠倒了！然而，如果利特雷字典没说错的话，在 19 世纪，"chavirer"一词是用来谴责失败的，职业生涯中走错的一步。"这个年轻人翻船了。"这个词的任何一种解释都与愉悦无关。它只指资产阶级期待的落空。

26 岁，11 个月，13 天　　　　1950 年 9 月 23 日星期六

莫娜的爱的标点符：给我这个逗号，让我把它变成一个感叹号。

27 岁，生日　　　　1950 年 10 月 10 日星期二

莫娜和我找到了属于我们的动物。其余一切都是文学。不谈她走路的风度、她笑容中的光芒、我们在任何事情上的默契，不谈可能与一本私密日记有关的一切，只关注一个结果，即我们的动物性得到了满足：我找到了我的母兽，从此以后我们将分享同一个窝，回家就是回到我的巢穴。

27岁，29天　　1950年11月8日星期三

没有人能塞着鼻子生活。我肯定打呼了。莫娜什么都没说，但我肯定打呼了。而漫长的寄宿经历告诉我，人们可能会把打呼的人闷死在枕头下。因为打呼而被抛弃，我？绝对不行！天蒙蒙亮，我就预约去了贝克医生那里，求他帮我摘除左鼻孔里的息肉。我不介意这肮脏的章鱼很快会再长出来，我对手术的唯一要求，是能让我在半年里自由地呼吸。您确定？摘除息肉可不是什么愉快的事！不过我侄子会帮助我们的。他说的侄子是个二十来岁的塞内加尔巨人，身体的宽度与高度差不多，即将毕业于索邦大学哲学系，在此期间在他“叔叔”这里帮忙，默默地干着秘书的活，挣点饭钱。您到我侄子那里去付钱，这是病人离开贝克医生时听到的最后一句话。侄子递发票，收钱，找钱，在收据上盖章，全程没有一个笑容，没有一句话，不遗余力地致力于打破开心黑人巴拿尼亚[①]的神话。今天他提供的帮助就是固定我的头，一只手按住我的额头，另一只手按住我的下巴，让头保持朝天的姿势，靠在手术椅的人造革上。在此期间，叔叔命令我抓紧椅子扶手，“如有可能”身体保持不动。说完后，他就把一把弯曲的长镊子（又称波利策镊子）伸进了我的左鼻孔，朝上翻着那双调查研究的眼睛，摸索着，随后视线定住了：啊！我抓住它了，这个坏东西。深呼吸！然后医生毫

① 法国巧克力粉牌子，产品包装上有一个开心的黑人形象。——译注

无怜悯之心地拉扯起这块息肉，而息肉则用它的全部纤维抵抗着，迫使我发出一声吃惊的尖叫。尖叫声随即被侄子那巨大的手堵住，与其说是为了防止我叫喊，倒不如说是为了不引起候诊室的慌乱，因为天刚亮，候诊室就已经坐满了慕名而来的病人。我头颅的共鸣腔内回响着韧带折断的声音。啊！它没出来，这该死的东西！这件事完全成为了息肉和医生之间的私事，息肉伸出全部触手紧紧贴在洞穴壁上，医生则使出了全部力气，以至于他前臂的肌肉紧张得都要断了。而我在侄子的手里快要窒息了。贝克医生简直像是要把我的整个脑子从左鼻孔里拉出来，而且没有人知道这个永恒的时刻究竟会持续多长时间。在此期间，我屏住了一生的呼吸，我的肺快要爆炸了，我那深深掐入椅子扶手的手指已经能摸到扶手里面的金属，我的双腿抽搐着往空中抛出了表示胜利的V形，而我的内耳中——断裂声、撕扯声、血肉的呼喊声——回响着提坦神之战的声音：战争一方是我头颅里活生生的物质，另一方是这个目眦尽裂、紧咬嘴唇的疯子。这个疯子现在满头大汗，导致他那起雾的眼镜几乎使他成了一个瞎子。即便他现在拔的是我的舌头，他的努力也不可能给人留下更为深刻的印象。啊！成功了！在这里！我摸到它了！出来了！好——嘞！陪伴着胜利高潮的，是一股喷涌而出的血。漂亮的家伙，对吧？医生一边打量镊子尖端还在滴血的肉一边感叹道。随后，他心不在焉地轻声对侄子说：洗干净，放引流纱布。他说的是我。以及剩下来要做的事。

谁把您搞成这样的？在办公桌前坐下时，托马森问我。我那肿胀的鼻孔外露出一截带血的棉花，我的眼睛因为机械反应而半闭了起来，这都让我看起来像刚经受过严刑拷打一般。由于一个鼻孔对鼻腔壁施加了压力，导致另一个鼻孔也被堵塞，我现在只能张着嘴呼吸，嘴唇干涩，说话时只能像个过量饮酒的醉鬼那样使用唇音。托马森本来很乐意让我回家（与其说是同情我不如说是为了他自己的卫生考虑），可是我们还要接待奥地利人，而且“我们承受不起丢掉这个合同的代价”。倒霉的是，正当我俯身亲吻部长夫人也就是冯·特拉特内男爵夫人（她的名字叫格尔达）向我伸出的戴手套的玉手时，我的棉花球掉了出来，喷出来的血弄脏了手套上面的威尼斯花边，严重影响了我们的合同。*Verzeihen Sie bitte*，*Baronin*①！

27岁，5个月，13天　　　　1951年3月23日星期五

复活节假期。蜜月旅行。在莫娜看来，处处都有看头的威尼斯其实是盲人的天堂。在这里，不需要眼睛也能感觉到自己是目光犀利的。这个寂静之都其实是最富代表性的音响之城。在游客沉闷的脚步声和威尼斯鞋跟坚定的劈啪声之间，是广场上鸽子飞翔的声音，是海鸥的叫声，是市场上奇特的叫卖

---

① 德语，意即“对不起，男爵夫人！”——译注

声——卖花，卖鱼，卖水果，卖杂货——，是*vaporetti*[①]的钟声，是鹤嘴锤的*staccato*[②]，是比意大利其他方言更少节奏、更柔和流畅的威尼斯口音，所有这些声音都向我们的耳朵涌来。卡纳雷吉欧区和多尔索杜罗区的回音不同；没有哪条街，没有哪个广场发出的声音是一样的。威尼斯是一首交响曲，莫娜断言。她要求我闭上眼睛，手搭在她肩上，仅凭声音来辨认我们的路线，一边还让我发誓，如果哪天我们谁失明了，另一个就和他（她）一起到这里定居。画龙点睛之笔：涨潮日，我们终于能够名正言顺地在水潭里走路了。

27 岁，5 个月，14 天　　　　1951 年 3 月 24 日星期六

昨天是听觉的威尼斯，今天是嗅觉的威尼斯，仍旧闭着眼睛。想象你自己又聋又瞎，莫娜说，那些*sestieri*[③]，你必须用鼻子认出它们来，防止迷路！所以，闻一闻：里亚尔托桥有鱼腥味，圣马可教堂附近有高级皮具的味道，城堡区有绳子和沥青味，莫娜断言。莫娜的嗅觉甚至能够分辨源自十二世纪的气味！当我要求无论如何要去参观一两个博物馆时，她反驳道，博物馆都在书里，也就是在我们自己的书房里。

---

① 意大利语，意即“渡轮”。——译注
② 意大利语，意即“断音”。——译注
③ 意大利语，意即“行政区”。——译注

27 岁，5 个月，16 天　　　　　　　　1951 年 3 月 26 日星期一

全世界只有在威尼斯，两个人做爱时可以各自背靠一栋房子。

27 岁，7 个月，9 天　　　　　　　　1951 年 5 月 19 日星期六

看到艾蒂安揽镜自顾，我想起自己从来没有好好照过镜子。从来没有那种无辜的自恋眼神，从来不曾突然之间爱俏地欣赏起自己的形象。我一直将镜子等同于它们的功能。少年时代的我对着镜子查看肌肉生长情况时，它们是盘点功能；搭配领带、外套和衬衫时，它们是着装功能；早晨刮胡子时，它们是警戒功能。但整体形象不会引起我的注意。我不会进入镜子。（害怕就此出不来了吗？）艾蒂安却是在看自己，像任何人一样，沉浸在自己的形象中。我不会这么做。我身体的元素构成了我，但没有构成我的性格。总之，我从来没有真正看过镜子中的自己。这不是什么美德，更多的是一种距离，而这本日记试图填补的，正是这个无法缩小的距离。我形象中的某些东西对我来说一直是陌生的。以至于有时无意中在商店橱窗里看到自己的形象，我会惊跳起来。谁？不是谁，别慌，只是你自己而已。自孩提时代起，我花了很多时间来辨认自己，这些时间后来再也没有追回来。在倒影方面，我更喜欢莫娜的目光。可以了吗？可以了，你堪称完美。或者艾蒂安的目光，在去开会之前。可以了吗？可以了，不会让石榴裙掉下来，不过一定会赢得信

念的。

27 岁，7 个月，10 天　　　　1951 年 5 月 20 日星期天

归根到底，要我说出自己究竟像什么，我可能回答不出来。

28 岁，3 天　　　　1951 年 10 月 13 日星期六

小时候我曾以为已经克服了恐高症，可是一旦靠近虚空，我就能感觉到眩晕感一直在那，潜伏在我的睾丸里。因此迫切需要进行一场小小的斗争。就在昨天，在象鼻山的悬崖上，我还进行了一次实验。为什么恐高症在我身上的表现首先是一种睾丸被勒紧的感觉呢？别人身上也是这样的吗？在我身上，在那些时刻，睾丸变成了世界的核心；像是一个卡口，向上和向下发射出一簇簇强烈的恐惧。仿佛这些恐惧簇取代了心脏，向我的血管输送了一股沙子，擦刮着整个血液循环系统、手臂、上半身和双腿。两个沙袋的爆炸。不久前的一次爆炸让我陷入了瘫痪。

28 岁，4 天　　　　1951 年 10 月 14 日星期天

我问莫娜，卵巢是不是也是恐高症的岗哨。她回答说：不是。反过来，当我看到她太靠近悬崖边缘时，我的睾丸又开始

打结。我替她得了恐高症。具有同理心的睾丸？

在这些实验期间，我想起一个小故事，是关于一个掉下悬崖的散步者的。他一脚踩空，在塌陷物上滑了几米，随后掉入虚空。他的朋友们受到惊吓，不停地喊叫，他自己却不再害怕。他断定在知道自己完蛋的那一刻，恐惧就离开了他。整整一生中，每当他回想起那种丧失希望的心情，他都将它视作是对极乐的一次体验。一棵树的树叶最终救了他。一旦开始希望别人把他从那里救出来，恐惧就又回来了。

28 岁，1 个月，3 天　　　　1951 年 11 月 13 日星期二

从食堂吃完饭出来。马蒂诺用紧握的拳头挡住嘴，悄悄打了个嗝。我再次发现，别人打的嗝会让我直接接触到他的胃部发酵物，这比他的屁更让我不舒服，因为屁的气味在我看来没那么私密，或者说更加大众化。换句话说，比起闻到别人放的屁，闻到别人打的嗝更让我觉得自己不礼貌。

28 岁，2 个月，17 天　　　　1951 年 12 月 27 日星期四

布鲁诺出生。我们有了孩子。他来到家中，好像已经在这里待了一辈子似的！我吃惊得说不出话来。我儿子对我来说既熟悉又陌生。

28岁，3个月，17天　　1951年1月27日星期天

成为父亲，就是成为独臂人。一个月来，我只剩一只手了，因为另一只一直抱着布鲁诺。一夜之间就成了独臂人。然后习惯这种状态。

28岁，7个月，23天　　1952年6月2日星期一

醒来时喉咙打结，呼吸急促，肺部收缩，牙关紧咬，兴味索然，却没有特别的理由。过去妈妈会说："焦虑症犯了。"别烦我，我焦虑症犯了！这句话我听她说了多少遍啊？而我其实什么都没有做，只是在她身边过着太乖的孩子的生活。她眉头紧锁，目光阴郁（其实她的眼睛那么蓝！），那张脸——如果可以这么说的话——从内部恶狠狠地看着自己，完全不在乎它可能对外界造成的影响。我问多多：你又对妈妈做什么了？

28岁，7个月，25天　　1952年6月4日星期三

我的焦虑症最奇怪的一种表现，是咬自己下嘴唇内部这个怪癖。这个习惯要追溯至我的幼年时期。尽管我下定决心不再这么做，然而每次一焦虑，我还是会带着一种小心翼翼的残酷醉心于这件事。一有点焦虑的征兆，我的嘴唇内部就像是被麻醉了一般，而我的双尖齿以一小片一小片撕下上面的皮肤为乐。

这些皮肤看起来像死皮。一点不疼，好像我在剥果皮一般。我的门牙会玩一会我自己身上剥下的皮，随后我会把它们吞下去。这种自我吞噬游戏会持续下去，直至我的牙齿抵达我嘴唇深处某个部位，那里的肉对于啃噬又变得敏感起来。然后是第一阵疼痛和第一滴血。我达到了某个极限。必须停止了。然而我有一种十分强烈的欲望，想要前去刺激这个伤口。要么用牙齿轻轻啃噬加深伤口，加重折磨，直至我疼得掉眼泪；要么通过吮吸压迫受伤的嘴唇，而吮吸会让血流得更多。于是游戏的内容就变成用手帕或手背来验证这血的颜色深度。从孩提时代起就对自己施加的古怪折磨。其实这个人并没有特别的施虐受虐倾向。在伤口愈合期间，我会一直诅咒自己，同时隐约有点害怕，生怕我已经达到了酷刑的上限，超越这个限度，我那受到如此多刺激的皮肉就会拒绝愈合。这种略带自杀意味的歇斯底里症小仪式是从什么时候开始的？乳牙掉光以后吗？

29 岁　　　　　　　　　　　　　　1952 年 10 月 10 日星期五

我的生日。我会永远记得这个生日！举着布鲁诺，想把他像世界第八大奇迹一般介绍给客人时，我和他一起在楼梯上摔了一跤。我朝前摔倒，然后一直滚到楼梯下面。一共十一级楼梯。我本能地用自己的身体把布鲁诺包裹了起来。我一边滚一边把他的头固定在自己胸前，然后用自己的手肘、二头肌和背护住了他，我是一个壳，把自己儿子封闭在了里面，然后在一片大叫声中，我们一起滚到了楼梯下面。所有客人都围了过来。我感觉到阶梯锋利的边缘切割着我的手背、我的骨盆、我的膝盖、我的脚踝、我的脊柱、我的肩膀，可是我知道，在我胸部中空、胃部收缩往下滚时，布鲁诺贴着我，十分安全。我本能地变身成了一个人形减震器。就算被裹在一个床垫中，布鲁诺也不会更安全。然而我从来没有学过柔道，也没学过怎么摔倒。这是父亲本能的惊人表现吗？

29岁，2个月，22天　　　　1953年1月1日星期四

昨天在R家吃的年夜饭。分发香烟。争论了古巴、马尼拉和另外几个我不知道的烟草生产地各自的优势。我表达了自己的看法。不过，看到那些行家一本正经地切他们的大雪茄，我心里产生了一个挥之不去的念头：把粪便切分成一截截的肛门承担了雪茄切割器的功能。而在这两个场合，当事人的面孔表现的是同一种专注的表情。

29岁，5个月，13天　　　　1953年3月23日星期一

以前从没想过孩子会笑着出生。然而，今天下午五点十分出生的丽松的确是这样的。圆滚滚光溜溜的，很淡定，带着肥胖秃顶的小菩萨的笑容，向世界投去强烈渴望和平的目光。面对一个新生儿，我的第一反应不是玩相似性的拼图游戏，而是

想在这张全新的脸上搜寻某种性格的痕迹。布鲁诺出生时我就是这样做的。我的小丽松，一定要提防你父亲，因为他从第一秒钟开始，就已经认定你具有给世界带来和平的能力。

29岁，7个月，28天　　1953年6月7日星期天

充满柔情的爱抚和为了止住孩子哭闹而同意给予的爱抚之间是有差别的。在前一种情况下，宝宝会觉得自己处于爱的中心，在后一种情况下，宝宝能感觉到别人想要把他从窗口扔出去的心情。

30岁，1个月，4天　　1953年11月14日星期六

莫娜这种轻松摆弄婴儿的能力是从哪里来的？我总是担心自己会把他们弄坏。尤其当丽松在我怀里，布鲁诺跺着脚想要抢夺她的位置时。法语的缺陷：抱着布鲁诺时我是个“失手的”，抱着布鲁诺和丽松时我还是个“失手的”。不管失去一只手还是两只手，都只有一个词可用：失去手臂的人。独腿人和双腿截肢者受到的待遇更好，独眼龙和双目失明者也是。

30岁，3个月，18天　　1954年1月28日星期四

无法讲述的梦。早晨五点，我在一阵焦虑中醒来。更确切

地说，我知道焦虑会在梦醒时分等待着我。我还在睡觉，可是我感觉自己将会被焦虑的钳子从睡眠中拔出来。钳子夹住我的心，像夹住孩子的脑袋。啊，这次不行啊！我不想焦虑！不！在灵活的扭动之中，我的心挣脱了钳子的魔爪，我的身体也摆脱了焦虑，它像一只自在的海豚一般重新沉入睡眠。此时睡眠已经改变了性质，或者说改变了质地，成为了一种由熟悉的舒适感构成的清澈物质，一个迟钝的焦虑无法靠近的避难所，什么都知道的睡眠：我的身体沉浸在了蒙田的《随笔集》中！这以后，我就醒了过来，并立刻记录道，我逃到了《随笔集》那流畅的厚度中，这本书、这个人的介质本身之中！

给丽松的注释

两年的中断。这里也是如此，写日记的精力让位与社会好男人形象的塑造。职业升迁，政治论战，各种辩论，文章，发言，会面，周游世界，会议，研讨会，都是《回忆录》的素材，因为三十年后，艾蒂安说什么也要我写出这本《回忆录》。莫娜对事情的看法与我不同：拯救世界，拯救世界，可是远离娃娃们！实际上，布鲁诺经常指责我，说在这段时期他常常觉得自己是个孤儿。可能我们彼此的误会也是由此开始的。

32 岁，4 个月，24 天　　　　1956 年 3 月 5 日星期一

今天早晨去接蒂乔出狱时，我突然想起他出生时的情景。或

者，更确切地说，我是看着他出生的！严格意义上的，“现场直播”，从玛尔塔的两腿之间出来，紧闭着双眼，紧握着拳头，仿佛初到世界，就已经下定决心要与生活好好干架。那时我十岁。之后我将这个画面完全封锁在记忆深处。然而今天早晨看到他被人从监狱边门赶出来（巨大的黑铁皮大门上开的一道缝，大门本身嵌在红棕色碎石围墙上），此情此景立刻让我回想起他从玛尔塔两腿间现身的那一刻。玛尔塔大声叫骂着，这可能是促使我打开她房门的原因，维奥莱特看到我的紧张程度不下于担心她那丰满的弟妹的咆哮声，她把我赶走了：“你在这里干啥？快走开！”我大力关上门后，马上跑到窗口，鼻子紧贴着窗玻璃，看到维奥莱特整个地举起了蒂乔。维奥莱特手上鲜血淋漓却喜气洋洋，玛尔塔浑身是汗地躺在湿漉漉的床上，蒂乔又黑又红，这次轮到他撕心裂肺地哭喊起来，我自己突然之间被一股巨大的力量从窗口拉开，然后看到一个脸色苍白、散发着烧酒味的马奈斯，马奈斯问我：所以，是男娃还是女娃？那口气仿佛我的性命全系在我的回答上了似的。男娃。这个男娃那么小，以至于才给他取了约瑟夫（为了纪念斯大林）的教名，他就变成了蒂乔。监狱边门在他身后关上，蒂乔面对自由的未来左右各看了一眼，随后看到了站在对面人行道上的我。他一边笑着一边向我大大地张开了双臂。

32 岁，5 个月，1 天　　　　1956 年 3 月 11 日星期天

早晨有一段时间，布鲁诺的舌头一直软绵绵地耷拉着，好

像它是一条神游的狗的舌头。我问他暴露舌头的原因，他极其严肃地回答我：我的舌头在里面觉得很无聊，所以我隔一会了就让它出来一下。小男孩还像一幅散乱的拼图一般体验着自己的感受。他认识构成他自身的元素，就像认识一个偶然遇见的朋友。他非常清楚那是他的舌头，对此他一秒钟都没有怀疑过，不过他还是能够假装不认识它，像遛狗一样地遛他的舌头。他的舌头和他自己，当然还有他的手臂、他的脚、他的大脑——最近这段时间，他跟他的大脑交谈颇多：你们安静一点，我在跟我的大脑说话！——，他身上的所有部分都还能够吸引到他。几个月后，他不会再说这样的话，几年以后，他不会愿意相信自己曾经说过这样的话。

32 岁，6 个月，9 天　　　　1956 年 4 月 19 日星期四

蒂乔向我指出，当我打喷嚏时，我说的是“阿秋姆”，一字不漏。他在其中看到了我对正字法的执着。你和你那些规矩！你真是太有教养了，要是你的屁眼会说话，它一定会说“噗嗤”的吧！

32 岁，10 个月　　　　1956 年 8 月 10 日星期五

看着孩子们认真刷牙，我不得不承认，莫娜和我给他们定下的规矩，我自己完全没有做到：每日刷牙三次，刷牙时不得

胡思乱想，先刷上面的牙——从上往下刷，注意了！——，然后刷下面的牙——从下往上刷，注意了！——，前面和后面，最后再刷长长的一个圈，方法和耐心，至少三分钟。在我身上幸存下来的只有晚上的刷牙，急匆匆的，没有章法，主要是为了防止晚餐遗留的气味熏到莫娜。换句话说，我不喜欢刷牙。我当然知道钙会沉积，也知道年龄一到它会让我牙根暴露、笑容发黄，也知道总有一天得用鹤嘴锤对付这堵墙，也知道齿桥和假牙在窥伺着我，但知道这些也无济于事，因为一想到要刷牙，我立即会想起其他更为紧急的事，比如倒垃圾、打电话、完结案子的最后一环……我很早以前就已经战胜了各种拖延症，可是在牙齿卫生这件事上，拖延症仿佛筑起了金汤固垒一般难以攻破。原因何在？因为无聊。无聊在此上升到了形而上的层面。刷牙是进入永恒的前厅。无聊程度能超过它的，只有做弥撒了。

33岁，18天　　1956年10月28日星期天

莫娜和丽松出去闲逛了，我独自跟布鲁诺度过了一天。除了昏睡不醒的一个小时外，他不停地乱动，制造动作。直觉告诉我，任何一个成年人，无论多么年轻，多么强壮，多么训练有素，多么不知疲倦，任何一个成年人，即便他的神经和肌肉力量都处于顶峰状态，也不可能在同一天里生产出一个小男孩身体耗费的能量的一半。

33岁，4个月，17天　　　　　　1957年2月27日星期三

今天早上出门时穿得不够多。寒气侵袭了我的肩膀，进入了我的体内。在特别炎热的天气里，我能体会到相反的感受。冬天入侵我们，夏天吸收我们。

33岁，4个月，18天　　　　　　1957年2月28日星期四

体温正常。这是我全部的野心。

33岁，5个月，13天　　　　　　1957年3月23日星期六

醒来时嘴巴苦涩，心情沮丧。毫无疑问，无论同桌吃饭的人讨人喜欢还是惹人生厌，我都无法抵挡吃的诱惑。如果是前一种情形，我因开心而吃，如果是后一种情形，我因厌烦而吃，如果两种情形兼有，那么即便我并没有真正想吃或想喝的欲望，我也会吃喝过量。然后第二天就会受到惩罚：醒来时苦涩的滋味，嘴巴和脾气都中毒了。回想昨晚那顿饭，我怀疑是正餐前吃的一堆黄油面包配香肠和三杯威士忌引起的。黄油和香肠没有消化。接下来上的像石膏粉一样的豆焖肉也没有消化。（添了几次？两次？三次？）早晨的苦涩向我的最高司令部揭露了一切，它又一次指责我没有控制住自己。喝开胃酒时，我已经像只机械麻雀一般吞吃起来。那些小菜呼唤着我去啄食。我一边啄食一边说话，一边

说话一边啄食。一只麻雀。食物与厌烦——或开心——之间的关系从我很小时候起就缔结了。那时妈妈常让我扮演“乖乖女”的角色，也就是让我把俄式冷盘递给客人，却不许我吃它们。惩罚也有渊源：今天早上我嘴里的味道是鱼肝油的味道。

33岁，5个月，14天　　　　1957年3月24日星期天

晚上的大便又粘又沉。冲了两次水都没能把陶瓷上粘的粪便冲掉，也没能去除马桶底部黄黄的痕迹。于是我用了马桶刷。这时我突然想起一件事：小时候，我一直不知道卫生间的这个小刷子是做什么用的。我以为它是装饰品，它的豪猪头永远浸在一个洁白无瑕的盆里。它对我来说是熟悉的，却又完全没有意义。有时我会把它当成玩具，比如坐在宝座上时挥舞的权杖。之所以那么无知，是因为小孩子的粪便从来不会粘在马桶上，或者很少这样。它们会自己滑下去，然后消失在瀑布中，不会留下任何痕迹。先是天使的排泄物。接着是扫帚上的干草。接着有一天，物质战胜了一切。这个东西下不去了。物质结块了。我们没有太在意——谁会看马桶底部啊——直到打扫卫生的大人向你指出了这件事，并要求你注意环境卫生。

所以我第一次刷马桶是在什么时候呢？现在我常常不得不做这个举动。这本日记没有记录这一事件。但这的确是我一生中重要的一天。纯洁不再。

这样的漏洞更坚定了我不记私密日记的决心：私密日记永

远抓不住关键问题。

33岁，6个月，11天　　　　　　1957年4月21日星期天

樊尚动物园。正当丽松、布鲁诺、莫娜和我出神地站在一对忙着互相捉虱子（他们在做什么爸爸？）的黑猩猩跟前时，我想起了那个表达亲密关系的动物表情。我认识的女人身上几乎都出现过这种表情：帮我去黑头时。两个拇指掐住我胸口的皮肤，然后粉刺在两个指甲的共同按压下慢慢地被驱赶出来。那个时候莫娜的表情啊！至于我，看了一眼落在她指甲上的黑头白虫子后，我带着雄猩猩同志若有所思的克制，最终屈服于这种“分娩”活动。

33岁，6个月，13天　　　　　　1957年4月23日星期二

皮脂在接触空气后氧化产生了粉刺的黑头。如果一直处于真皮的保护之下，细胞垃圾这种油腻腻的颗粒会一直保持无可指摘的白色。一旦刺破皮肤它就会变黑。衰老其实就是这种氧化现象的扩大化。我们生锈了。莫娜负责给我除锈。

33岁，6个月，21天　　　　　　1957年4月1日星期二

今天早上洗头时，又想起青少年时期的油脂分泌现象。从

那时起，晚一天洗头，我就会觉得头顶的头发很陌生，像是不小心落到我头上的拖把。换句话说，我洗头发是为了忘记它们。

33岁，9个月，5天　　　　　　　　1957年7月15日星期一

在食堂厕所小便，我的包皮里满了，我把里面的内容清干净后，才彻底放开闸门。这让我想起十二三岁时，我控制尿流控制得很糟糕。不成熟？对妈妈的抗议？动物般的地盘意识？为什么男人在公共厕所小便时总是会自动偏离方向？之后，当妈妈不再向我指出小便流到外面时，我就开始瞄准方向了。

33岁，9个月，8天　　　　　　　　1957年7月18日星期四

关于小便的男人，蒂乔很喜欢讲下面一则故事：

男厕所的微妙故事

一个男人站在小便池前，张着的双手像痉挛了一般，看起来无法做任何动作。他旁边那个正忙着扣扣子的人于是客气地问他到底发生了什么事。男人于是很尴尬地向他展示了自己僵硬的手，问他是否可以好心帮他拉开裤子拉链。另外一人是善良的基督徒，他照做了。做完后，越来越尴尬的男人问他是否可以好人做到底，帮他掏出他的东西。另一人照做了，非常不好意思，不过还是做了。当然了，陷入慈善齿轮的他现在不得

不托住那个可怜的残疾人的小鸡鸡，以防他把小便浇在自己脚上。另一个像下雨一般小起便来，舒坦得眼泪都要流出来了。完事后，双手僵硬的人又问他的恩人能不能帮他……您能不能帮我把它……帮我把它甩甩干，拜托了！接下来是一连串事：帮我把它甩甩干，帮我把它放回原处，帮我把拉链拉上……重新包装好后，男人热情地握住了恩人的手。看到他原先以为瘫痪的两只手运转良好，恩人惊诧万分，并问那人是什么原因阻止了他自己做这些事。

“我吗？哦！没什么，没什么，您不知道，我太讨厌做这件事了！”

33岁，11个月，4天　　1957年9月14日星期六

在圣米歇尔大街遇见一个叫罗朗的人。完全记不起他的名字。完全无法给这个隐约有些眼熟的面孔配上一个名字。完全想不起为什么会觉得眼熟。这个人到底是谁？按照他的说法，我们曾经很亲密，而且是在无法忘怀的情景下。我跟方旭讲了这次偶遇，还向她描述了这个人，她听完对我说：这不是罗朗嘛！是我的一个伤员，跟你同时受伤的，就在战争结束前不久，你不记得了吗？方旭跟我说再多细节都没用——爆破手！中了埋伏，肠子都露出来了——，这个罗朗就是无法被重新组织起来。我的失忆症抽空了他的内容。他只剩一个空壳，飘在我记忆的某个偏远地带。而且，当然了，他真正的名字和他当游击队员时的假名都无法让我想起什么。一直以来，这种事在我身

上时有发生。我大脑中的什么东西没有尽到它们的职责。记忆是我的全副武装中最不可靠的。（爸爸的格言和他让我背诵的警句除外，它们完全无法被磨灭。）至少，方旭总结道，要是德国鬼子严刑拷打你，你什么都不会交代。

34岁，1个月，25天　　　　　　　　1957年12月5日星期四

我的同类们、我的兄弟们都像我一样，忙着在红灯停的时候，在车里抠鼻子。而且只要觉得有人在看着他们，他们就会停下来，仿佛在做什么下流事情时被抓了个正着。奇怪的羞耻感。其实在等红灯时抠鼻子是个非常有益健康甚至能消除疲劳的举动。指尖在鼻孔里探寻，发现鼻屎，确定边缘，然后小心地扯下，最后把它挖出。最重要的是它不能是黏糊糊的，否则要摆脱它就会很麻烦。可是当它具有做披萨的面团那样的弹性和柔软度时，把它放在拇指和食指之间不停地揉搓，这是多么有趣的事啊！

34岁，1个月，27天　　　　　　　　1957年12月7日星期六

鼻屎会不会只是一个借口？用来跟鼻尖构成的软骨玩具玩的借口。这个开车人在想什么呢？在观察他之前，我自己在想什么呢？什么都想不起来了。一边做白日梦一边等红灯变绿。鼻尖这个软骨对我们的用处就是：让我们耐心等待生活的继续。

这个假设今晚在看到布鲁诺洗澡时得到了证实。布鲁诺乖乖坐在浴缸里，专注地把他的包皮绕在自己的食指周围，他的脸与等红灯的开车人一样*面无表情*。严格地说，我们的包皮，我们的鼻尖，我们的耳垂，它们并不是过渡性的器官。由于不具备任何特殊的代表意义，它们不像玩偶或公仔那样扮演象征性的角色。它们仅满足于让我们的手指在我们的思想神游太虚时有事可做。物质对流浪的思想的悄无声息的召唤。读《罪与罚》时我捻来捻去的这束头发轻声告诉我，我不是拉斯柯尔尼科夫。

34岁，4个月，22天　　　　1958年3月4日星期二

一只死去的鸽子，躺在下水道口的铁格子上。我挪开眼睛，好像看着它就会“得什么病”似的。视线污染的纯粹幻觉！死鸟的形象中有某种特别具有传染性的东西。流行病的某种先兆。被碾死的刺猬、猫、狗，腐烂的马尸，甚至人的尸体都不会对我产生这种影响。当我还是孩子时，鱼在我手中太活了。今天，排水沟边的这只鸽子太死了。

34岁，6个月，9天　　　　1958年4月19日星期六

我在等鸡蛋煮熟，丽松手捏一小段铅笔在默默地画画。画完后，她拿给我看，我叫起来，哦，多漂亮的画啊，眼睛没有离开手表的秒针。这是一个在头里大叫的男人，艺术家向我说

明。确实如此：从这个心事重重的男人脑袋里钻出来一个大声叫唤着的头，两个椭圆，寥寥数笔，已经说明了一切。孩子们的画就跟水煮鸡蛋一样，每次都是独一无二的杰作，可是它们在世界上的数量那么大，以至于谁都不会太关注它们。如果把它们单独拿出来，这个鸡蛋与这个在头中大叫的男人，如果把注意力完全集中在这个鸡蛋的味道或这幅画的意义上，那么鸡蛋和画必定都会成为具有根本意义的奇迹。如果除了一只母鸡，其余母鸡都消失了，那么所有国家都会为拥有最后一颗鸡蛋争得头破血流，因为什么都比不上一颗煮鸡蛋的味道。如果世界上只剩下一幅儿童画，那么在这幅独一无二的画中，我们什么信息读不出来呢！

在丽松这个年纪，孩子们画画时会动用整个身体。在画画的是整条胳膊：肩膀，手肘，手腕。整个页面都被征用了。《在头里大叫的男人》画在从一个大本子上撕下来的一页纸上，铺满了全部页面。从心事重重的头（心事重重还是心有疑虑？）里钻出来的喊叫的头占据了所有可用空间。膨胀的画。一年以后，开始学习写字了，这种幅度就会受到限制。线条会制定自己的法则。肩膀和手肘被固定，手腕保持不动，动作将被局限于拇指和食指的摆动，这是字体那些细致的弯曲所要求的。丽松的画会因服从这种指令而受影响。我也是因为服从了指令，才有了书记员的字体，那么清晰整齐。一旦学会了写字，丽松会开始画些装饰页面的小东西，萎缩的画，就像从前中国公主的小脚。

34岁，6个月，10天　　　　　　　　1958年4月20日星期天

看着丽松画画，我又重新体验了学写字的经历。从战场回来时，父亲带回一大堆水彩画，在画中，他定格了没有被轰炸摧毁的一切。最初几个月是整个整个的村庄，后来是孤零零的房屋，后来是花园一角，成片的花，单独一朵花，一片花瓣，一片叶子，一棵草，像是对作为士兵的他的周围环境所作的减法式再现，控诉着战争绝对的吞噬。只有和平的画面。没有一片战场，没有一面旗帜，没有一具尸体，没有一只靴子，没有一杆枪！只有残余的生活，色彩缤纷的片段，幸福的碎片。他画了一本又一本。手刚刚能捏住铅笔，我就开始乐此不疲地给这些水彩画描轮廓。爸爸非但不生气，还引导我。他的手抓着我的手，帮我给他用画笔描摹的现实加上了尽可能准确的轮廓。我们从画过渡到了书写。墨水笔取代了铅笔，他的手始终带着我的手，让我在画完雏菊轮廓后练习写字母的弯曲部分。我就是这样学会写字的：从花瓣过渡到了笔划。好好写，这些词语的花瓣！后来我再也没有找到这些水彩画本子，它们可能消失在母亲的火刑中，可是我有时还能感觉到父亲的手握着我的手，而我因为写出了完美的弯曲，而沉浸在孩子气的快乐中。

35岁，1个月，18天　　　　　　　　1958年11月28日星期五

马奈斯被一头公牛顶死在牛圈的墙壁上。蒂乔告诉我这个

消息时，在难过之前，我首先感受到的是一种生理上的震惊，肋骨扭曲，胸腔咧开，肺部爆炸，动弹不得，最后是一阵怒气——马奈斯到死都那么“马奈斯”！蒂乔的哀悼词：料到会这样收场，过去他一直在招惹动物。

35 岁，1 个月，22 天　　　　1958 年 12 月 2 日星期二

马奈斯的葬礼结束后（在葬礼上，方旭、罗贝尔和我不得不与共产党和抵抗运动全体成员一起演奏了一段官方音乐），我们这里也上演了著名的普鲁斯特玛德莱娜蛋糕事件。回到农场，在罗贝尔开葡萄酒时，玛丽安娜往我面前放了一片涂了葡萄果酱的面包和一碗冷牛奶，她宣称现在是“下午茶时间”，我必须“再吃”一下。牛奶碗，面包片，罗贝尔和蒂乔两兄弟陪伴着我，玛丽安娜学着维奥莱特的话（“我的小壮士啊！”），这些足以让我回想起童年的那些时刻。不过真正的旅行是由涂了葡萄果酱的面包片完成的，维奥莱特为我的“下午四点”创造出来的紫葡萄果酱。我把面包片浸到冷牛奶中，与其说是出于真正的渴望（我现在很难消化牛奶），不如说是为了与玛丽安娜玩回忆游戏。有点发霉的覆盆子香味，牛奶的白色上面渐变的红、紫、蓝，第一口新鲜又多孔的口感，面包皮的脆边，果酱在舌头和上颚之间留下的带颗粒的柔滑感——不完全像果冻，也不完全像果酱——，所有这些元素瞬间组合引发的记忆……这一切立即使我确信，从前就是这样的口感，这口感现在也没

有变！我吃完了整片面包，喝完了整碗牛奶，同时拒绝了罗贝尔递给我的酒（别吃了，喝一点吧）。蒂乔惊叫起来：看来他喜欢葡萄果酱是真有其事了！你不是为了让维奥莱特开心才吃的吧？你真的喜欢这个吗？当然了，我回答，你们不喜欢吗？不如让我死了算了！于是我儿童时代与食物有关的一角被一道新的光线照亮。我以为是马奈斯和维奥莱特对我的优待（谁都不许碰葡萄果酱，那是小家伙的，这样他下次还能再吃！），实际上多亏了我，他们才得以解决掉这种令人深恶痛绝的果酱库存。而当我问他们其中一人要不要吃时，他们惊恐的拒绝（不，谢谢，马奈斯要是知道了就完了！）所表达的，只不过是他们懦弱地松了口气的事实。而所有人今天都向我承认他们讨厌维奥莱特的葡萄果酱，闻起来有一股"呕吐物的味道"，吃下去后有"灰尘的余味"。不难想象，罗贝尔总结道，要是德国鬼子当时让我们吃这个东西，我们肯定什么都招了！

那维奥莱特呢，我问，她喜欢她的葡萄果酱吗？

不确定。事实是，那天她在试做这个果酱时，我凑巧走进厨房（张开嘴，尝尝这个！），我露出了那么陶醉的表情——之后又那么忠于这种陶醉感——，以至于她从此再也不敢不做了。

35岁，1个月，23天　　　　1958年12月3日星期三

一个有关味道的故事必须同一篇有关暗示的论文携手同行。

35 岁，1 个月，24 天　　　　　　1958 年 12 月 4 日星期四

还是在马奈斯的葬礼上，方旭对我说：我的炸弹，不管你乔装打扮成阿帕奇人，还是侏儒，还是中国人，还是火星人，只要你一微笑，我就能认出你来。随后思考起身体的那些表现：背影、步伐、声音、微笑、字体、手势、摹仿别人的样子，这些都是我们曾真正注视过的人留在我们记忆中的唯一痕迹。对于那个在歼击机中粉身碎骨的哥哥，方旭说：嘴唇，嘴，是的，它们可以被粉碎，但微笑不能，不可能。想起母亲时，她想到的也是她的蝇头小字，然后有些伤感地提起她母亲写 r 和 v 这两个字母时画出的完美圆环。

我自己的母亲留给我的，只有一道要与我算账的目光。“你有资格活着吗？”两只往外突出的眼睛，一个尖利的声音。她以为自己的目光很有穿透力，其实只是突出而已，她以为她的声音很轻快，其实只是尖利而已。对这双眼睛、这个声音的记忆让我想起的，与其说是一个人，不如说是一种态度：一种迟钝的、恶毒的权威，她一边用这种权威来“做好事”，一边在她的善行上标出各种小小的道德戒条，这些戒条散发着恶臭，像灵魂放出的屁一般。其实这是个漂亮的女人，金色的鬈发，眼睛闪闪发亮，笑容光彩夺目，每张照片都能作证。我对方旭说：不要相信我的微笑，那是我母亲的微笑。

35 岁，1 个月，25 天　　　　　　1958 年 12 月 5 日星期五

人们一直没有找到我母亲的尸体。她可能于 1944 年 5 月 27

日消失于国有涵洞的废墟中。那天她去城里收房租。那个下午盟军轰炸了城市。警报声一响，就有大批人冲向圣查尔斯火车站。火车站就在她房子边上。大家认为她也逃到了涵洞下。不幸的是，空袭目标正是火车站，涵洞在轰炸中倒塌。死伤无数。命运的讽刺，她的房子是整个街区唯一没有被毁坏的。两个月后，乔治叔叔的一封信告诉了我妈妈失踪的消息。还有一个消息是，我继承了这栋房子。

35 岁，6 个月，22 天　　1959 年 5 月 2 日星期六

我的目光落在丽松身上。丽松一动不动，身体里面却有一股惊人的活力。她还是没有动，笑着对我说：我的身体没在跳舞，可我的心在跳。啊！我的丽松！幸福不需要别的理由，存在就是幸福！有时我自己也还能体会到这种内心的喜悦，在那些日子里，我迫使自己的身体保持安静，喜悦却让我的心舞动。比如在总结会议上，当被狂野的眉毛半遮住古董夹鼻眼镜的贝尔托里厄跟我们谈论“衍射”和“交汇线，先生们”时。舞动吧，我的心，舞动吧！

36 岁，4 个月，11 天　　1960 年 2 月 21 日星期天

昨天下雨了。布鲁诺和他的小雕像们一起玩了牛仔和印第安人游戏。这些小雕像是乔治叔叔送给他的生日礼物。整整一

小时的进击、反击、进攻、战略撤退、抽和平烟斗、停战结束、包围、闪电般的突破、侧后方歼敌，最后以牛仔被全数歼灭的惨重失败而告终。一个小时的大动静，然而身体几乎没有动。作为大人的我看着他玩，心中充满了人种学家的惊讶——我八岁时也是这样的吗？如果现在再让我玩上一两个小时的牛仔和印第安人游戏，我会有什么感受？

这个问题今天下午得到了解答。莫娜带孩子们去动物园了（不，爸爸不来，他要工作），我就地坐在布鲁诺的地毯上。才刚刚给军队布好阵，我的身体就一阵抽筋，由此让我感觉到自己正在浪费宝贵的时间。年纪太大玩不了小兵游戏了。体积太大没法把自己关在这个想象的世界。在此期间，在动物园玩耍的孩子们被哈哈镜迷住了。我也是，莫娜回来时说。好像我又回到了小时候！

36岁，7个月，3天　　　　1960年5月13日星期五

每次告诉别人他要去小便时，蒂乔总是会不可思议地说同一句话：我要去树下洗手了。今天吃过中饭，一种奇怪的冲动促使我逐字逐句采信了这句话。我把手放到了自己的尿流下面。印象中自己从没做过这种事，即便小时候也没有。我吃惊地发现自己的尿很热。几乎是一种灼烧的感觉。我们都是处于永恒沸腾状态的蒸馏器。我们不比水母更坚硬，我们依靠热气腾腾的小便来推进自己。在与我们的德国供应商谈判并签订了一个高度重要的合同之后，年届三十六岁的我在今天做出了上述尝试。弄清楚这一举动的原因，这本身是个值得思考的问题。

36 岁，10 个月，1 天　　　　　　1960 年 8 月 11 日星期四

蒂乔、罗贝尔和玛丽安娜之前已经把梅拉克卖给我们，这样罗贝尔终于有钱买下他的车行。因为梅拉克的锅炉和淋浴设施寿终正寝，所以我把孩子们放到一个大锌桶里，让他们感受了一下旧式洗澡的乐趣。三十年前，维奥莱特就是在这个大锌桶里给我洗澡的（它一直在洗衣房的阴暗角落里等待着新老交替）。我像她一样用了洒水壶、马赛香皂和洗浴手套，追踪着赘肉、褶皱、各个隐蔽角落，泥垢会在这些地方淤积，汗水流下来时容易刺激皮肤长痱子。丽松和布鲁诺跺着脚，大声叫嚷，同时抗议"弄湿了"、"太冷了"、"太疼了"，也许像那时候的我一样。不过我没有停止，即便他们呼吸急促、牙齿打架也毫不同情，因为我想重温的，不是自己童年时代的酷刑，而是维奥莱特的姿势。粗暴又准确的追捕，耳朵后，肚脐深处，脚趾甲缝，用冷水冲，不怎么介意肥皂水是不是会刺激到我的眼睛或灼烧我的鼻孔，我起先还抗议，后来很快就开心地在那双有效率的手中转起圈来，闹着在冲洗后逃跑，在洗衣房的水泥地上把湿漉漉的脚底踩得噼啪响，因为被幽灵一般的大毛巾围追堵截而尖叫，被抓住，被擦干，被涂上樟树油，有时如果屁股缝发红的话还要擦爽身粉，所有这一切，今天我都让我的后代承

受了，必须承认的是，他们看起来可没那么开心。丽松说快，快，快，一边用紧抿着的嘴吸气，说出来的话都变了形，布鲁诺正式要求维修锅炉，而我用手套、香皂帮他们擦洗着，每次都震惊于他们那小小身躯的密度，两个即将展开的生命的全部能量都奇妙地堆积在那结实的儿童躯体里，在那么柔软的皮肤之下。将来无论什么时刻，他们的身体都不会比现在更密实，脸庞轮廓不会比现在更清晰，他们的眼白也不会比现在更白，耳朵形状也不会比现在更漂亮，皮肤质地也不会比现在更紧致。人出生于超现实之中，之后渐渐松弛下来，最后只成为粗略的虚线，而后化作抽象的灰尘四散开去。

36 岁，10 个月，2 天　　　　1960 年 8 月 12 日星期五

小的时候，我没有质地。

36 岁，11 个月，7 天　　　　1960 年 9 月 17 日星期六

昨天吃晚饭时，曾在凡尔登受过伤的老将军 M.L. 对他失去的一只睾丸作了如下评论：这是我在都奥蒙尸骨堆上留下的全部东西。他仍然用只有军人才掌握的秘诀，生出了人丁兴旺的一大家子。他用一道算术题进行了总结：要是没有战争，我的子女该是现在的两倍。他太太没有吭声。

36岁，11个月，21天　　1960年10月1日星期六

街心花园，布鲁诺与一个同龄的男孩神情庄重地进行了比二头肌的古老仪式。两只小小的胳膊曲折成直角，两个拳头紧握，两块二头肌突出，两张因使劲而夸张地收缩的脸。我们把一生都花在比较我们的身体上。不过一旦走出童年，我们比较的方式就变得偷偷摸摸起来，几乎带着羞耻。十五岁时，在海滩上，我打量过同龄男孩的二头肌和腹肌。十八岁二十岁时，是泳衣下的突出部分。三十岁，四十岁，男人比较的是自己的头发（不幸的秃子）。五十岁是肚子（不要有肚子），六十岁是牙齿（不要掉牙齿）。现在，在负责监管我们的老鳄鱼的集会中，是背，是脚步，是擦嘴、起身、穿外套的方式，总之就是年龄，只是年龄。那个谁看起来比我老多了，您不觉得吗？

5

37—49岁

（1960—1972）

把自己培养成自己疾病的专家

这不在考虑范围之内

37岁，生日　　　　　　　　　　1960年10月10日星期一

在一个有关销售的特别让人昏昏欲睡的会议上，我没能抵制住诱惑，验证起打呵欠是否会传染这个问题来。我大幅度地张开嘴，假装打呵欠，接着快速说了一句“对不起”，然后我的呵欠就扩散到了可以说三分之二的与会者身上——直至又回到我自己身上，让我真正地打了一个呵欠！

37岁，3天　　　　　　　　　　1960年10月13日星期四

布鲁诺觉得打呵欠会让人变成聋子。当他觉得老师没劲时，他就打呵欠，不是为了表示很无聊，而是为了不再听到老师的话。当下巴大大张开的时候，他说，耳朵就会嗡嗡作响，好像它们被一股强风穿透了似的。于是，我就听风声。他还补充道，打喷嚏则会让他变成瞎子。他注意到在鼻子喷发的那一刻，眼睛会闭起来。他的结论是不能同时既打呵欠又打喷嚏。可以是瞎子和聋子，但必须交替进行。要是在他的年纪我能享受自己

的身体而不是忙着征服它，那么这完全是当时的我会记下来的观察。

37 岁，4 天　　1960 年 10 月 14 日星期五

在 G.L.R. 事务所改良了打呵欠实验。这次打呵欠时，我假装想掩盖自己打呵欠的事实。于是我打了个不张嘴的呵欠，下巴紧张，嘴唇僵硬，然后我看到，像昨天那样，这个呵欠也得到了扩散，掩盖的企图被识破。所以，在某些情形下，后天获得的东西会像条件反射一样自然地传播。（附带说一下，打呵欠时耳朵里面有短促的噼啪声。好像巧克力外面包着的铝纸的声音。）

37 岁，7 天　　1960 年 10 月 17 日星期一

我跟蒂乔讲了呵欠扩散的事，他告诉我在表情传染方面，一段时间以来，他对被他称为“默契想法的变化”的东西很感兴趣。两个小时后，他在餐馆给我作了演示。当时我们在和 Z 公司的三个合作人一起吃饭。蒂乔对着整张桌子的人说：昨天，我太太（他当然没有结婚）带我去看了伯格曼新出的电影，实在是……说到这里，他没有把结论说出来，而是突然闭上了嘴，让他的脸表现出一种类似厌恶的谴责表情（鼻孔收紧，嘴巴像鸡屁股，眉头紧锁，脸庞收缩，等等），我看到这个表情立即影

影绰绰地出现在我们那三位客人的脸上。等它在此驻扎下来后，蒂乔带着灿烂的笑容，大声感叹着说完了他的话：实在是……太棒了，对不对啊？热烈的表情顷刻间颠覆了脸上的地貌，这些脸庞突然绽放，笑容满面，因为一种完全赞同的表情而显得神采奕奕。

37岁，13天　　1960年10月23日星期天

当我们与别人在一起时，我们脸上表露的，首先是一种想要成为集体一员的愿望，一种无法遏抑的存在需求。我们当然可以把这种愿望和需求归结于受教育的结果，或从众思想，或性格的软弱——这是蒂乔的实验——，但我从中看到的，更多的是一种古老的反应，用来对抗本体性的孤独，是一种身体的反射运动。这个身体想融入共同的身体中，本能地排斥流放的孤独，即便这种流放只持续了一场肤浅对话的时间。当我在交流的公共空间——沙龙、公园、酒吧、走廊、地铁、电梯——观察所有人时，我们的身体运动中首先引起我注意的，是那种表达"是"的倾向，这种倾向把我们变成了一群机械附和的鸟儿：是的，是的，肩并肩走路的鸽子们说道。与蒂乔认为的不同，这种表面的融入完全不会影响我们的自我。批判思想会随之而来，甚至可能已经在形成中，可是，出于本能，在展开相互杀戮之前，我们首先会委屈自己以求集体的融合。无论如何，这是我们让我们的身体所表达的意思。

37 岁，6 个月，2 天　　　　　　　　　1961 年 4 月 12 日星期三

俯身观察一坨完美无瑕的粪便：完整的一团，非常光滑，外形完美，致密但不黏糊，有气味但不臭，分节清晰，通体均匀的褐色，是一次用力的结果，落下时丝般顺滑，没有在纸上留下任何痕迹，这是满心欢喜的匠人的一瞥：我的身体工作得很好。

38 岁，7 个月，22 天　　　　　　　　　1962 年 6 月 1 日星期五

丽松泪水涟涟。她被哥哥骂了。丽松对别人的攻击非常敏感。词语在她那里都有意义。我问了来由，原来布鲁诺对她说："屎一边去。"我责怪了布鲁诺，问他从哪里学来的这种攻击人身的脏话。是若泽！哪个若泽？学校同学。其实是个小"黑脚"，刚刚带着他的悲剧、他的家人、他的口音和他的词汇从阿尔及利亚登陆法国。我觉得不出十年，他的词汇表就可以由内而外地更新我们的脏话库存。不管怎么说，比起"妈逼"和"操"来，"屎一边去"始终具有另一重维度。加了自反代词变成代动词后又作命令式使用的"屎"是个致命的武器。对手于是变成了自己的排泄物，而别人还命令他把自己拉出来，还有比这更糟糕的吗？

38 岁，8 个月，7 天　　　　　　　　　1962 年 6 月 17 日星期天

小若泽另一句人身攻击的脏话在此期间也来到了我们家：

你的骨头死了。

39 岁，3 个月，4 天　　　　　　1963 年 1 月 14 日星期一

焦虑让我一夜未眠。喉咙被扼住，胸部沉重，神经无声地跳动！很早就起来了。然后绕了个很大的圈步行去上班：共和国广场，大林荫道，歌剧院，协和广场，杜伊勒里花园，卢浮宫，艺术桥……起先完全是机械的脚步，身体的重量落在每一只脚上，一点一点地付出努力，像是出来游荡的弗兰肯斯坦的怪物，眼神呆滞，气息短促，直至这个东西渐渐开始溶解，下巴和拳头慢慢松开，四肢也变得灵活起来，步伐变大，肺部充盈，思想摆脱了身体，正装穿在了社会人士的身上，身为经理的公民带着传奇般振奋人心的力量走进了办公室：大家好，今天心情怎么样啊？

40 岁，7 个月，13 天　　　　　　1964 年 5 月 23 日星期六

下午陪孩子们去卢森堡公园玩时，眼睛余光瞥见一个网球女将在嗅自己腋下的气味。当时她正往更衣室走，胳膊下夹着球拍，然后突然快速做了一个鸽子的动作，想闻闻自己腋下是什么气味。而我呢？在这个让我感同身受的神奇时刻——这些时刻让我们所有人成为同类——，我清楚地知道她的感受：一种熟悉的味道带来的愉悦感，虽然这种味道马上会被理解成

需要战胜的气味。享受自己出汗的味道，可以，散发臭味，不行！打赌她一走进更衣室大门便会用什么除味剂涂抹她的腋窝，这种除味剂会让她变得不惹人注意。

我们总是在私下里享用我们在公共场合试图掩盖的气息。这种双面游戏对我们的思想来说也适用，而这种双重性是我们生活中最重要的事件。回到家中，我的网球女将和我，我们各自都会陶醉在自己长长的屁中。靠着一种古老的知识，我们早已懂得如何扇动被子，让我们的屁一直飘至我们的鼻孔。

40岁，7个月，14天　　　　1964年5月24日星期天

今晚用鼻孔和舌头吞吃了莫娜。字面意义上的。把我的鼻子伸到她的腋窝里，伸到她的双乳、双腿、双臀之间，深深吸气，舔，饱食一顿她的味道、她的气息，就像我们年轻时一样。

41岁，2个月，10天　　　　1964年12月20日星期天

与孩子们一起在餐馆为莫娜庆祝生日。布鲁诺在洗手间看到一个谜样的句子，问我们是什么意思："请不要把卫生巾扔进厕所。"两个问题困扰着他：1）毛巾本来不就是卫生的吗？2）谁会那么傻，把毛巾仍在厕所啊？丽松嘴角浮起一抹笑意。怎么了嘛？布鲁诺大叫。我没有足够的胆量，只能由莫娜负责解释这个句子和这个笑容了。

41岁，7个月，25天　　　　　1965年6月4日星期五

睾丸会因为替别人担心而打结，在象鼻山我已经注意到这件事，当时莫娜走得离悬崖边缘太近，导致我产生了眩晕。今天早上当我看到一个骑自行车的人被一辆出租车撞倒时，它们又唤起了我的这种同理心。他闯红灯，出租车司机没能躲开。结果就是，撞击，跌跤，一条腿摔断了，两三条肋骨因人行道边缘的撞击而凹陷，一大块头皮受损，脸颊被刮破了皮，在他飞出去的当儿，我的睾丸又开始打结。这只能由一种共情同理的恐惧引起，因为无论如何，这个可怜的小伙子并没有摔在我身上。由此我认为我的睾丸具有利他主义倾向，能够为他人的生命安全担忧。睾丸是灵魂的总部吗?

41岁，7个月，26天　　　　　1965年6月6日星期六

今晚又想起昨天那个被撞飞的自行车手。在等救护车来时，我帮他翻了个身，擦掉了他身上的血，他几次问我他的手表有没有摔坏。

42岁，3个月，19天　　　　　1966年1月29日星期六

在谢弗里耶家吃的晚饭。谢弗里耶为了公司的更高荣耀在秘鲁待了两年，刚刚回到公司。他带回一堆在这个国家收集的

许愿牌，数量惊人。长度不超过拇指的小小方形金属牌上刻着：手、心、眼睛、肺、乳房、背、胳膊、腿、肠、胃、肝、肾、牙齿、脚、鼻子、耳朵、孕妇的大肚子……没有祷词的许愿牌，只有需要治愈的器官，刻在一个由多少有点贵重的金属做成的多少有点分量的牌子上。没有一个性器官，既没有女人的也没有男人的。谢弗里耶对我说，最多的是心、眼睛和手。他问我信不信，我回答说不信。但这并不妨碍我在听到他建议我自取后，毫不犹豫地挑选了一双眼睛。

42 岁，3 个月，20 天　　　　1966 年 1 月 30 日星期天

在一次短暂失眠的黑暗中，我对自己说：思来想去，我情愿变成瞎子也不要变成聋子。再也听不到……待在鱼缸里看着别人生活，就此度过一生？不行，不如看不见他们，然后在我自己的黑暗中，继续听他们说话、行动、擤鼻涕、生活。听熟睡的莫娜的呼吸声、房屋的开裂声、书房的钟摆声，听寂静本身。想到这里，我又睡着了，然后做了下面这个梦：我平躺在一个手术台上。俯身看着我的帕尔芒捷穿着一件外科医生的白大褂，戴着一顶白帽子和一个面具，尽管如此，我还是能看到他在笑。他的助手在我眼睛上架了一个复杂的仪器，使我的眼皮一直张着。在此期间，帕尔芒捷点燃了一盏本生灯，开始在上面加热一个小小的铜球。我于是明白这是一种入会仪式或者说神意审判仪式：上头想知道我是否有资格进入高层。所以帕

尔芒捷会把滚烫的油倒到我眼睛里，而我无论如何不能让自己失明。幸运的是，我家里有谢弗里耶送给我的许愿牌。变成瞎子的我摸索着找它，害怕得发疯，到处撞到家具，我找啊找，可是怎么都找不到。我惊醒过来，马上改变了主意：宁可失聪，不可失明！

42岁，4个月　　　　　　　　　　1966年2月10日星期四

所以南美的教堂里既没有阴户也没有阴茎。我那很喜欢批评的世俗性忍不住冷嘲热讽。其实拉鲁斯人体解剖图上也没有阴茎，我们那本非常世俗的自然科学书中也没有，那是我们初中四年级的教材，它号称要研究人体的生理现象。我忘了作者的名字（德乌梭？德乌西耶？），但不会忘记我翻开书时的怒气，因为我发现所有功能都被谈到了——循环系统，神经系统，呼吸系统，消化系统——，所有，除了生殖系统！

43岁，生日　　　　　　　　　　1966年10月10日星期一

昨夜梦见一个正在竖起的方尖碑。它竖起的速度那么慢，以至于只有我才能发现这个运动。说实话，我没有察觉到它的动静，只是有这种确信。方尖碑起先倒在地上，塔尖指向东方，然后一微米一微米地，十分缓慢地竖立起来。我盯着它，被一种信念迷住，这个信念就是：总有一天——哪怕我会为此付出

一生——，我会看到方尖碑在它的地基上晃动，随后静止下来，像十二点钟的指针那样指向天空。不要醒来，尤其不要在它还没站直前醒来！我下定决心要睡到它完全垂直。它的抬升那么缓慢，这个夜晚因此有望成为我人生中最漫长的一夜，我无限陶醉在这种缓慢之中，眼睛一刻没有离开方尖碑。这个夜晚成为了我的人生本身，我的人生成为了这种完全奉献给看方尖碑竖起的耐心。在一阵趔趄的犹豫后，方尖碑终于站在了它的基石上，而我也在那一刻醒来。然后我立即想起昨晚蒂乔在我生日宴上说的一句话：四十三岁，跟你的鞋码一样！这是稳定的一年！你将会过得很自在。

43 岁，2 个月，20 天　　1966 年 12 月 30 日星期五

两个星期来，我右脚第二个脚趾上长了一个瘤，以前从没见过。这是脚长肉刺了？长疣了？长鸡眼了？还是长老茧了？不管它是什么，一有摩擦我就觉得疼，于是人生第一次，我不得不选择我的鞋子。我们永远搞不清楚自己身上种种病痛的准确名称。我们只有指代整个类型的词语：一个“包”，各种“风湿病”，各种“反酸”，一个“肉刺”。

43 岁，2 个月，25 天　　1967 年 1 月 4 日星期三

咨询过了，是肉刺。原来这就是肉刺。另外，我觉得打游

击时好像也得过：因为鞋子太小了。

43 岁，3 个月，5 天　　　　1967 年 1 月 15 日星期天

父亲的身体。布鲁诺对一个在我们家和他共度周末的同学说，他从没见过我穿着睡衣出现在早餐桌上。总是那么完美无瑕，爸爸，天蒙蒙亮就已经刮了胡子梳了头打了领带。这种带点嘲讽的口无遮拦激怒了我，我以严肃得不能再严肃的口吻对我儿子说，莫娜和我刚刚决定下次全家去一个自然主义营地度假，我没跟你过说吗？这个愚蠢的玩笑产生了不可估量的效果。布鲁诺猛地脸红了，他把面包放在桌上走出了厨房，后面跟着他的同学，额头上带着源自圣经的羞耻：闪和雅弗倒退着走路，给赤身裸体的父亲盖上衣服。身体要么太多，要么不够。从挪亚开始就这样了。

43 岁，5 个月，19 天　　　　1967 年 3 月 29 日星期三

我亲爱的息肉。今天早晨打喷嚏时打出了一个。自上次感冒也就是三个多月以来，它一直堵着我的左鼻孔。所以早上我俯在自己的手帕上，使劲打了个喷嚏。不是那种把你掏空然后用一个愉快的爆炸填满整个房间的张着嘴打的喷嚏，而是一种完全从鼻腔出来的喷嚏，嘴巴紧闭，全部空气压力都集中在那个堵塞的鼻孔里。通常来说，没有什么能够令成年且意志坚定

的息肉在此繁衍生长的鼻孔变得通畅。空气碰到阻碍物，回流，然后封住你的耳朵。就好像大脑膨胀了，撞击到了颅腔壁，然后才恢复到原始的体积。于是你彻底晕头转向。不过我还是打出了喷嚏。（在打喷嚏方面，经验永远战胜不了希望。）我预谋了这次喷嚏。我闭上嘴和眼睛，我塞住另一只鼻孔，我让打喷嚏的欲望刺激着鼻粘膜，爬上我的鼻梁，让我的肺部膨胀起来，我尽可能大地摊开我的手帕以防喷出物乱溅，然后我使尽全力用左鼻孔打了一个喷嚏（著名的绝望的力量）。奇迹出现了，鼻子通了！我的手心感受到一阵软绵绵的冲击，一股长长的气流喷射出来，神奇的是，反方向的道路也通了！几个星期以来，空气第一次能够自由地在我的鼻孔里流通！我睁开眼睛，看到手帕上红了一片，中央有一个东西，起先我以为是凝结的血块，触摸之后发现它是肉质的。我没有晕倒。我没有对自己说，我丢掉了一块大脑。用清水把这个东西洗净后，它看起来简直就像是扇贝的肉：柔软结实，白里透红，微微有点半透明，隐约可见纤维。21毫米长，11毫米宽，9毫米厚。你终于出来了，我的老息肉！这样一个怪物竟能住在我的鼻孔里，这实在有点耸人听闻！我把这个东西拿给善良的老贝克医生（他几岁了？）看时，他高兴地跳起来。息肉的自动脱落？这种情况太罕见了，您知道吗！我自己从没遇到过！他留下它做分析，没让我付就诊费，那股高兴的劲头，就好像我送给他的是一颗巨大的珍珠。

43岁，8个月，24天　　　　　　　1967年7月4日星期二

最近这段时间弦绷得太紧了：丰盛的晚宴，晚归的聚会，短暂的夜晚，清浅的睡眠，狂热的工作，写了两篇文章，写了会议报告，与家人在一起，与朋友在一起，去办公室，去见客户，去部里，每时每刻都小心翼翼，即时的反应，权威，客气，好客，效率，控制，还是控制，连续十天来都是如此，过着吞噬精力的混乱生活。在此期间，我的身体一声不吭地追随着我的精神挥舞的军旗，冲向一座永恒的阿尔科拉桥。

今天早晨，一点力气都没有了。睁开眼皮我就感觉到了。神经冲动不在那里。在“过度紧绷”之后，出现了“放手”的企图。今天，所有事情都成为了意志力问题，成为了下决心问题。不是普通日子里那种自然衔接的决定，而是一个行动一个决定，每做件事都需要做出决定，每做一个决定都需要付出特殊的努力，与前一个决定没有积极的联系，就好像我不再被一种内在的、持续的能量所支撑，而是被外部的一组发电机所支撑，有多少决定要做，就得重新发动这组发电机多少次，而且还是手摇式的！

最令人疲惫不堪的，是我为了向周围人掩饰这种疲惫而需要付出的精神上的努力：在家人面前表现出一如既往的亲切（疲惫令他们在我眼中变得陌生），在其他人面前表现出一如既往的专业（疲惫令他们在我眼中显得过分熟稔），总之就是努力维护我那淡定的名声，保持我的身份的稳定。如果我不休息，

如果我不把身体应有的睡眠份额给它，发电机组就会自动陷入故障，然后我就真的放手了。世界的分量将一天比一天重。焦虑于是会渗进我的疲惫，然后变得太重的就不是世界，而是位于世界之中的我了，一个无能为力的我，虚荣又虚伪，这便是焦虑会在我那疲惫不堪的意识耳边轻轻说出的话。然而我会勃然大怒，在孩子们的记忆中留下一个性格阴晴不定的可怕的父亲形象。

43 岁，8 个月，26 天　　1967 年 7 月 6 日星期四

如预料的那样，焦虑症爆发了。焦虑同悲伤、心事、忧郁、担心、恐惧或怒气不同，它没有确定的对象。一种纯粹的神经问题，同时立即会伴随以下生理现象：胸闷气短，神经紧张，笨手笨脚（做早饭时打碎了一只碗），一阵阵的怒气会让第一个碰到的人遭殃，克制住的骂人话会让血液都中毒，没有任何欲望，思想与呼吸一样短促。无法集中精力做任何事，精神极度涣散，动作有气无力，说话有头无尾，思想有始无终，什么都做不成，一切都向内心反弹，焦虑把一切都遣返到焦虑的中心。这不是任何人的错，或者说这是所有人的错——归根到底这是一回事。我在我自己身上跺脚，我指控整个世界都变成了自己。焦虑是一种本体性的疾病。你出什么问题了？没有问题！所有问题！我像人一样孤单！

43 岁，9 个月，2 天　　　　　　　　1967 年 7 月 12 日星期二

醒来时到处是血。枕头被头压出的凹陷处全是正在凝结的黑血。出了那么多血，以至于棉花都无法将血全部吸收。应该是睡觉期间流鼻血了。为了不惊动莫娜，我轻手轻脚地起来。我偷拿出枕头，把它扔进垃圾桶。床单被子上没有血。我的猜测在浴室得到了证实：脸颊上是黏糊糊的、已经开裂的黑色血块，左鼻孔里也满是血块。清洗，擦拭，洗澡，没发现别的问题。两个小时后，在行政会议上，又出血了。还是左边的鼻孔。血几乎一直在流，把我的衬衫弄脏了。我往鼻孔里塞了吸水棉花，继续做我的报告，之后萨比娜下楼到附近药店买了愈合伤口的引流纱布，换掉了棉花。她利用这个机会也帮我买了一件新衬衫。下午两点，咖啡时间，又出了一次血，当时我正在 V 公司与 R 他们一起洽谈合同。真正的山洪暴发！差点没弄脏我周围的人。新的止血纱布，新的衬衫，这次是管家慷慨赠送的（这才叫服务嘛！）。回到办公室，下午六点时出现了第四次出血。到内克尔医院耳鼻喉科急诊室放了引流纱布。艾蒂安打包票说这是全巴黎服务最好的医院。一个眼睛透明的住院医生帮我放了引流纱布。整个过程就是将一条长得惊人的布塞到我的鼻孔里，直至堵住所有鼻窦，而鼻窦们用最后一丝力气负隅顽抗着。真想象不到头颅中间的空洞那么大！一层薄薄的头盖骨包围着无数洞穴、长廊、窟窿、凹陷，一个比一个神经丰富。这个操作持续了很长时间，过程非常痛苦，我强忍着不将

自己的拳头伸向住院医生的脸。您应该提前跟我说一下的！我的眼泪都涌上来了。好了，结束了，他说。可是，上床睡觉时，又出血了：压缩纱布吸满了血，血流到了我喉咙里。又回到医院。新的医生。谁给您放的引流纱布？我回避了这个问题，向他指出按照四小时出一次血的规律，这最后一次也遵守了期限。我那同事知道这个时间间隔吗？我不记得曾经向他指出过。那就麻烦了，得给您重新放引流纱布，今晚得把您留院观察。想到要进行第二次引流，我心情沮丧，不过在疼痛方面，我宁可害怕也不愿吃惊。我对这件事的兴趣也让它更加容易承受。只须承受一团针刺你而已。别人把这团东西塞到你鼻孔深处，就像过去炮手往他们的炮筒里塞火药。眼前闪过皮埃尔·别祖柯夫与俄国炮弹手在波罗金诺游荡的身影。还想到奥威尔的老鼠，这勇敢的动物正忙着在一个受刑人的鼻子里挖坑，好钻进他的脑子里去。归根到底，控制疼痛其实就是接受现实的本质，即现实富于各种稀奇古怪的隐喻。隐喻能在多长时间里分散注意力？一切问题都在这里！应该命令医生预先提醒病人：女士们，先生们，一次引流是三分钟四十八秒的疼痛，时间不会更长，但能让您疼得爬上窗帘；我帮您做只需三分钟十五秒，秒表在我手中，请系好您的安全带！然后医生开始倒计时，就像人们告诉宇航员即将点火：只有十二秒了……五，四，三，二，一……行了，好了。今晚您就留在医院吧。

莫娜给我带来了睡衣、一袋洗漱用品和几本书。所有成人病房都满了，我只好和两个生病的孩子同住（一个耳炎，一个被狗咬了)。他俩完全打乱了我的阅读计划。这个鼻尖肿大的老头实在是消遣的好对象。所以，大人也会生病是吗？竟然跟小孩住同一个病房！作为回答，我建议他们解决我头颅里的水龙头滴水问题。已知水龙头每四小时流出200毫升血，请计算水龙头在二十四小时内总共流了多少血。又由于成年人的身体平均含血量为5升，病人要花多少时间才能把身上所有血流干？来吧，算吧，别让我听到任何声音！他们算着算着就如我所愿地睡着了，我终于能够开始看书，而且恰好看到霍布斯的一句真心话："恐惧是我一生唯一钟爱的对象。"这句话像一只手套那样适合我。

进行最后一次引流后，早晨的住院医生打发我回家了，他那乐观的样子好像他就此把我送上了一条全新的道路。可以，刚一到家，一股黏糊糊甜丝丝的流淌物就在我喉咙深处留下了一种骗不了人的金属味。四小时后，我又回到急诊室，第四次引流。(谁说我们无法习惯疼痛？)这一次，住院医生神情狐疑：我帮您做是为了让自己安心，可是先生，您并没有流血。医生，我里面在流血，每四个小时发作一次。先生，这只是幻觉，您只是流鼻血，很多孩子都会流鼻血，从年龄看您没什么优势，不过不会比这更严重。引流纱布止住了鼻出血，您已经没在流血了。

又回到家中。又像之前那样出现血腥的"幻觉"，而且遵循了时间规律。艾蒂安安排了紧急医疗救护处(SAMU)的一位朋友来看我。因为我们在两次出血期间，所以这位朋友肯定了专家的诊断：您没在流血，真的是幻觉，可能是恐慌所致，不要紧张，睡一觉就好了。我没有紧张，只是很虚弱。我越来越虚弱，莫娜产生了警觉。为了搞清楚状况，她决定把引流纱布拿出来。她想计算到底流了多少血。又出血了，流出的血装满了一只碗。还是左边的鼻孔。四个小时后，第二碗。我们回到医院，想把这两只碗摆在医生面前，再问问他这是不是幻觉。没有用，我们碰到了另一个医生。宣称上一个医生肯定没做好，又给我放了新的引流纱布。引流比您看起来的要复杂一点，不过不要担心，鼻出血是一种非常常见的小毛病。

星期一早上，我的身体穿着完美的领导装去上班。每四个小时我就失踪一下，去安安静静地流血，就像别人去上厕所那样。随着血的流失，我的力气也在消失。随着力气的消失，我的精神也渐渐不佳。每次出血后都会有一阵无法遏抑的忧伤随之而来。简直可以说忧郁填满了流失的血留下的空间。我觉得自己被死亡赶上。它缓慢然而确定地占据了生命了位置。我多希望能跟莫娜再一起生活十几二十年，看布鲁诺长大，在丽松第一次为爱所伤时安慰她。我那濒死者的忧郁于是集中在了一点上：丽松的爱情。我不希望丽松受苦。我不希望她那有点笨拙的风度、她那对世界的狂热关爱、她那对真实幸福的执着追求被哪个混蛋利用。在焦虑侵袭我的同时，我身上也产生了某种平和，如果我放开栏杆，就能顺流而下，被我自己的血带走，死亡，我对自己说，死亡是一种平静的入睡……

第二天，再也没有力气去上班了。莫娜通知了蒂乔，蒂乔来了以后，立即把我带到了圣路易医院，他认识那里的一个男护士，这个护士本人又与耳鼻喉科一个做脸部手术的名医有来往。名医被我这两天流失的血量震惊，认为我被人误诊了——的确是鼻出血，可是是一种鼻腔后部出血，需要立即进行一次全麻手术。莫娜的手在手术室门口松开了我的手。

醒来时，我的头变成了一个扎满箭的南瓜。我出奇烦躁：我的身体表面看来一动不动，实际上却无法保持原地不动。我不停地在自己身上乱动，好像被另一个人占据了似的，根据莫娜的描述，这个入侵者说了很多胡话。这种被附身的感觉是吗啡引起的常见反应，值班护士对我说，于是我请求她停止给我用吗啡。不可能，先生，您会疼死的！如果疼死的话，我们再商量。停用吗啡后，疼痛就上来了，而我的每一根神经都以最活跃的兴趣追随着这种上升。一个被弓箭手瞄准脸部射击的圣塞巴斯蒂安。他们拉扯着我两眼之间的部分。等他们的箭筒空了以后，折磨就显得稍微容易忍受一点，条件是我必须保持一动不动。考虑到我血红蛋白含量偏低，医生希望我在医院住十几天，这样我不必输血就能恢复健康。他请求我原谅医生们犯的误诊错误：没办法啊，鼻腔后部出血太罕见了，医学不是一种精确的科学。在诊断方面，他补充道，必须始终给怀疑留一个位置，正如剧院必须给消防员留一个位置。啊，年轻住院医生只有亲身经历过才能懂得这个道理。

43 岁，9 个月，8 天　　　　1967 年 7 月 18 日星期二

在医院住了十天，一半时间在昏昏欲睡，另一半时间在记录之前发生的事。起初，像小胡子一般经过我鼻腔内部、伸出我鼻孔之外的巨大纱布让我看起来像从前的土耳其人。他们给我补了大量的铁，我翻翻书，我有气无力地游荡在走廊上，我知道了医生和护士的名字，我又找回了寄宿时期的节奏和习惯，我又吃上了食堂伙食，我放松，我休息，我摆脱了一切不耐烦的情绪。唯一一个走调的音是我那丑陋的条纹睡衣，它在病情之上增添了绝望。（莫娜向我发誓，商店里没有其他款式了。）

与我同一个病房的是一位年轻的消防员，在月初的游行示威中，他被警察的警棍打伤。他宣称当时想要调解治安力量和一群游行人员之间的冲突。由于他没有穿制服，法律打掉了他几颗牙，令他下巴脱臼、鼻隔膜破碎、一只眼睛凹陷、几根肋骨断裂、手和脚踝都骨折了。他哭了。他非常害怕。他害怕得直哭。我没有办法让他平静下来。从绷带里传出来的公鸭嗓音影响了我安慰人的智慧。他父母亲和他那哭得像个泪人的未婚妻也没能做得更好。是他消防队的朋友们让他起死回生的。每天晚上，五六个消防员会乔庄打扮成布列塔尼女人、阿尔萨斯女人、萨瓦女人、普罗旺斯女人、阿尔及利亚女人前来看他，楼层的全体护士也都会加入到这个民间文化行为艺术中来：风笛、短笛、铃鼓、尖叫、土著舞蹈、黄油饼、古斯古斯、腌酸菜、凯旋牌啤酒、薄荷茶和阿比姆葡萄酒、笑闹成一团。起先大家担心笑闹会结果我们的小消防员，因为他的下巴和肋骨让他的笑成了一种折磨，事实上，笑闹让他重生了。

43岁，9个月，17天　　　　　　　　1967年7月27日星期四

出院回家。跟莫娜上床庆祝。可是血红蛋白值从13变成了9.8。于是我怀疑医院没有让我的血球数恢复到足以灌溉我那千疮百孔的身体的程度。不过这是在莫娜展示热带的热情好客之前测的。我奇迹般地勃起了。我们甚至还创下了新的时间纪录。

我勃起了，可是也出现了一个突发情况：眼泪喷涌而出，代替了高潮。止不住的啜泣，夹杂着道歉，道歉又令眼泪加倍地流下来。在公司也出现了同样的事，我不得不离开总结会议，回办公室哭了个尽兴。没有对象的伤心、存在的纯粹痛苦像突如其来的浪头袭击了我，灾害程度堪比堤坝开裂。这似乎是术后的神经性抑郁，完全可以被预料到的，血流尽后，灵魂也液化了。怎么办？休息，先生，大量的休息，您被一架压路机压得完全脱水了，需要一点时间才能恢复健康，牛肝，先生，牛肝疗法，蕴含丰富的铁，牛肝马排黑血肠然后休息，不必强迫自己吃菠菜，它们的传奇色彩都是骗人的，它们不含铁，避免情绪激动，多做点运动，重新让您的身体投入到与生活的赛跑之中。

于是我又在梅拉克了，我的眼泪在此渐渐干了。长时间的远足战胜了最后一滴忧郁的眼泪。躺在草地上，莫娜和我给自己送上了孩子出生以前的日落。园艺，孩子的吵闹（玛丽安娜的孩子和我们自己的后代），烩蘑菇，音乐，滋养生活本能的小小乐趣真是数都数不尽。

43岁，10个月，1天　　　　　　　　1967年8月11日星期五

我的腰部被我的衣服摩擦得奇痒难忍。被虫咬了吗？会不会是看不见的螨虫、阴险的蜘蛛、悄无声息的牛虻或埋伏的虱子趁我们在草地上做爱时偷袭了我？查看后发现：不是虱子，是一圈小包，头部半透明，从右边的腹股沟出发，绕过我的背，一直到我右肾的位置。诊断结果：带状疱疹。也就是水痘病毒，过去它一直在我身体里扮演睡美人，抑郁症激活了它，使它以神经炎症的形式出现。看起来这个病似乎很常见。但没法治疗。属于将来可能得到治疗的疾病之一。在那一天来临之前，只能等它自己好。总结：鼻出血引起了贫血，贫血导致了抑郁，抑郁唤醒了一种病毒，病毒玩起了带状疱疹游戏。现在我还应该期待什么？一种传奇性的肺结核？忠诚的癌症？还是患上麻风病，让我的脚趾都变成灰尘脱落下来？

43岁，10个月，3天　　　　　　　　1967年8月13日星期天

不。应该期待的是别的东西，比如植物光皮炎。因为一碰到植物就起过敏反应，我的右手指上密密麻麻布满了小包，奇痒难忍。起先我以为是带状疱疹旧病复发，但不是的。是植物光皮炎。名字倒挺好听的。

我向蒂乔大略汇报了这些接踵而来的病痛。蒂乔听后不容置辩地说：别胡思乱想了，真正的病痛永远在别处。为了加以

说明，他给我讲了一个他拿手的故事。你听过“长青蛙的男人”这个故事吗？没听过。故事很长，我先声明一下。你觉得你能坚持到最后吗？你还有足够的力气吗？

长青蛙的男人的故事

有一个人，生来头上长着一只青蛙，能想象吗？真的青蛙，活蹦乱跳的，是他的一部分，通过青蛙屁股上的皮粘在他头顶上。理发师给他理发时得十分小心，得绕过那只青蛙。而那个人呢，从来不觉得青蛙对他有什么影响。倒不是说他特别喜欢这只青蛙，而是因为他跟它一起出生，一起成长。由于此人很随性，所以从来没拿青蛙小题大做。总之就是很自然。太自然了，以至于从来没人对那只青蛙说三道四。他的父母没有，他学校的朋友没有，他的女朋友们没有，他的孩子们没有，他的同事们没有，理发师也没有，总之谁也没说过什么。

直到有一天，吃早饭时，他老婆从咖啡杯上方抬眼看着他，突然就这样说了出来：

“我说，亲爱的，这只小青蛙，你准备一辈子带着它吗？”

这个家伙惊呆了，他问他老婆为什么要问这个问题。

“不为什么，就这样，想知道而已。”

这个回答没有令他满意，因为十二年的共同生活中，她从来没有提起过这只青蛙。

“那为什么是今天早上？”

听了这话，她放下咖啡杯，盯着她男人的眼睛说：

“怎么回事？这只青蛙是禁忌话题吗？”

长青蛙的男人没有回避她的目光：

“当然不是。只是直到目前为止还没有人对我谈起过这只青蛙，所以早上听你提起这件事，我会表现出几分吃惊也是合情合理。”（这个人的说话方式就是这样的，有点像你，他也受过不少教育。）

“在第一次谈论之前没被谈论的东西数不胜数。”妻子回答说。她更像是莫娜的类型。

总之就是那一类的对话，一旦开始，就会骚扰你一整天。幸好孩子们闯进了厨房（他们有两个孩子，就叫他们布鲁诺和丽松吧），得让他们吞下早饭，然后送他们去上学。这是长青蛙的男人每天早上上班前做的事。

在车上，他心情很不好。青蛙安安静静地呆在后视镜里，青蛙后面，他看到他的两个小毛孩正在窃窃私语，好像他们得做出一个艰难的决定似的。他觉得他们看起来像是在密谋什么。最后，男孩发话了：爸爸，你能不能把我们在学校前面的十字路口放下来？

其实所有父母亲都经历过这样的事，有一天孩子们再也不愿意父母把他们在学校门口放下来，因为这样太孩子气了。可是那天早上，长青蛙的男人完全无法进行简单思考：

“怎么了？是因为我的青蛙吗？”

当然他随即就后悔自己说了这番话，这让他的心情更糟了。

在十字路口放下孩子们后，长青蛙的男人心情烦躁地去上班了。这是一份好工作，男人升迁得很快。他是个对自己的付出毫无怨言的人，一个真正的劳模，而且头脑还棒，有智慧。完全是你这一类型的人。一到办公室，他的秘书就跟他说，大老板专程从纽约过来看他了。啊，是吗？长青蛙的男人随手拿起两三份文件，最紧急的，然后就上大老板办公室去了。（你还在听吗？）老板（注意了，这是个超级大公司，跨国集团！）极为和善地请他坐下，告诉他自己对他有多满意，又说十五年来他唯一能做的事就是“庆幸有他为他工作”，“无论是从营业额的增长还是您用心营造的团队内部氛围”来说都是如此。啰里啰嗦说了一大通。总之一句话，“您是个难得的人才”，诸如此类，直到说出召唤他来的原因：晋升。是的，他向他提供了一次晋升机会。人事部门负责人。不是分公司，是总部的。国际集团人力资源部总经理。薪水是现在的十二倍。一个非常重要的职位，平步青云了。长青蛙的男人又惊又喜，语无伦次地道起谢来，老板不会看错人的，谢谢总裁先生，真的总裁先生，太感谢了。

“只是有一个细节问题。”老板说。

“细节？”

老板的手稍微比划了一下，说明这真的是一个无关紧要的细节，没必要紧张。

“是您的小青蛙。”

老板变得有些小心翼翼，他肯定自己对他的青蛙完全没意见，不管怎么说没有私人恩怨，他认识青蛙很长时间了，而且他完全明白男人对它的依恋，您的确是挺依恋它的吧？我猜是生来就有的吧？另外，它从来没有妨碍过您的工作……可是，到您职业生涯的这个阶段，您所代表的再也不是您本人了，亲爱的朋友，也不是我们公司，而是整个集团。到了这个高度，我担心您的青蛙会有点……在面对日本人时，比如说……

“我明白，先生。”

“您明白？那太好了。善解人意也是您的一大优点。总之，不要操之过急。就我个人来说，我完全明白这个牺牲对您来说无法想象。话说回来，只需一个普通的外科手术，您可以打电话给某某医生，就说是我介绍的，他会安排好一切。不过您还是好好考虑一下，然后，我们约定下周末给我答复，行吗？”

当天晚上，男人回家时心情……复杂，可以这么说。一方面因老板的提议满心欢喜，另一方面却觉得青蛙那里有点喘不过气，你明白我的意思吧？如果是在平时，他肯定会带着一瓶香槟回家，可是那天……他老婆状态也不佳，孩子们连大气都不敢出。这天对他们四人来说都是黑霉日。吃完甜点，大家都上床了。灯熄了。静悄悄的。你睡着了吗？没有。我也没有。长青蛙的男人于是向老婆解释了自己进退两难的处境。哦，可怜的老公！你一定很不好受吧！不过，薪水是现在的十二倍……

可不是么……

他们一夜未眠。

第二天，男人做出了决定：甩掉青蛙。第三天，是相反的决定：挽救青蛙。这样反反复复，直到有一天，上班路上，长青蛙的男人突然紧急刹车，调转方向，加大油门，直奔外科医生诊所。（喂，你还听着吗？听好了啊，马上到结尾了，很快。）

那个外科医生像外科医生一样接待了他：

“请坐。您哪里不舒服？”

然后，直至那时还没说过一句话的青蛙回答说：

“哦！没什么大碍，医生！我屁股上长了一个小包，您帮我看看它怎么样了！”

43岁，10个月，7天　　　1967年8月17日星期四

丽松闹情绪，布鲁诺骂她：“你又来大姨妈了还是怎么回事？”丽松可能来例假了——她有时痛得厉害——，她因为震惊而哑口无言。布鲁诺脸红了。这是一个亘古不变的故事：愣头青拿女孩子的例假开玩笑。他们嗅到这里有种女性的秘密，而他们自己被排除在外；一种复杂性的入侵塑造了神秘的女性……当他们觉得自己远没有成为男人时，对已经成为女人的女孩的侮辱就成为了男孩们共同的复仇。不过“例假”[①]这个多义的词产生的规约力量令他们害怕。我假装蔑视的姐妹实际上是“范例”的持有者。她拥有衡量工具。她颁布规则。她规范着行星的运行。毛头小伙子们希望“例假”这个词令人生厌，

① 法语“例假”为“règles”，其中“règle”也有规矩、戒尺的意思。——译注

可是它的歧义无法抹杀。于是便产生了由一代代人发明的、多少有点贬义的种种代称：熊、事儿、大姨妈、英国病……还是从语音角度来说，名词“月经”（menstrues）会让人联想到一种让人有些作呕的畸形（monstruosité），促使别人一边冷嘲热讽一边对其“指指点点”（montre）。

“月经”……是因为我很早就研究过它吗？是因为我家里人想用沉默来否定它的存在吗？是因为听比我年长的同学讲过关于它的淫秽笑话吗？是因为它从来没有妨碍过莫娜和我爱的行动吗？可以肯定的是，我从来没把月经妖魔化或丑恶化，尽管直到我年轻时代，这种妖魔化倾向一直是西方文明的历史标准。我对例假很有好感。当我明白女性会来例假，而且例假有它的功能，当我明白女性虽然得承受多次分娩的折磨和男性统治的不良后果，却仍然明显比男性长寿，总之，当我把这些因素相加后，我就赋予了月经以一种美德，那就是它能让女性的寿命比男性更长。今天我还持有这种迷信，其实就我所知，这种迷信根本没有任何科学依据。因为从很小时候起，我就将血与燃料等同了起来。而我知道女孩们每个月都会更换一部分燃料，由此令她们的全部储存变得清洁。与此同时，男性的血却在一个封闭的容器里运转，令这个身体比她们的更快停运（所以我会猛烈鼻出血）。这个知识、这个假设让我相信例假是女性长寿最重要的保障。我从来没有放弃过这个信仰。我不怀疑这个想法很愚蠢，不过直至今日我也没能找到谁来反驳我。我童年的世界是一个寡妇的世界，这也有助于巩固这种信念。从所有失去老头的老太数量来看，我今天生活的世界仍旧是个寡妇的世界。就我所知，并不是所有寡妇都谋杀了她们的亲夫，而战争不管多具摧毁力，也不足以解释人类的这种恒常性：一般来说，女性比男性寿命更长。多亏了她们的例假，我说。

每次在浴室抽屉看到卫生棉，每次旅行时在莫娜的化妆包里看到它们，我都会想到这些。倒不是说它们让我满心欢喜或充满感情，而是，这些乖乖排列在盒子里的、带一根棉导火索的未来的子弹，它们总会让我想起自己的信念：多亏了她们的例假，女性才能比男性的寿命更长。

43岁，10个月，8天　　1967年8月18日星期五

根据莫娜的观点，我死死抓住这个信念不放，仅仅是因为我对鳏夫的生活不感兴趣。你希望由我来为你守灵，男人都这样！总是把自己的恐惧装扮成美德。还是根据莫娜的观点，当女人不再死于分娩时，她们就开始活得比男人更久了，仅此而已。今天在年龄上超过我们，那只是为了弥补失去的几千年。

44岁，5个月，1天　　1968年3月11日星期一

在公司走廊里碰面时，德科奈从来不和我握手。只是点点头，你好，再见。总是有办法令他的两只手被占据。一只手里拿着雨伞，另一只手里拿着风衣。一个工具箱和一杯咖啡。一

把办公椅和一个电话。一部打字机和一盆绿植。

事情的真相——今天从西尔维亚娜那里得知——是德科奈患有握手恐惧症。实际上是接触恐惧症。这个酷似雅克·塔蒂的和气的巨人时刻生活在恐惧之中，生怕感染上什么东西——微生物、病毒、传染病。他每天都要洗二三十遍手，一瓶小小的消毒液从不离身，以防别的肉体不小心触碰到他的肉体。因此他不得不使出各种诡计，好在别人看不到的情况下清洗他被弄脏的地方。不愿屈服于 *Shake hands* 的仪式，他能在这个公司呆多久呢？我自己从来没有类似的强迫症，因为我一直深信会把我杀死的敌人已经在那里了。而我总是带着某种好奇心思考，我的身体究竟会从哪个部位开始散架呢？

44 岁，5 个月，12 天　　　　1968 年 3 月 22 日星期五

西尔维亚娜——还是她——告诉我，会计部门的一个速记员刚离开她丈夫，因为他无论在什么场合都会吃自己的鼻屎。甚至在饭桌上。心理医生看到这个童年遗留症案例后可能会受益匪浅。而这位太太因为那么迂回曲折的原因要求离婚，无疑也能成为一个有价值的心理学病例。

44 岁，6 个月　　　　1968 年 4 月 10 日星期三

在右前臂内侧，也就是皮肤最幼嫩的地方发现了三个极小

的斑点，颜色鲜红，极其精确地描绘出夏季大三角的形状。这让我回想起与那个非常漂亮的姑娘的爱情游戏，二十三岁的生日礼物，苏珊娜，我的魁北克女郎。她现在怎么样了，苏珊娜？我忍不住用圆珠笔把这三个红点连接了起来。

44岁，6个月，17天　　　　1968年4月27日星期六

我的皮肤医生说，这是微小血管瘤，又称红宝石痣，将来会越来越多。年龄关系，他说，然后像是解释一般：皮肤在燃烧自己的过程中变老了。接着又不无忧伤地补充道，自远古时代以来，中国人就会通过看这些分布在身上的红宝石痣来预测未来，不过这种传统可能已经被文化大革命革除了。

44岁，6个月，23天　　　　1968年5月3日星期五

“皮肤变老。”这个不起眼的句子一语中的。这是张老皮，从前妈妈在谈论她不喜欢的人时常这样说（她喜欢过谁？）。老皮，老顽固，老笨蛋，老驴，老傻瓜，老渣滓，老东西，老油条，老肥猪，老蠢货，老流氓：词语、语言和短语都隐约让人觉得难以以轻松的心境迈入老年。另外，我们什么时候进入老年呢？我们是在什么时刻变老的呢？

1968年5月

街道是不是正在书写自己的身体日记？[①]

44岁，9个月，24天　　1968年8月3日星期六

今天早上，在马赛，我对夏天的第一个印象：很快穿好了衣服。三两下，短裤、长裤、衬衫、凉鞋：夏天来了。让我感觉到夏天的快乐的，不是我的衣服本身——无论它们有多么轻便，而是我跳进衣服的快速程度。

到了冬天，我穿衣服的时间跟骑士穿盔甲差不多。我身体的每一部分都要求与保护它们的布料贴合：我的脚对袜子的毛料十分挑剔；我的上身要求得到紧身内衣、衬衫和套头毛衣的保护。冬天穿衣服就是在我的内部温度和各种外界温度之间找到平衡，包括床外温度，卧室外温度，室外温度……必须沉浸在适当的热度之中。没有什么比感觉太热或太冷更让人不舒服或不满的了。冬天的装束要求专注和足够的时间。“跳进衣服”是一个夏天的表达。冬天是“穿衣服”，最基本的动词；我们穿上衣服，我们承受它们的重压。因为还有分量问题。除了隔热的品质，保护我不受寒冷侵袭的，首先是我大衣的重量。

（从花费的时间来看，斗牛士是唯一在夏天也像在冬天那样

① 可能暗示发生于1968年5月的“红五月”运动。——译注

穿衣服的。斗牛士从来不能跳进他的衣服。倒霉的职业。）

44 岁，9 个月，26 天　　　　　　　　1968 年 8 月 5 日星期一

“三十五岁上，我还有爱人的能力。”孟德斯鸠在《思想录》中写道。在和莫娜做爱时，我想到了这句话。他想表达什么意思呢？还能像很年轻时那样堕入情网？自己的男性气概没有丝毫减退？如果是这样的话，那怎么理解这个“还”字呢？在十八世纪，三十岁以后不举很常见的现象吗？在莫娜怀里，当欲望高涨时，我想的是这些，然后突然之间，螺丝松了，登山运动员冲下山坡……就像我初试云雨时那样。先生的性器官在别处啊，莫娜总结道，她总是对男性之谜很感兴趣。至于我，我又一次达到了这本日记的极限：身体与心理的界限。从对年纪太轻的恐惧到对年纪太大的恐惧，中间还包括性无能——这种疾病杀死了帕维斯，让司汤达的奥克塔夫为希腊独立战争而死——，在可怕的沉默审判中，精神和身体开始相互指责起对方的无能。

44 岁，9 个月，29 天　　　　　　　　1968 年 8 月 8 日星期四

带孩子们去了海边，卡涅的小沙滩。很久没在海里游泳了！在水下游泳，坚持的时间跟二十岁时一样久。在水下时，我会自动放弃呼吸以及水面上的一切责任。全身的皮肤被海水的皮肤抚摸，我早该将它当做独一无二的爱好，学习不呼吸，

过海豚一样的生活，在这丝绸之中编织一种没有重力的存在，时而张开嘴，任自己被喂养。可是我们常常通过选择，把我们最钟情的嗜好简化为幸福的概念。我只需知道自己在水下很好，就可以不游泳。这是今天早上我在地中海下面，在还没有踏上沙滩时所想的。踏上……说得好听！一出水面，鹅卵石就会让你像孩子们的木头玩具——经常是长颈鹿——一般散架。当我匍匐前进时，和我一样光着脚的布鲁诺和丽松在和别的少年一起打排球，他们在鹅卵石上奔跑着，好像踩在沙地上一样。

44 岁，10 个月，2 天　　　　1968 年 8 月 12 日星期一

今天早上，谢绝莫娜建议我穿上的可怕的半透明塑料凉鞋之后，我朝大海走去。在鹅卵石上，我尽量摆出（维持）笔挺的姿势，可能有点僵硬，背有点驼，假装自己是个走路漫不经心的人——这个人会先欣赏一下地平线方向的美景，然后决定跳入水中。我的脚底和脚踝一起探测着每块鹅卵石的脊背——质地、温度、表面、浑圆程度——，把这些信息传达给我的膝盖，膝盖立即报告腰，然后就可以了，我可以往前走了，直至要传达的信息量太大，我的大脑迷失其中，然后那颗卵石不期而至，比其他卵石都尖，命令大脑让我伸出手臂去寻求平衡。在用手臂搅拌着空气时，我发现自己俨然成为维奥莱特的化身！我没有在想维奥莱特，我没有想起维奥莱特，我没有想念维奥莱特，我就是维奥莱特，在我们一起去捉鱼的路上，因

为脚底的鹅卵石而步伐趔趄。我是维奥莱特那哆嗦老迈的身体，维奥莱特在我身上行走——不是与我一起，而是在我身上！一种完全的附身，愉快地得到同意的。我是跌跌撞撞走向折叠椅的维奥莱特，而那时的我为了捉弄她，总是把这把折叠椅往后挪两三米。到我这个年纪，你也一样不能在鹅卵石上站直，她说，可我一直能把活鱼抓在手中。只不过，等你到了我的年纪，我早就已经死了。哦，维奥莱特！你在这里！你在这里！

44岁，10个月，3天　　1968年8月13日星期二

归根到底，我喜欢作如下猜想：比起我们的形象，我们的习惯会在爱过我们的人心目中留下更多的记忆。

44岁，10个月，5天　　1968年8月15日星期四

还是在海滩上。我躺在浴巾上看书。我去了，莫娜说。我看着她走向大海。多么美妙，女性身体的这种什么都打搅不了的持续性！不得不说，莫娜从来不穿那种两件套的泳衣，这种泳衣会把女人的身体切成五段。

45岁，1个月，2天　　1968年11月12日星期二

在一顿静悄悄的晚餐后，布鲁诺一言不发地去睡觉了，面

无表情又希望这种表情有所表达。最近这段时间，这种情况时常发生。我们进入青春期了。我们希望有一种面部表情可以让我们摆脱口头表达的负担。我们在练习有所言的沉默。我们溜达着我们的脸，好像它们是灵魂的X光片。啊，什么都不说的脸啊！连图画的底色都算不上，却映照出父亲的敏感。我到底对我儿子做什么了，他要对我摆出这张送葬的脸？被这个谜折磨得犯了幼稚病的父亲心想。他就差没喊出“这不公平”了！

布鲁诺的脸让我想起库列谢夫的短片（还是库列肖夫？反正是个俄国电影人）。在这部纪录片里，我们能看到一个正面拍摄的人脸特写镜头，与三张照片交替放映：堆满食物的盘子，棺材里的小女孩尸体，沙发上懒洋洋的女人。男人的脸完全没有表情，但当它出现在盘子之后时，观众就会觉得这张脸表达了饥饿，看到小女孩的尸体，这张脸表达了绝望，看到懒洋洋的女人，这张脸表达了强烈的欲望。其实这是同一张完全没有表情的脸的同一个特写镜头。

说吧，儿子，说吧。相信我，要让别人了解自己，说话仍旧是我们所能找到的最好方式。

45岁，1个月，7天　　　　1968年11月17日星期天

破译布鲁诺不多的表情，好让他拥有一份词汇表，这份词汇表有朝一日会帮助他读懂他自己儿子的脸：

耸肩，配合各种嘴巴表情：

1）那又怎样？

2）我无所谓。

3）我不知道。

4）等着瞧吧。

5）跟我无关。

朝两边摇头，眉毛高耸，目光直直盯住前方，30度仰视，最轻微的叹息：

真不想听你说话！（如果叹息声加重：）你在说些什么乱七八糟的啊！

微微点头，避开目光交流：

继续说，我很感兴趣。

目光盯着某一处，手指在桌上弹钢琴：

这个，你已经跟我说过一百遍了。

不易察觉地对自己笑，目光盯住桌布：

什么都不说不代表我没有想法。

嘴角一丝笑意：

如果我想的话，我可以用我的讽刺来妆点你们。

眼睛的作用：

转眼睛代表儿子我没懂，睁大眼睛代表儿子我不相信，眼皮下垂代表儿子我累了……

嘴唇的作用：

抿紧嘴唇代表克制的怒火，反方向的笑容代表轻蔑，嘴唇鼓起代表认命的叹息。

额头的作用：

纵向的皱纹表示无法集中精神（我试图理解您，可是真的没有办法……）。横向的皱纹表示具有讽刺意味的吃惊（啊！是吗？真的吗？不开玩笑吧？）。光滑的额头：无语了……

诸如此类。

45岁，1个月，8天　　1968年11月18日星期一

快下班时开了个全员大会。我召集了自己小团队的成员，随后发现这个团队并不小……我亲爱的同事人数从十七变成了三十四。我升职了吗？没有，不是我的员工人数翻倍了，而是每个工作人员都多出了一个分身。两个谢弗里耶，两个安娜贝尔，两个拉甘，两个普瓦莱……我眼花了！疲劳使我眼花了。毫无疑问：两个费利克斯，一个德科奈的分身……我看到的是重影。仿佛他们每个人都有一个透明的守护天使陪在身侧。如果我使劲调节视线，天使就又回到了本尊身上，好像他们害怕我皱眉似的。可是，一旦我的肌肉紧张消失后，天使们就又开始嘲笑我。两个西尔维亚娜，两个帕尔芒捷，两个萨比娜……

45岁，1个月，10天　　1968年11月20日星期三

老花眼早期。这是眼科医生的诊断。因眼球肌肉调节失灵

导致看到重影；很常见的情况。他向我推荐了健眼操课，“锻炼您的眼部肌肉”，推迟不得不戴眼镜的时刻的到来。这个时刻是否无法回避？是的，而且总在四十来岁时到来。这样的话，还不如直接戴眼镜。争论。他不明白我为什么不想再争取两三年。我给了他一个充满智慧的理由：既然总有一天要戴眼镜，那为什么不让这一天早点到来？他还在坚持。我又说了其他理由：没时间做健眼练习，而且我也懒得做。关键原因在别处，但只有我自己知道。这个原因就是：我一点都不想让自己在任何人的控制下做任何种类的练习。

45 岁，1 个月，19 天　　1968 年 11 月 29 日星期五

选定眼镜之前犹豫了很长时间。原因不在于配镜师向我推荐的镜架（数不清多少副了），而是因为我找不到能衬出我脸庞特色的。试了各种款式都不行，无法判断这副比那副更适合我，或不如另一副适合我。配镜师表现出了极大的耐心，我每试戴一副，他就将镜子伸到我面前。这是个高大清瘦的男孩，喉结和颧骨凸出。他选择架在自己那张瘦削的脸上的，是一副精致的黑框眼镜，这副眼镜令他具有了一种坚定的表情。至少在这个方面，男孩很了解自己。他对自己的脸了若指掌。我对自己的脸一无所知。我把自己交给您了，我对他说，帮我选一副吧。这个小游戏让我有点兴奋：我马上会发现自己在这个陌生人心中究竟是怎样的形象，整整一天他都看我在他眼前晃来晃去。他打量着我，与其说是在犹豫，不如说是在思考，最后选了一副无框眼镜。就这副吧，他对我说，感觉就像您没戴眼镜一样。

但丽松和莫娜还是觉得这副眼镜非常适合我。后来布鲁诺也语焉不详地说：你会选择这种款式，我一点都不奇怪！他期待我问他为什么，我自然没有问。我们父子之间的无聊游戏……跟他在一起，我又变成了青少年，不过是与青少年时期的我很不同的类型。

45 岁，1 个月，19 天　　　　1968 年 11 月 29 日星期五

这副眼镜真的很适合你。在我合上书、把眼镜放在床头柜上、把灯关掉之前，莫娜又对我重复了一遍。这副眼镜很适合我。为什么这里要用动词“aller”[①]？谈及健康时，“走”或“过”得好或不好，还能理解……“过”得怎么样？“过”得挺好。动词“过”保存了行动的原意。我们的健康与我们同行。可是在协调性问题上，为什么要用动词“aller”呢？问题溶解于渐渐将我占据的睡眠。“那是苍海，融入太阳……”[②]幸好兰波没有向自己提出这类问题。

---

① “适合”原文中为法语动词“aller”，“aller”词义丰富，最基本的意义是“去、到”等，类似英语的“go”。——译注

② 语出自兰波诗歌《永恒》，王以培译，原文为“C’est la mer allée avec le soleil...”，句子中也有动词“aller”的变体。——译注

45 岁，1 个月，20 天　　　　　　　1968 年 11 月 29 日星期六

入睡是我们溶解于睡意中。醒来是我们找回我们的活力。

45 岁，3 个月，1 天　　　　　　　1969 年 1 月 11 日星期六

丽松在吃海鲜时划破了手指，蒂乔不容置辩地抓住她的手指，按到磨得非常细的胡椒粉里。血立即就凝结了，丽松一点没感觉到疼。明天你甚至连伤疤都看不到了。我问蒂乔这招是从谁那里学的。还能是谁？当然是维奥莱特了！

45 岁，5 个月，9 天　　　　　　　1969 年 3 月 19 日星期三

十七个小时的谈判。接下来的三天我都不想说话了。这种运动中最累人的，不是得努力熟记各种文件资料，不是得全神贯注听取一方或另一方的论据，不是自以为已经拍板的问题突然又出现波折，甚至不是不会喊暂停的流逝的时间，不，最累人的，是所有这些雄性激素分泌过量的性情因克制而造成的负担。因为所有这些人都在不停地勃起。甚至可以说是这种持久的勃起令他们拥有了这个级别的权力。裤子紧绷却不能自由地掏出他们的家伙夯实他们的信念，他们实在忍无可忍了。他们在外交周旋中精疲力竭，一面却幻想着能够尽情地发泄。在自己的公司就不一样了，他们可以毫无风险地向员工发泄欲火，

可是在这里……政治头号人物天生性力过人。权力就是通过这种活力取得的。要么就通过恰好相反的活力，比如洁身自好的萨拉查那冷冰冰的无能。当赫鲁晓夫用鞋子拍联合国的桌子时，他没有精神崩溃，而是以他的方式在发泄，在让自己休息。我很理解他。十七个小时后，我的脚因为肿胀而大了一倍。

46 岁，2 个月，29 天　　　　　　1970 年 1 月 8 日星期四

正当我们面对着切片牛肝谈论日内瓦时，谢弗里耶开始以一种非常奇怪的方式看着我，于是我知道有一根香菜粘在我下嘴唇某处了。这让我又想起瓦朗坦，当年我在准备考试时遇到的奇人。一口知识之井，谈起骑士爱情、文艺复兴诗人或《温柔国地图》[①]时滔滔不绝、令人着迷。可是他无法解读别人的眼神，而且吃起东西来像头猪。每顿饭结束，你都能从他的胡子看出菜单的内容。实在令人恶心。这是变成流浪汉的先兆，几年以后这种症状把他带到了精神病医院，而他曾是他那一级的第一名呢。

46 岁，3 个月，11 天　　　　　　1970 年 1 月 21 日星期三

看不清对面人行道上瓦雷纳街的名字了！走在路上，也看不

---

① Carte de Tendre，“Tendre”是 17 世纪法国人想象出来的一个乌托邦，“Tendre”意即“温柔”。——译注

清写在其他路牌上的其他路名了！任凭我怎么皱眉都没用，完全无计可施，文字变得一片模糊。连最碍眼的广告文字都不肯投降。好吧，这下我连远处的东西也看不清了！这次我的震惊程度要超过上次发现自己眼睛老花时，因为眼睛衰老的最初表现在我看来相当平常，随便一块镜片就能解决问题。但这次的问题性质不同：我觉得自己像是……受到了威胁。这是一种原始的情感吗？是古老的本能吗？意味着我的狩猎范围缩小了？有点这种意思。我的目光不再统治整片草原。从前，我窥视着地平线，我的目光追随着远处的猎物；很快我将只能在自己洞穴的墙壁上搜寻蟑螂。外面的大千世界将变得一片混沌。我们的祖先应该也有过这种恐惧，并企图尽可能久地在年轻人面前掩饰他们的恐惧，然而年轻人试探着他们，等待着猎人变成猎物的那一刻的到来。王冠就此掉落。

其实——眼科医生向我解释——这不比老花眼更严重。从您的情况来看，会出现这种结果也很自然。为了弥补近视功能的缺陷，眼球肌肉受到了过分调度，现在它们疲劳了，连累了您的远视功能。这种状况本该更早出现。您防范得好！不管怎么样，矫正近视眼与矫正老花眼一样容易。您需要佩戴另一副眼镜来看远处。或者，如果您愿意的话，可以只戴一副眼镜，在上面把两种镜片交叠起来。

46岁，3个月，25天　　　　1970年2月4日星期三

我看得很清楚。我的眼镜在替我调整光线。很快我将只

剩下大脑处理功能，其余事情都要借助各种各样假器官的辅助。鉴于目前可预见的机器人技术的发展，三十年后还会有什么是属于原本的我的呢？我一边这样胡思乱想着，一边沉入了梦乡。

46岁，8个月，7天　　　　　　　　1970年6月17日星期三

无论我的失眠多么吓人，它们总能让我想起很久以前重新入睡的快乐。每一次醒来对我来说都是一个重新入睡的承诺。在两次睡眠之间，我漂浮着。

48岁，6个月　　　　　　　　1972年4月10日星期一

今天早上很早就被一阵嚣叫声吵醒，像是被遗忘在火上的高压锅发出的声音。我以为是外面传来的声音，然后又睡着了。一个小时后又被吵醒。同样的嚣叫声。尖锐，持久，像通风管或汽笛，类似的东西。我向莫娜抱怨。什么嚣叫声？你没听到吗？我没听到。你聋了吗？她竖起耳朵。嚣叫声，像是有一股蒸汽，非常尖锐，没有听到吗？没有，我向你保证，没有。我起床，打开窗户，听街道的声音。声音的确是从街上传来的。我关上窗户，嚣叫声还在！同样的强度。莫娜，你真的什么都没听到吗？真的，她什么都没听到。我闭上眼睛。我集中注意力。到底是从什么地方传来的呢？我到厨房煮咖啡，在这里也

发现了嚣叫声，却始终无法找到源头。我检查了煤气接口，烧水壶警报器，窗户的密闭性……在通往卧室的路上，我手持咖啡壶打开了楼道门：声音在那，就像在别处一样，固执地保持着稳定性，像是两只耳朵之间有一条用尺子画出来的线。于是我认出了它。有时饭后我会在大脑里听到这种声音。可是那时是暂时性的。声音产生，然后像流星一样消失。有些路程比另一些更长，不过所有声音最终都会消散在我头颅的无限空间里。可是这一次，没有消失。我堵上耳朵，嚣叫声还在，在我头脑里，永久驻扎下来了，在我的两只耳朵之间！恐慌。两三秒钟的疯狂想象：如果一直这样持续下去怎么办？终生都得听到这个声音，既不能切断它也不能改变它，这个想法无比骇人。会好的，莫娜说。

实际上，的确好了：街道的嘈杂声，地铁的吱嘎声，走廊里的喧哗声，工作上的交谈声，电话铃声，前仆后继的谈判，帕尔芒捷的抗议，安娜贝尔的啰嗦，拉甘和加雷之间关于开支问题的让人特别忍无可忍的交战，费利克斯在吃午饭时无休无止的谩骂，所有这些城市和职业的流言蜚语战胜了我的流星，令它消融在其中。

可是，晚上，当公寓的大门在我身后关上（莫娜在N家，丽松在工作室），嚣叫声又回来了，绷紧在我的两只耳朵之间，完全同今天早上的一模一样。真相是，白天它也没有离开我。它只是被公共生活的流言遮盖了。

48 岁，6 个月，4 天　　　　　　　　　1972 年 4 月 14 日星期五

柯莱特向我推荐的耳鼻喉科医生当然是领域内最好的专家。在三刻钟的等待之后，最好的耳鼻喉科医生向我宣读了以下四点：

1）我有耳鸣；

2）百分之五十的耳鸣是永久性的；

3）百分之五十的永久性耳鸣患者选择了自杀；

4）这些好消息收费一百法郎，请到秘书处付款。

一夜未眠，显然。一半的概率得了永久性耳鸣，也就是说从此头脑里将有一个永远开着的收音机，收音机唯一的节目是在我身上制造出一种持续的嚣叫声，在一些人身上制造出哼哈声，在另一些人身上制造出当当声，在还有一些人身上制造出钟声、响板或者尤克里里琴声。我唯一能做的就是忍耐。等它过去或者落实，等节目停留在嚣叫声阶段，或者等整个交响乐团驻扎在我的头颅音乐厅里。

48 岁，6 个月，5 天　　　　　　　　　1972 年 4 月 15 日星期六

我拒绝去医学书店查资料。我拒绝研究耳鸣。把自己培养成自己疾病的专家，这不在考虑范围之内。

48 岁，7 个月，12 天　　　　　　　　　1972 年 5 月 22 日星期一

最近这些天，莫娜觉得我焦虑到了一定程度。她建议我去

看医生。在我们这个圈子里，只说“看医生”的话，意味着只看一类医生：心理医生。

48岁，8个月，7天　　　　1972年6月17日星期六

比起我的健康，昨天去看的精神科医生似乎更担心那个耳鼻喉科医生的健康。说实话，先生，应该来咨询的是我这个同行。他的情况在我看来更让人担忧。根据精神科医生的观点，永久性耳鸣是一种非常常见的病，如果半数病人会因此自杀的话，那么耳鸣将成为人类的第一大杀手。

说完这些以后，她转换了话题，问我从什么时候起，我呼吸时开始不再理会堵住我鼻孔的息肉。要我说，一贯如此，我认为。不是的，亲爱的先生，不是一贯如此。根据她的观点，我只是忘记了慢性病的最初阶段，因为对于这种让我微微有些鼻音、让我感觉自己像是透过吸管吸气的慢性病，我有些无能为力。但是我适应了。我的大脑习惯了这种状况，正如它也会习惯耳鸣并且很快会把它归入静音行列一样。实际上，先生，今天最困扰您的是惊讶，刚出现耳鸣这种新情况，担心耳鸣会持久，这些都让您害怕，可是，她总结道，没有人会生活在永恒的惊讶之中。

然后又更为详细地跟我介绍了她的专业，后者恰恰在于说服病人习惯眼下他们认为无法接受的事。她像连珠炮般报出了种种疾病和创伤，它们的多样性和可怕程度那么令人震惊，以

至于在同情心作用下，我的耳鸣表现出了宠物一般的姿态。我带着一张药方离开了她，药方上写的是安眠药和被于盖特婶婶称为“镇静剂”的东西。

“如果还害怕的话请再来看我。”

48 岁，11 个月，22 天　　　　1972 年 10 月 2 日星期一

G 部长被可怜的贝尔托里厄的一个笑话惹恼，竖起了衣领，危险地压低声音：

“我说，您知道自己在跟谁说话吗？”

贝尔托里厄紧张得满脸通红，缩回到自己的壳里。而我想起了小若泽的一句话：*屎一边去，屁股部长*。

“好吧，”部长用目光轰炸着我，尖声说，“如果这能让您的老板开心的话！”

不，部长先生，我之所以傻乐，是因为自恃地位尊贵的人总能在我身上引发拉屎的冲动。您希望别人把您想成罗马半身像，可是雕像让我想拉屎，而在一尊雕像下拉屎的念头总是会让我发笑。一种傻乎乎的笑容，同意，可是当我们顺畅拉屎时，我们还有别的笑容吗？

49 岁，生日　　　　1972 年 10 月 10 日星期二

正如精神科医生预言的那样，三个月过去，我习惯了我的

耳鸣。我们大部分的心理恐惧都与我们的疝气有一个共同点：风一吹过，我们就把它们忘了。一旦身体开始说话，我们就全身僵硬地进入我们的问题，好像陷入包围圈的母鹿。一旦警报解除，我们就又带着肉食动物的姿态回到了我们的牧场。

49岁，20天　　　　1972年10月30日星期一

我们的疾病就像那些滑稽故事，我们以为自己是这些故事的唯一拥有者，实际上大家都知道它们。我越是谈论耳鸣（假装寻找这个词的意义，好掩盖我深受其害的事实），就越是容易遇到也得这种病的人。比如昨天艾蒂安说：谢谢你问我这个问题，你让我想起我自己的耳鸣了！他证实我们很快会习惯。反正，他更正道，可以共存。无论如何我们从不知宁静为何物。他也和我一样，开始时是一种强烈的恐惧。他使用了和我一样的比喻：我感觉自己被接驳到一台开着的收音机上了，扬声器的生活在当时的我看来可不好笑。

49岁，28天　　　　1972年11月7日星期二

我的耳鸣，我的反酸，我的焦虑，我的鼻血，我的失眠……总之就是我的财产。还要被数以百万计的人共同分享。

6

50—64岁

（1974—1988）

把我的时间还给我，

让我的细胞活动速度能慢一点。

50岁，3个月　　　　　　　　　　1974年1月10日星期四

如果要把这本日记公开，我首先会把它献给女人。反过来，我希望能读一读哪个女人写的关于自己身体的日记。为了掀开谜团的一角。这个谜团是什么呢？是这样的：比如女人对自己乳房的形状和重量有什么想法，男人完全不知道；男人面对自己那占地方的生殖器的感受，女人完全不知道。

50岁，3个月，22天　　　　　　　　　1974年2月1日星期五

莫娜一直喜欢攒各种液体香皂、爽肤水（被她称为“村庄概念”①）、面霜、面膜、乳液、香膏、香波、粉饼、爽身粉、睫毛膏、眼影、粉底液、腮红、口红、眼线、香水，总之就是化妆品行业向女性提供的绝大部分产品。这些产品让女性能够接

① 爽肤水“lotion pour le visage”与村庄概念“notion pour le village”谐音。——译注

近自己意欲示人的形象。而我唯一的洗漱用具是一块方形的马赛香皂，我用它刮胡子、洗全身，从头一直洗到脚趾，包括肚脐、龟头、屁股缝，甚至还用它洗我的内裤，洗完后马上把它晾干。我们的盥洗室完全被莫娜的部队占领：刷子、梳子、指甲锉、拔毛钳、化妆刷、碳笔、海绵、化妆棉、粉扑、调色板、管状物、罐状物、喷雾，这些东西处于一场无休无止的征战之中，而我一直把这场战争理解为对精确度的日常追求。梳妆台边的莫娜，是无止境地修补一生所画自画像的伦勃朗。与其说是一场反抗时间的斗争，不如说是为了完成杰作。说得好听，莫娜反驳我，*不知名的名作*，那倒是的！

50 岁，3 个月，26 天　　　　1974 年 2 月 5 日星期二

至于我，在淋浴后——不淋浴我就醒不过来——，我的第一个清醒的约会是与我的剃须刷。这个日常的乐趣可以追溯至我十五岁的时候：刮胡子的乐趣。左手拿马赛香皂，右手拿剃须刷。用温水打湿脸，再把刷子在这温水里浸一浸。慢慢地炮制泡沫，让它既不太稀也不太稠。彻底涂抹泡沫，得到半张像是完全被鲜奶覆盖的脸。之后才是真正意义上的刮胡子，目标在于让脸回归自身，重现一张长胡子涂泡沫之前的脸。大面积地扫荡，从小心翼翼拉直的脖子皮肤一直到嘴边，包括颧骨、脸颊和下巴都要刮，刮下巴时不能忘记下巴棱角处，这个地方的毛发很狡猾，经常与在骨头上滑动开溜的皮肤合谋。这一乐

趣的关键之处全在于胡子在刀锋下发出的沙沙声，在于剃须刀在皮肤上开辟的大道，但也在于每天早晨的这种博弈：只用剃须刀战胜泡沫，一小滴都不能留给即将把我擦干的毛巾。

51岁，1个月，12天　　1974年11月22日星期五

某些日子，工作结束后，我简直能徒步穿越巴黎三次！我的步伐那么流畅，脚踝那么灵活，膝盖那么稳定，小腿那么结实，腰那么强健，我被我自己取悦，所以为什么要回家呢？再走一走，享受一下这行走中的身体。令风景变得美丽的是身体的幸福。肺部空气流通，大脑开放好客，步伐的节奏带动了词语的节奏，形成了一些愉快的小句子。

51岁，9个月，22天　　1975年8月1日星期五

擤鼻涕时，指腹的肉透过潮湿的纸巾会形成一个粉红色的点。这有时会吓我一跳，因为我把它当成稀释的血了。但还没来得及因惊讶而害怕，我马上就松了口气：这只是我自己的手指尖！在鼻出血事件之前，这种事从来没有发生过。

52岁，2个月，4天　　1975年12月14日星期天

昨天晚上在R家吃饭时，我正说到兴头上——主题是什么

不重要——，我在很多点上都无可辩驳地得了分（尤其是为了战胜无聊），我只差一点就能赢得全体的一致赞同了，就在那时……想不起那个词了！记忆被封锁。脚下出现一个窟窿。而我非但没有利用迂回说法——也就是创造——，反而傻乎乎地搜寻起这个词来。我带着遭抢劫的财主的怒气叩问我的记忆，要求它必须把这个词还给我！我那么执着地寻找着这个倒霉的词，以至于最后搜寻未果只能选择迂回说法时，我却忘记了谈话的整个主题！幸运的是，大家已经在谈论别的东西了。

52岁，2个月，8天　　　　　　1975年12月17日星期三

裁缝问布鲁诺是靠左还是靠右，他很困惑，就像从前的我一样。他显然不知道裁缝在说什么。凡事有果必有因，在此顺便提一下，我没有教给儿子任何有关他身体的知识。跟我们一起吃饭的蒂乔表示，这个问题非常重要。布鲁诺从盘子里抬起头说：是吗？！于是蒂乔给他讲了下面的故事：

不知道自己是靠左还是靠右的男人的故事

医生，病人对他的家庭医生说，我身上疼，从小手指一直到肩膀，再到胸骨和腹部，一直疼到膝盖部位。疼得受不了。知道了，医生毫不犹豫地说，只有一个解决办法：切除睾丸！病人自然有点犹豫，但因为疼得实在无法忍受，最后还是同意动了手术。几个月后，一件重要的事促使我们这位朋友去一个

口碑很好的裁缝那里定制一套新的正装。您靠左还是靠右？裁缝问。我怎么知道，客人回答，他被当时的情景弄得很尴尬。那就好好想想，裁缝建议道，因为假如我在裁剪裤子时搞错了这一点，您很快就会感觉到一种无法忍受的疼痛，从小手指开始一直到您的肩膀都会疼，然后疼痛感再沿胸骨和腹部下来，最后扩散到您的膝盖部位。

52岁，9个月，25天　　　　1976年8月4日星期三

在沉入睡眠以前，我非常清楚地看到一个沾血的脑子，放在屠夫的砧板上。有什么东西促使我想到这是自己的脑子，而这种想法带给了我一种无法磨灭的快感，至今还在持续。我想这是我第一次这样看到自己的脑子。我甚至问过自己，如果有一颗炮弹炸断了我的一条腿、一只手或其他器官，把它远远地抛掷到战场上，与其他人类残骸混在一起，我是否还能像轻松认出我那放在肉店案板上的脑子一样认出它。

52岁，9个月，26天　　　　1976年8月5日星期四

蒂乔和我在一个露天咖啡座喝咖啡。旁边桌子上，一个理发师正向他的朋友们宣布即将出发去度假的消息。蒂乔一边竖着一只耳朵听理发师说话，一边严肃得不能再严肃地问我：头发还在继续生长，理发师却去度假了，你不觉得这很可耻吗？

53岁　　　　　　　　　　　　1976年10月10日星期天

又多了一岁。从谁那里得来的？之前那些都到哪里去了？比如说最近这十年都到哪里去了？在这十年里，除了心脏和大脑细胞，我全身的细胞据说都被更新过了。除了孩子们的礼物，我正式拒绝了一切庆祝活动的邀约。没有聚餐，没有朋友，只有莫娜，一起在我们的船上度过了夜晚——船的重量增加了，不过还能漂浮。预见到会被忧伤侵袭，莫娜早早就开始安排今晚的活动。在巴黎喜歌剧院定了两个座位去看威尔森的《沙滩上的爱因斯坦》。五小时的演出！慢的交响曲。完全是我需要的：把我的时间还给我，让我的细胞活动速度能慢一点。我立即就被巨大的火车头一毫米一毫米进入舞台的场景吸引住了，还有所有演员刷不完的牙，尤其是那个发出磷光的台子，它花了半小时，在只有它这一个可见物的黑暗中，从横向变成了纵向。然后我认出了那个台子：那是在我四十三岁生日前夜的梦里，以一种应该被载入史册的缓慢速度竖立起来的方尖碑！

53岁，1天　　　　　　　　　1976年10月11日星期一

配合《沙滩上的爱因斯坦》的，是一对坐在莫娜和我前面的夫妇，他们表现出了另一种对时间的概念。不算太年轻了，不是萍水相逢的情侣，不是情场老手向刚被征服的对象露出庐山真面目，不是的，而是某条独一无二的爱情路上的两个旅行

者，像莫娜和我一样已经过了炫耀文化的年纪，此时应该有一位保姆正在照看他们的下一代。他们还带了一壶咖啡，一个装了饭菜的小篮子，这些东西清楚地表明他们知道自己要看的是哪种类型的演出，表明他们稳稳扎根于爱情、时间、社会、大众品味尤其是当下品味中。篮子是可爱的柳条编织的。这也不是一对老夫老妻，来剧院填补共同的孤独。在阿维尼翁教皇宫的大院子里，他们毫无疑问会蜷缩在同一条彩格子披肩下。而且，大厅明亮的灯光刚刚让位于舞台令人不安的磷光，女人就把头靠在了伴侣的肩上。所有人都被威尔森那绵延的时间吞没，这对夫妇也在入迷的我散发的光晕中消失了。只不过我恰好看到男人的右肩微微耸动了一下，摆正了他伴侣的头。被火车入场、不停刷牙、磷光台子、菲利普·格拉斯那只能发出两个音的小提琴吸引，我失去了时间概念，失去了对自己身体和周围环境的意识。我可能无法说出我到底坐得舒不舒服。我的细胞们大概停止更新了。在永恒的哪个时刻，少妇问她身边人要不要喝咖啡，结果被一下生硬的摇头动作拒绝了？在哪个时刻她试图表达想法，结果被一声不容置辩的“嘘”声硬生生打断？在哪个时刻，她不停地在座位上动来动去，惹来一句气急败坏的“不要动好吗！”，让一两个人转过头来？这些短暂的插曲分散在几个小时里，关于它们，我只有非常模糊的意识。一直到男人吼出一句话，这句话在几秒钟之内，令观众席上上演了一出闹剧：柳条篮被扔在空中，少妇头也不回地逃走了。给我滚，你这个蠢货！这就是和谐的伴侣刚刚喊出的话。女人就这样逃走了，在她经过的地方，东西都给掀翻了，她自己也跌倒在座位间，站起来，勉强冲出一条路，像在逆流之中前进一般。那种会导致你把一切踩坏的溃败，观众、手提包、眼镜（有人喊了一句“我的眼镜！”），甚至年幼的孩子，如果当时有孩子在场的话。

53岁，2天　　　　1976年10月12日星期二

昨天写的东西不应该出现在这本日记里。真是太好了！

53岁，1个月，5天　　　　1976年11月15日星期一

蒂乔被我的这个小故事逗乐，告诉我他看见他朋友R.D.偷偷对着警车撒尿，结果受到了警察的处罚。那天下雨，警察在录口供，一边注意保护他的记录本，防止它被雨淋湿。R.D.于是对着巡逻车开着的门，用雨衣一角挡住鸡鸡，尽情地撒起尿来。面对行动中的权力机关，括约肌的这样一种自由显然不能不让人心生敬意。我就做不出来。不只是因为害怕，还因为我从来不觉得这类故事好笑。大庭广众之下放屁、撒尿、打嗝的人比阴险之人更让我毛骨悚然。这可能是促使我与集体运动保持距离的原因。集体宿舍，更衣室，食堂，永远有人在炫耀男性气概的队车，我对这些几乎没有任何兴趣。这可能是我独生子的一面。或者寄宿时间太长。或者是一种平静的阴险……

53 岁，1 个月，10 天　　　　　　1976 年 11 月 20 日星期六

布鲁诺突然问我，他出生时我有没有陪在身边。从他说话的语气来看，我感觉到问我的不是他的好奇心，而是时代潮流。（时代潮流在这类问题上疑心病很重。）实际上，没有，布鲁诺出生时没有，丽松出生时也没有。为什么？因为害怕吗？因为缺乏好奇心吗？因为莫娜没有要求我这么做吗？因为对四分五裂的身体没兴趣吗？因为崇拜莫娜的生殖器吗？完全不知道原因。说实话，我根本没有考虑过这个问题，在我们那个时代，陪伴女人分娩这种事大家都不会做，仅此而已。可是时代潮流要求答案，尤其是对于那些不成问题的问题。我是不是一个让自己妻子独自痛苦地躺在床上却不管不顾的丈夫？我是不是一个一开始不愿意承认自己父亲身份的父亲？这就是我儿子紧盯着我的目光提出的问题。当然不是了，我的儿子，我会替你妈妈眩晕，我对她的偏头疼、肚子疼的感同身受程度骇人听闻，她的身体对我一直有着高度的吸引力，在你和你妹妹来到人世的时刻，我正遵循传统，绞着手等在妇产科等候区。对于你妈妈，我的同情同理心强到无以复加。而且我对你的出生也很好奇。对丽松的出生也是如此。与此同时，蒂乔出生时玛尔塔在她湿漉漉的床上的喊叫，她那像洞穴一样黏乎乎地打开的阴户，身上散发烧酒味的马奈斯那张苍白的脸，是不是这些场面给我打了疫苗，让我从此避开了产科学？可能是的。不过你们出生时的类似场景，我记不起来。大量画面已经被深深

埋藏。

在回答布鲁诺之前，所有这些乱纷纷的事都在我脑子里打转，但我没跟布鲁诺说这些，我只听到自己回答：在你出生时有没有陪在身边？没有。为什么这么问？

“因为西尔薇怀孕了，我打算去迎接我儿子。”

懂得听话听音的人大概已经听出点什么来了吧……

给丽松的注释

我亲爱的丽松：

重新阅读你哥哥和我的这次交锋让我满心羞愧。这句“没有。为什么这么问？”想表现得有深度，但它令我们之间的裂痕又加深了几分。我没有想办法填补裂痕，不仅如此，我似乎还从嫌隙的加深中感受到了某种快乐。以至于它终于成为了我们关系的坟墓。布鲁诺总是激怒我。我把这看作是不兼容的表现。性格不同，我对自己说，仅此而已。而且我没有再深究。这类不合格父亲的表现构成了精神分析的基本知识。我本该花点时间（精力）回答布鲁诺的问题的。

尤其是，读这本日记时，我没有看到任何言语提及莫娜怀孕的事实。而这件事看起来无疑与身体有关！可是没有，没有任何此类明言暗示。仿佛布鲁诺和你是一棵单性生殖的树结的果子。有前文，有后续，然而没有降临过程。更糟糕的是，我发现，回想起来，我对莫娜这两次怀孕没有留存任何记忆。我本该跟布鲁诺说这些的。没有任何关于你妈妈怀孕时期的记忆，我的孩子，对不起，我对此也很吃惊，不过这是事实。然后跟他一起思考一下。在我这一代男人中间，这种“失忆症”应该不罕见。（又是一个我表现不了什么独特性的领域。）在那些年，女人在其他女人的环绕下，独自经历她的妊娠期。男人似乎被困在新石器时代初期，很少意识到他们在人类繁衍过程中承担的积极角色。人们说女人等待她的孩子出生，就好像孩子是圣灵的产物似的。另外，女人并不是在“等”孩子，她们在努力孕育孩子。等待的是男人，而且为了消磨等待的时光，他们常常在妻子的功能恢复之前背叛她。五百年来，特伦托会议的阴影也一直在侵害妊娠的形象：艺术家被禁止再现怀孕的圣母甚至哺乳的圣母！不能画，不能雕刻，看不见，想不到，记不起，将这些从记忆中抹除，然后令它成圣！动物性可耻！把这个肚子遮盖起来，别让我看见！圣母不是哺乳动物！这种思想相当深地扎根于我这一代人的天主教无意识中，以至于它蔓延到我自己家中，尽管我号称自己是个无神论者。我的头是从集体头颅的模子中出来的。

另一方面，莫娜肯定地指出，当布鲁诺和你已经在来的路上时，我们直到很晚的阶段还在做爱。圣洁不是我们的强项，如果我今天记不得莫娜怀孕的样子，那是，她说，在为那些爱的游戏赎罪，她本人对这些游戏有非常深刻的印象！是莫娜在她妊娠期的一个确切日子叫停了我们的肉搏，过了这个日子，她就得“精心打磨最后的造型了”（原话如此）。

你瞧，丽松，在你出生的时期，我们还没有进入由你们这一代人开启的孕夫时代：由母性的父亲实现的奇迹般的角色调换，对模范母亲的神情的模仿。你还记得吗？你朋友F.D.在他老婆分娩期间肚子绞痛，布鲁诺宣称在用奶瓶给格雷古尔喂奶时，比西尔薇更有天赋。

总之，假如那时我们真的交谈了，我最应该跟布鲁诺说的，是当我将你们——他和你——抱在怀中的那一刻，我有一种感觉，仿佛你们一直以来都存在着！神奇就神奇在这里：我们的孩子自古以来就存在了！他们才刚出生，我们就已经无法想象没有他们的生活。对于他们还没来的日子，对于没有他们的日子，我们当然还留有记忆，但他们的出现在我们身上扎下了那么突然、那么深的根基，以至于我们觉得他们似乎一直都在那。这种感觉只对我们自己的孩子有效。对于其他所有人，无论多么亲近，无论多么爱他们，我们都可以想象他们的不在场，但就是无法想象自己孩子的不在场，即便他们才刚刚生下来。是的，我真希望能够跟布鲁诺谈谈这些。

53岁，2个月，16天　　　　1976年12月26日星期天

看了日本导演黑泽明的电影《德尔苏·乌扎拉》。看到德尔苏出现在冻土地，我提前替他担心起来。这个机敏的猎人，我对自己说，这个大自然的化身，这个又老又灵巧的人兽将丧失视力。这将是他的命运。他的视力会变弱，模糊的景观将笼罩着他，他再也无法瞄准，他将从猎人变成猎物，然后因此死去。

与其他观众一样，我也对这个主人公很有好感，因此我在一种痛苦状态中看完了电影，既充满同情又无能为力地等待着那个不可避免的结局的来临。该来的最终还是来了：德尔苏视力下降，被其他猎人杀害。他们偷走了他那把新式步枪，而这把枪是他的土地测绘员朋友送给他，本想帮他弥补视觉不再敏锐的缺陷。看电影时，我不喜欢猜到结局。有时我会离开放映厅，因为我知道电影会怎样结束。我会在一家咖啡馆一边看书一边等莫娜。大多数情况下她会证实我的直觉，让我产生一种胜利与失望交织的复杂心情。可是《德尔苏·乌扎拉》不是一回事。我的确信不是产生自剧本的缺陷，而是来自我对自身感受的记忆。六七年前的那一天，我意识到自己再也看不清远处的东西了。那一天，我就是德尔苏。

53岁，5个月，2天　　　　1977年3月12日星期六

今天早上淋浴时，我想起一个年代表：直至八九岁，一直是维奥莱特“给我擦身子”，从十岁到十三岁，我假装洗澡，从十五岁到十八岁，我在水龙头下花去大把大把的时间。今天，我在去上班之前冲澡。退休后，我会不会溶解在我的浴缸中呢？不，我们是我们自己的习惯，只要我还站得住，把我唤醒的将一直是淋浴。时间一到，会有一个护士在医院禁止探访的时段给我擦身体。总之，别人会帮我梳洗打扮。

53 岁，7 个月　　　　1977 年 5 月 10 日星期二

格雷古尔出生。我的孙子出生，我的天哪！西尔薇非常疲惫，布鲁诺非常有父亲样，莫娜非常开心，而我……看到刚出生的孩子，能说一见钟情吗？在我一生中，没有任何东西能像这次相逢那么让我感动，这小小的陌生人瞬间就变得那么熟悉。我离开医院，我一个人走了三个小时，不知道自己走在什么地方。我固执地觉得格雷古尔和我交换了一个具有决定性的眼神，和我签订了一个永远相爱的盟约。我是不是有点老年痴呆了？今晚，香槟。蒂乔发扬了一贯的风格：你不觉得跟一个奶奶睡觉很恶心吗？

53 岁，9 个月，24 天　　　　1977 年 8 月 3 日星期三

自格雷古尔出生以来的布鲁诺和西尔薇。年轻父母的疲惫：被剁碎的夜，警惕的睡眠，被搅乱的节奏，每时每刻的注意，各种各样的担忧，突然之间的手忙脚乱。（奶瓶找不到了，奶太热了，奶太冷了，完了奶没有了！完了尿布还没干！）所有这些，他们都料到了。他们的文化让他们对此有所准备，他们自认本能地拥有这方面的知识，尤其是布鲁诺。他们疲惫的真正原因在别处。他们宣称的父母本能向他们遮盖了一个事实，那就是力量的完全不成比例状态。婴儿散发的活力与我们的不可同日而语。面对这些扩张的生命，我们显得像活死人。即便在

最疯狂寻欢作乐的时刻，年轻的成年人也时时注意着节省体力。婴儿则不。食肉动物的活力的纯粹状态，毫无顾忌地以其他动物为食。睡眠之外，没有半点安生。正是因此，父母几乎得不到半点休息。西尔薇被掏空了，布鲁诺还在拼命保持模范父亲的形象，但他的神经一触即怒。他们感觉自己被自己唯一的关注对象生吞活剥。虽然没有承认——老天在上，他们可不敢承认这么可怕的事！——，但他们很羡慕那并不怎么久远的从前，那个时期，“在我们这个阶层”——就像妈妈常说的那样，尽管她并不属于自己所说的阶层——，孩子们都是交给下人带的。上层阶级的孩子吸干底层人民乳汁的幸福世纪。我自己不就是由维奥莱特带大的吗？当然与此同时，格雷古尔融化了他们的心。无论如何，先生是他们爱的化身，他们俩一起在产房迎接了他的到来，现在他们永远是三个人了。当然了，这一点也是，作为现代父母，他们不会对自己说这种话的。半透明的小小指头，喜洋洋的脸庞，胖乎乎的胳膊和腿，平和的大肚子，一道道褶皱，一个个酒窝，两个小天使的屁股，这个密实的、鼓鼓囊囊的小东西是他们爱的结晶！看看这个眼神！新生儿一眨不眨盯着你看的眼神究竟属于哪个沉默的神祇啊？他们睁着眼珠漆黑、虹膜一动不动的眼睛到底在看什么呢？他们在看彼岸的什么东西？回答：在看即将到来的一切疑问。表达了对理解的永不知足的渴望。在身体被吞噬后，年轻父母开始担心他们的灵魂也会被吞噬。之所以那么疲惫，是因为他们确信这些事将永远没有尽头。嘘……格雷古尔眼皮打架了……格雷古尔睡着了……西尔薇以一种带有神圣感的小心翼翼，把他放进了摇篮里。因为这个全能神的终极诡计，是让别人都相信他是世界上最脆弱的事物。

53 岁，10 个月，16 天　　　　1977 年 8 月 26 日星期五

与丽松、罗贝尔和艾蒂安家的孩子一起散步回来，我没有从栅栏跳过去。这是我第一次没有从栅栏跳过去。是什么让我没有做出这个举动？害怕在年轻人面前“装年轻”吗？害怕被栅栏勾住脚吗？反正是一种突然的怀疑。怀疑什么？怀疑我自己的身体吗？怀疑神经传达系统不起作用吗？我的身体在说话。它说什么？它说力量随着年龄减弱了。

54 岁，5 个月，1 天　　　　1978 年 3 月 11 日星期六

两天来，格雷古尔一直带着一种专注的神情在摸他的耳朵。尽管我努力想让西尔薇不要担心（我认识的所有宝宝都会玩长出身体的东西：脚趾、鼻子、赘肉、包皮、舌头、乳牙、耳朵……），她还是认为这是耳炎初期的征兆。没治好的耳炎会导致非常严重的后果，父亲，您的朋友 H 就是这样变聋的！电梯、汽车、电梯，儿科医生。后者宣布没有，没有耳炎，不要紧张亲爱的太太，婴儿在这个年纪总是会做这个动作，完全正常。不过他忘记解释“为什么”了。如果耳朵不发痒，为什么

10个月大的婴儿会带着这种偏执的狂热摸它们呢？于是在格雷古尔午睡时，我儿媳和我非常严肃地思考起这个问题来。由于找不到任何有说服力的答案，我们决定带着一种刻意倒退的发现精神来研究自己的耳朵，因为问题在于搞清楚三天来格雷古尔究竟感受到了什么。为了达到目的，我们必须进入年幼的格雷古尔的世界，以我们10个月的天真来质询我们的耳朵。于是我们拉扯起我们的耳垂，仿佛它们是口香糖（口香糖的弹性其实很一般），我们沿着耳郭摸过去——西尔薇的耳郭比我小，不过形状比我漂亮多了——，我们揉捏耳珠——我比西尔薇的更厚，而且毛更多，咦，什么时候开始长毛的？从什么时候起这些粗糙的毛在三角形皮肉上形成了一顶印第安人的头冠？直至我们的研究之前，我还不知道这块三角形的肉叫“耳珠”——，我们探索耳甲腔里面——如果布鲁诺看到我们……西尔薇闭着眼睛轻声说，一边从耳甲腔摸索到耳郭的背面——然后突然之间，我知道了！她找到了！我知道了！我知道了！闭上眼睛，父亲。（我照做了）。把耳朵折起来，像折耳犬那样。（我照做了。）您听到什么了？西尔薇一边用手指尖敲击我耳郭的背面一边问。当当声，我说，我听到我儿媳在我耳郭上扣出了当当声，这声音狂野地在我的头颅里面回响。啊，这就是格雷古尔刚发现的秘密！音乐，父亲！打击乐器！格雷古尔一醒来，我们马上就验证了这个假设。毫无疑问，这个人形小豚鼠敲击的，正是他耳郭的背面，先是用两只手拍打，随后用灵活的手指轻叩，就像用手在桌子上弹钢琴一般。可惜的是，他像所有学徒那样没长性，敲完耳朵又开始把塑料拖拉机送进嘴里。于是我建议西尔薇一起去车库尝尝汽车，看看到底是怎么回事。

55 岁，4 个月，17 天　　　　1979 年 2 月 27 日星期二

写日记时，发现手背上有块咖啡渍。非常淡的褐色。我用食指尖擦它。没擦掉。我加了点唾沫，它还在。是油漆吗？不是，水和香皂都对付不了它。指甲刷也强不到哪里去。我只好向事实低头：这不是沾在皮肤上面的一块污渍，这是皮肤自身的产物。衰老的标记，来自身体深处。散布在老年人面孔上的就是这种标记，维奥莱特称它们为“墓地之花”。这个斑点是什么时候长出来的？我在办公室签署文件，我吃饭，我在这里写日记，我的手背几乎一直在我的眼皮底下，而我一直没发现这个斑点！可是这类花朵并不会瞬间盛开！不，它渗入我的私密空间却没有引起我的注意，它不受干扰地浮出水面，而我呢，几天来我看到了它却又没有看到它。今天，意识的某种特殊状态让我真正看到了它。无数其他斑点还会悄悄产生，很快我将记不得我的手在长这些墓地之花前是什么样子。

55 岁，4 个月，21 天　　　　1979 年 3 月 3 日星期六

我们身体的某些变化让我们想到自己成年累月穿越的那些

街道。某天一家小店关门了，招牌消失了，场地清空了，租约转让了，然后我们会问自己之前这里是什么。之前，也就是上个星期。

55岁，7个月，3天　　1979年5月13日星期天

我向蒂乔表示祝贺，因为有个热情的阿丽耶特留在他身边的时间意外地久。（其实这关我什么事？）蒂乔没有打断我的话，然后，等我歌颂完持久的感情，他严肃得不能再严肃地扔下一句话：男人的性器官不会在女人的性器官里留下痕迹，就像飞鸟不会在天空中留下痕迹一样。从他的眼睛里，无法看出他到底想用这句有点中国色彩的谚语表达什么意思。

56岁，生日　　1979年10月10日星期三

二十岁时，伸懒腰是飞翔。今天早上伸懒腰，我觉得自己像是被钉在了十字架上。有必要给身体除除锈了。高一时那个体育老师（德米尔？迪梅尔？）的预言成真了。他曾对我们说，如果不进行日常锻炼，我们就会在年龄还没到时就生锈……可能吧。与此同时，我那些爱好运动的朋友们，从前他们的完美总让我震惊，现在我看到他们的状态，就会觉得自己过去做得很对，因为我抵制住了崇拜新纪录的“宗教”，也抵制住了手淫一般强制性的持续训练。我一直很讨厌将运动看成身体的宗教。

拳击对我来说是一种有趣的舞蹈，是躲闪的艺术。而且我练拳击时一般总是独自一人，大部分时间我打的是沙袋。打网球就对着墙打。至于仰卧起坐和俯卧撑，它们是我获得肉身的运动。它们让曾经是自己父亲幽灵的半透明男孩拥有了一个身体。在俘虏球比赛中获胜，在拳击场令凶狠的对手精疲力竭，在网球场令傲慢的家伙出洋相，把自行车骑上一段垂直的坡道，这些都是为了给爸爸报仇，然而得把他阻挡在距离之外，在看台上，坐在嘉宾的位置。运动对我来说从来不是一种身体需要。另外，遇见莫娜的那天，我就停止了一切体育锻炼。

56岁，9个月，27天　　　　　1980年8月6日星期三

刚才在酒吧喝咖啡时，听到挨着我同坐在吧台的人讲了一个笑话。这个人应该已经喝了不止一杯茴香酒。笑话如下：禁止与女人来往，医生对病人说。禁止与女人来往，禁止喝咖啡，禁止抽烟，禁止喝酒。这样的话，我是不是能活得久一点？这我可不知道，医生说，不过您会觉得时间变长了。

56岁，9个月，29天　　　　　1980年8月8日星期五

梅拉克出水痘，脓包像蝗虫一样扑向了儿童部落。一个个丘疹，丘疹周围一圈红晕。孩子们一个都没有幸免，大家呻吟着，入睡，醒来，抱怨太痒，禁止抓痒，莫娜和丽松当起了

战地护士，奋斗于各条战线。被传染的孩子中有菲利普、波利娜、艾蒂安的孙子孙女及另外三个小伙伴。我火速给布鲁诺发去了一封电报，让他把格雷古尔送到我们这里来，趁机自然地出一出水痘。布鲁诺用一封电报拒绝了，电报的简短程度说明了很多问题。电文内容：你开玩笑的吧，我想？签名：布鲁诺。真可惜，莫娜说，很多人一起出水痘是游戏，一个人出水痘是惩罚。

我忍不住想象布鲁诺回复时字斟句酌选择这八个字的样子。我们要到几岁才能接受自己的父亲太有活力的事实呢？

56岁，10个月，5天　　1980年8月15日星期五

有多少没有尝试过的体验？在教堂的音乐会上，一个光着膀子的女人把手肘放在旁边一张没人坐的椅子依靠上，一边神情恍惚地拉着腋下的毛。我也尝试了一下。感觉不坏。如果这个部位更容易接触到，可能很快会成为一个习惯动作。

57岁，生日　　1980年10月10日星期五

丽松送了我一个可爱的礼物。我们一群人在吃饭，莫娜、蒂乔、约瑟夫、雅奈特、艾蒂安、马塞利娜等人。丽松坐在我对面，神采奕奕地和大家聊着天。我觉得她身上有股不寻常的力量，令她的幸福感倍增。她受到了神启。被一个好精灵附体

了。从她憔悴的脸色看，这个精灵让她有点疲惫。晚饭后，我把她叫到了书房。（我们一直玩父亲威严传唤女儿的游戏。我的女儿，到书房来见我！丽松装出一副羞怯的表情，我则摆出骑士的姿态，在我们身后关上门。）坐吧。她坐下了。不要动。她看着她的脚。我在书架上翻了一遍，找出了《日瓦戈医生》。我寻找着想念给她听的段落，啊，找到了！第九章，第三节。是尤利·日瓦戈的日记。这些日记写于瓦雷金诺，那时冬季即将结束，春天就要来临。听着。丽松听着。

“我觉得托尼娅像是怀孕了。我跟她说了。她不这么认为，可是我很确信。我是从一些很难察觉的迹象中看出来的。这些迹象产生于明显的征兆之前，但它们骗不了我。女人的脸发生了变化。不能说她变丑了，可是，如果说从前她完全是自己外表的主人，从此以后这外表将摆脱她的控制。它落入了未来的掌心，这未来会从她身上出来，它已经不是她本人了。”

我抬起头。丽松说：知女莫如父！我们互相投入了对方的怀抱。

丽松和我在图书馆又聊了一两个小时。你现在的年龄跟维奥莱特去世时一样，她对我说。

“你怎么知道的？”

“她的墓碑上写着呢。”

我的天，维奥莱特的墓地，我后来再也没有回去过！连清明节都没有去过。一次都没有去过。

“谁在给维奥莱特扫墓呢？”

“蒂乔。他每年都去。我小时候有时会陪他去。”

其实每次看讣告或在墓地散步时，我都会在心里计算死者的年龄……维奥莱特在梅拉克墓地下葬时，我看着别人的坟墓胡思乱想，好摆脱我自己的悲伤，我心算着年龄，大声读出死者的名字，断定喊他们的名字一定会让他们高兴。断定他们的年龄对他们来说就是永恒。弗朗索瓦·弗朗切斯齐，49岁，萨宾娜·奥德潘，78岁。阿梅黛·布雷什，82岁。每个人都有自己的沙漏，过去维奥莱特常常一边把鸡蛋放入滚开水中一边这样说。墓地里还有孩子。有些还没有一只待煮的鸡蛋活的时间长。萨尔瓦多尔宝贝，三个月。这些名字刻在粗糙的花岗岩上或光滑的大理石上……维奥莱特的墓碑还没有做好。掘墓人玛利坦用沉重的泥土覆盖住了棺材。整个星期都在下雨，我的鼻子到现在还能闻到盖在棺材上的泥土的气息。没有墓碑所以没有日期。日期是和墓碑一起来的。为什么我没有再回过墓地？为什么连回去的念头都没有产生过？因为无法止息的悲伤吗？我不觉得。更多的是为了不去了解维奥莱特的年龄。为了不去了解维奥莱特活了多长时间。她曾是一个人物，不是吗？

我看着丽松。我几乎要跟她说，我想葬在维奥莱特身边。不过我忍住了。

“怎么了，爸爸？”

“没什么，亲爱的。你想要女孩还是男孩？”

给丽松的注释

所以，亲爱的，你父亲对你母亲的妊娠没有一点印象，却猜出了自己女儿的妊娠，其实那时范妮和玛格丽特几乎才刚刚出发呢！这种先知先觉到底属于哪种本能呢？归根到底，你可以把这本日记给《新精神分析杂志》，它可能会对你朋友JB有点用处。

58岁，28天　　　　1981年11月7日星期六

在一些富人区的商店，现在很少会听到带有种族主义色彩的有意的人身攻击。然而，今天早上却在面包店碰上了。蒂乔和我去买羊角包和小茅屋面包。丽松不在，早上我们要照顾范妮和玛格丽特。所以，面包店。我们前面是两个穿着得体的女士和一个年迈的阿拉伯人。后面，队伍一直排到门口。（很有名的面包店。）柜台另一边，卖面包的女人穿着粉红色工作服。与不少此类女老板一样，她也以为表明自己高贵的唯一途径是礼貌用语的使用。请告诉我什么能让您高兴。除了这个，您还需要些什么？伺候完两位女士后，轮到老阿拉伯人了。带风帽的阿拉伯式长袍，平底皮拖鞋，很浓重的口音以及上了年纪的人特有的犹豫。礼貌用语没有了。我说，你要什么？想好了吗？当事人的回答很难听清。什么？男人指了指蝴蝶酥。做完这个动作，他把目光转向了令人垂涎的蛋糕。粉红色的女面包商趁机当着众人的面捏紧了鼻子，用右手做了个驱散臭味的

动作。她用一个金属夹子夹住蝴蝶酥，快速把它包了起来，报了价格，然后把它扔到这个顾客面前。后者拉起他的长袍，在裤子口袋里找零钱。钱数不对，他又把手伸进裤袋凑余下的钱，乱了阵脚，又翻另一个口袋，掏出一副陈旧的眼镜。喂！我们不能等你一辈子啊！你没看到其他人吗？大大的手势扫过店里的顾客。他惊慌失措。零钱掉了下来。他弯下腰，又站起来，绝望地把所有零钱摊在收银台的假大理石台子上。她捡出之前报的数额。他低垂着眼睛离开了面包店。连道歉都不会！然后，对着所有人吹起军号：这些阿拉伯人，来吸我们的血还不够，还要留下他们的气味！所有人都没有吭声。可能受到了惊吓，但还是保持了沉默。（包括我自己。）直到蒂乔的声音响起。没错啊，太恶心了，这些阿拉伯人！（停顿。）来吸太太您的血，他们得有多恶心啊！（停顿。）又对我们身后的年轻干部说：说实话，先生，您会吸这位太太的血吗？干部脸都变白了。不会吗？我很理解您，看看她嘴里吐出来的东西，太太的血一定不一般！这下所有人都吓坏了。蒂乔问另一个女顾客：太太您呢，您会吸她的血吗？不会？先生也不会？啊，那是因为你们不是阿拉伯人！这句话说完，全体顾客一起构成的唯一躯体里的血都凝固了。这些面孔担心会挨打，因为这些词语很暴力。正当我打算叫停这场屠杀时，蒂乔没有过渡地用星期天的语调对女面包商说：亲爱的太太，如果您能卖给我们四个羊角包和同样数量的小茅屋面包，我们一定会感到非常高兴的。

58岁，29天　　1981年11月8日星期天

人真正担心的只是自己的身体。一旦侵犯者明白别人有可能对他做出他自己所说的，他的恐惧将是莫名的。

58岁，1个月，5天　　1981年11月15日星期天

昨晚，莫娜和我去照顾格雷古尔和他的朋友菲利普了。两人都是四岁半。除了吃晚饭，刷牙，讲故事，九点整准时熄灯，把他们房间的门半开着，让走廊的灯光透进来之外，我们还必须给他们洗澡。在给他们擦干身子时，我发现格雷古尔比菲利普重很多。虽然他们俩像是用同一个模子刻出来的。为了彻底搞清楚，我给他们称了体重。结果令人吃惊，除了五十克的差距（而且还是菲利普占优势），他们体重一样，都是十七公斤多一点。格雷古尔并不比菲利普更重，然而比他密实很多。可怜的菲利普！我深信这个密度上的缺陷会让他一生极度不自信、始终在怀疑、信念变化无常、有种潜在的负罪感和反复出现的焦虑，总之会让他觉得自己是个累赘。与此同时，稳稳站立在自己鞋子里的格雷古尔会有坦克一样平静的命运。对菲利普来说是存在的痛苦，对格雷古尔来说是稳定的享乐主义。都是密度问题。莫娜说我的言论没有半点根据，但她说服不了我。今天早上想起这两大团悲剧性地不成比例的皮肉，这记忆又加深

了我的信念。

58 岁，6 个月，4 天　　　　　1982 年 4 月 14 日星期三

与日本人 K. 俊郎进行了漫长激烈的谈判。他到底几岁了？那么瘦，使他的栗色和服看起来像是包着小树枝的树皮。他的动作跟狐猴一样慢，他的笔是他手指间的一根木柴。矛盾的印象：这个已经没有活力的人似乎拥有全部的时间。长久的沉默，极慢的语速和手势，这些都让一个画面活了过来：我父亲把勺子送到嘴边，像是抬起一座大山。四年的战争和德国人的毒气彻底掏空了他的实质，就像整整一个世纪彻底掏空了这个日本老人一样。总之，我父亲过来坐到了谈判桌上；他停留在俊郎先生的沉默中。别挡在那里，爸爸，你让我分心了。我看到他用力靠在我们厨房的碗橱上，可是碗橱纹丝未动。俊郎先生让我看着我父亲在家庭内部的斗争中耗尽最后一丝元气。爸爸，求你了，你儿子正在谈判。爸爸现在在家里的桌子旁坐下了。妈妈和我无法把目光从停在他鼻尖的那只苍蝇上挪开。它已经把我当成我的尸体了，他说，却没有做任何驱赶它的动作。妈妈离开桌子，她的椅子翻倒在地。她喊叫道你们太可恶了。他悄声说怎么会呢。还是小男孩的我亲吻了他递给我的手。俊郎先生在等。爸爸让谈判时间变长了。在回国的飞机上，我的合作人一定会恭维我对待这个日本老人的耐心的吧。

58岁，6个月，5天 **1982年4月15日星期四**

我父亲的身体是一张皮。没有肺，没有血肉的筋骨，松弛的电线。而我，人小鬼大、四肢软绵绵的小男孩，我一边模仿着他极度缓慢的动作，一边在走路时不停撞上家具。我是我父亲的年轻的幽灵，让我母亲避之唯恐不及，可怜的她被这两个无法想象的人吓坏了。

59岁 **1982年10月10日星期天**

夏末以来，左肩下面有时会突然奇痒难忍，看起来瘙痒感似乎来自某节脊椎骨，每当我吃太多时尤其会发作。我一直等它变成一种反复出现的不适后才决定在这里谈论它。

59岁，1个月，8天 **1982年11月18日星期四**

招聘形态学。刚刚雇用了一个人，他的简历起草得像探险家的大衣一般千疮百孔。可是他那尼安德特人的眉弓下机灵的目光唤起了我的信任。布雷瓦尔（醉心于精神形态学）更喜欢一个修长漂亮的小伙子，五官端正，拥有各种文凭证书，而且由部长本人亲自热情推荐。可是，从开口说的第一句话起，我就知道这个漂亮小伙子——带着一种无精打采的自命不凡——没有一点经验。在一具崭新的骷髅和一副从旧石器时代存活下来的骨架之间，我连半秒钟都没有犹豫。

59岁，1个月，14天　　　　1982年11月24日星期三

论抓痒的舒适感。在缓解渐渐上涨的欲望的过程中达到高潮，不仅如此，还因为一种能够分毫不差找到瘙痒处的美妙感觉。这也叫“认识自我”。很难向别人指出抓痒的准确部分。在这个领域，他人总是令人失望。大多数情况下，他都会有些偏离主题。

59岁，1个月，15天　　　　1982年11月25日星期四

我们可能抓痒抓到心花怒放，可是无论怎么挠自己痒痒，我们都无法让自己发笑。

59岁，3个月，12天　　　　1983年1月22日星期六

教格雷古尔吃他讨厌的东西。今天是炖苦苣。布鲁诺坚持要他吃苦苣，“让他养成良好的吃饭习惯”。于是我带着格雷古尔耐心地探究起苦苣的滋味，换句话说就是对这个恶心的东西产生兴趣，就像从前我曾教我那虚构的小弟弟多多吃苦苣，这样我自己才能把它们吞下去。吃的时候慢慢地品味，完全弄清楚它们的味道。你会发现，知道我们为什么不喜欢某样

东西，这是件很有意思的事。（在这些场合，我吃惊地发现自己在用楷体说话，就像从前爸爸的做法。）准备好了吗？准备好了！先吃小小一口，详细地描述一下滋味，此时是那种大多数孩子厌恶的苦涩味道（可能意大利孩子除外，他们很小就开始接触苦涩文化）。第二口，稍微多一点，验证一下前面的描述对不对，接下来是同样的步骤（但从来不会达到大口的程度。我们以为大口喂食能够减少折磨，实际上只是引起了恶心）。格雷古尔带着一种纯粹智力上的满足感吃完了他的苦苣。他宣称苦苣有一种生锈钉子的味道。生锈的钉子就生锈的钉子吧，只要他能一面继续觉得苦苣恶心，一面不加抗议地吃下它们。

生锈钉子的味道……这让我想起童年时在游乐园看到的吞吃自行车的巨人。我跟格雷古尔讲了这件事。他们其中一人甚至还打算吃汽车，一辆雷诺老爷车。格雷古尔问我他妈妈——也就是巨人的妈妈知不知道雷诺老爷车的事。

60 岁　　1983 年 10 月 10 日星期一

我的生日。为什么大家要那么隆重地庆祝整十岁的生日呢？莫娜召集了所有人。在我的葬礼上也会有那么多人吗？按照蒂乔的观点，庆祝活动出于双重的原因而显得特别必要，因为每个十年既是一次死亡又是一次出生。你本来是五十几岁的人当中的老头，现在成了六十几岁的人当中的小伙子，他一边说一边为我的健康举杯。六旬老人中的毛头小伙子。祝贺你！没那么坏嘛！把生日蜡烛吹灭吧，伙计，你又为你的未来十年重生了！

60 岁，10 个月，6 天　　　　　　　　1984 年 8 月 16 日星期四

接近凌晨一点，莫娜在我身边沉睡，我听到懒洋洋的脚步踩上沙砾的嘎吱声，是从 T 酒店的花园里传来的。这嘎吱声属于生命中能让我平静下来的声音之一。

61 岁，7 个月，2 天　　　　　　　　1985 年 5 月 12 日星期天

昨天下午带格雷古尔去看了《人猿泰山》，讲述泰山故事的第 N 个版本。格雷古尔非常开心，我则被如下场景吸引：格雷斯托克爵爷，人泰猿山（这个笑话早就有了，可是被震慑到的格雷古尔以为是我发明的）那万分宠爱他的爷爷把他的剃须刷浸入一碗咖啡中，然后把泡沫涂抹在了脸上。今天早上我做了同样的试验。结果令人震惊！皮肤的毛孔在咖啡的收敛功能下收缩，在随后的二十几分钟里一直保持着咖啡的香气。散发咖啡香味的婴儿皮肤。莫娜非常开心。她觉得我的品位越来越高了。

61 岁，7 个月，17 天　　　　　　　　1985 年 5 月 27 日星期一

愚蠢的意外。圣母升天节后星期一。我们在 P 太太家喝茶。

P 太太是莫娜已故母亲的朋友，马上一百零二岁了。新维多利亚式别墅，茶摆在外面一棵梧桐树下，梧桐树长在一片网球场的正中心！环境的惊人之处尤其在于，在这棵梧桐树周围，人们仍旧以旧式方法保养着泥地网球场：浇水，压实，按要求用石灰布线，好像什么事都没有发生过一样。在这棵树下喝茶，就像活在一幅马格里特的画中。游戏规则是不要在老太太面前表现出吃惊。假使有好奇心重的人问起，P 太太就会回答：怎么办呢？我的下人们都死了，再也没有人打球了，这棵树就长出来了，必须接受事物离你而去，就像接受落在你头上的东西一样。总之，在小口啜饮着我们的茶时，一条狗突然闯了进来。老太太的余光瞥见了这条狗，顿时非常不高兴。谁能帮我把这条狗赶走啊？意外就在此时发生了。我跳起来，朝狗狂奔去，一边还挥舞着手臂，大声叫骂着。可是，一个看不见的障碍物挡住了向前冲的我，在额头部位。我两脚朝天，整个背都摔在地上，手和头重重地撞到了地面。晕头转向几秒钟后，我的整个额头都感觉到尖锐的疼痛，恢复知觉的我被一阵血帘挡住了视线。莫娜给我擦了血，作了初步清理。原因：障碍物是一根拉在一人高处的铁丝，从前围住网球场的铁丝网残余。这时我看到了我自己的手。中指与手掌保持着垂直方向，正指向天空。无法把它复位。我身上某个部分脱离了队列。没什么大问题，莫娜说，你的手指骨骨折了。医院：值班医生在那么多种类的损伤面前目瞪口呆：“发生什么事了？”很难用几句话解释清楚：喝茶，网球场，马格里特，狗，老太太，铁丝，总之，是上流社会饮茶史中最严重的灾难。打了抗破伤风的针（铁丝生锈了），颅顶部缝了八针，有人想把您头皮剥下来吗？头部X光，锥形包扎固定消肿冰袋，手部X光，检查发现没有骨折，扭伤的手指又归了队（有些粗暴），夹板和包扎。

后来莫娜问我究竟是什么原因令我突然蹦起来。

“我想是当时有些无聊。”

“这根铁丝很可能把你的头割下来。”

61岁，7个月，22天　　　　1985年6月1日星期六

《人猿泰山》的结尾，在一个平安夜，年迈的爵爷坐在一个被当做雪橇的大银盘上，从城堡的楼梯滑了下去，杀死了自己。还是孩子的时候，他就会坐在同一个银盘上，从育儿室出发滑过所有阶梯。可是他已经不再年轻，无法控制他的路线，在一次转弯中死了。他的头撞到了一根木头柱子。泰山无比伤心。（格雷古尔也很伤心。）年老的爵爷成了童心的牺牲品。昨天我突然玩起吓狗的游戏时，发生在我身上的应该也是同样的事。我身上的孩子常常会蹦跳起来。他对我的力量估计过高了。我们所有人都有童心突然萌发的时刻。年纪再大也还是如此。一直到最后，孩子都在要求归还他的身体。他不会弃械投降。重新收复身体的企图像空袭一般无法预见。我在那些时刻爆发的活力属于另一个时期。看到我追赶一辆公交车或爬上树摘一个够不着的果实，莫娜会非常害怕。让我害怕的不是你做这件事，

而是前一秒钟，你还没有想过要这么做。

61 岁，7 个月，27 天　　　　1985 年 6 月 6 日星期四

今天拆线。伤疤在我额头上留下了一道粉红色的光环，就好像——格雷古尔原话——有人打开我的头往里面看过似的。下午，莫娜对格雷古尔走路的样子起了疑心。她透过窗子指给我看在花园里跟柯贝克一起玩耍的格雷古尔。小家伙步调不齐，四肢不协调，步伐缓慢，像是迷失了一般。狗看到自己主人走路歪歪斜斜的样子似乎很吃惊。惊慌的我连忙跑过去。格雷古尔于是指着我的伤疤宣布，他是弗兰肯斯坦的孙子。

61 岁，7 个月，29 天　　　　1985 年 6 月 8 日星期六

意料之外的障碍物会惊吓到我（今天早上是走出糕饼店时担心自己会滑倒在上面的一坨狗屎，今天傍晚是走下维利耶·德·利尔-阿达姆街地下通道时多出来的一级台阶），所以我走路时迈出的都是心惊胆战的小步子。时间有点长。谨慎得过于夸张。我提前实践起垂垂老矣时的步伐。这是我童年时代攻击性的对称面。忧心忡忡的老头提醒孩子不可鲁莽。其实我还不是老头，也早已不再是孩子。在这过程中，现在的我在哪里呢？全部都在这种自我意识之中。

62岁，20天　　　　　　　　1985年10月31日星期四

我用右手吃饭喝酒，却用左手抽烟。

62岁，23天　　　　　　　　1985年1月2日星期六

因为肩膀被关节毛病损害，艾蒂安已经有几年不玩射击了。过去他很擅长射击。他并不把它当竞技运动一样训练，而是独自一人在他的谷仓中练习。我从中找到了自我，他说。你怀念射击吗？怀念，也不怀念。他向我解释，尽管他再也不能做拉弓的动作，但他一直能体会瞄准的感受。瞄准：一种短暂的对精确性的信念。比如说这块咸面包，他说，要是有弓箭，我一定不会射偏。然后指给我看附近林间空地上挂在一棵山毛榉树上招狍子的一块白盐。那棵树离这里有二十七步远，他说得很精确。我验证了：确实是二十七步。在他的谷仓里，他的动作精确度那么高，以至于他有时也会闭着眼睛射击。面对靶子站好，胳膊与上身形成一个角度，用指腹判断弓弦的张力，随后将信息传递给他能点数得出来的肌肉，适时屏住呼吸，放空思想，头脑中只剩下靶子的形象，还有很多其他参数——包括对胜利结果的无动于衷——一起构成了严格意义上的瞄准。如果这一切具备（这种情况很少，他说），我就放开弓弦，确信我的箭矢会正中靶心。确实是这样的。他并不把这一切看做成就，而是和谐性的一次体现：仿佛靶心与自我合而为一。他偶尔还

能体会到这种感觉，他说。这一整套经常重复的动作和这一瞬间对身体的完美掌控会激发一种精神上的确信，在动作消失、掌控不再之后还继续存在着。这种精神上的确信就是瞄准的确信。不再需要弓与箭。

“也不需要靶子？”

“需要，需要，靶子还是要保留的，不过它可以是任何东西。这块咸面包或者别的什么。在一瞬间，我既是我自己又是靶子。一个整体。”

随后抱歉地轻笑了一下：

“你一定觉得你的老表疯了吧？”

没有。

62岁，27天　　　　1985年11月8日星期五

今天早晨，我忘记了银行号密码。不仅忘了密码，还忘了为记住密码而设计出来的记忆方法。我的手指在按键上方盘旋。在取款机面前呆若木鸡。手足无措。再尝试一下？尝试什么呢？完全想不起来。根本不知道从何下手。好像这密码从来没有存在过一样。不，比这更糟，好像它存在于别处，我却无法进入那个地方。我又惊慌又生气。我站在人行道上，在取款机前，不知道该怎么办。后面的人开始不耐烦。机器把我的卡还给了我。我说：我觉得机器坏了。我感到很羞愧，因为我说了这句话，因为在那一刻我觉得有责任说这句话。我贴着墙逃跑了。我失去了一切：

记忆，尊严，自控，成熟，完全不是我自己了。这个密码，它就是我。我打发了司机，决定步行去办公室。愤怒和羞耻感加快了我的步伐。过马路时闯了红灯。喇叭声。没有办法冷静地思考。没有办法如实看待这件事：只是一时的断电，没有长期的影响。写下这些句子时（密码已经自动回到我记忆中），我想不起合适的词，来描述瞬间的遗忘带给我的恐惧。

62岁，1个月　　　　　　　　1985年11月10日星期天

某个记忆突然消失：银行卡密码，朋友家大门密码，电话号码，姓或名，出生日期，等等。这些消失事件像陨石一般撞击着我。比起遗忘，吃惊更容易撼动我的整个星球。总之，我无法接受这些事。反过来，对于一边心不在焉听广播或电视游戏上提出的问题一边还能准确回答出来这件事，我倒是一点都不吃惊。格雷古尔说：所以，你什么都知道吗，爷爷？你真的什么都想得起来吗？

62岁，4个月，5天　　　　　　1986年2月15日星期六

理发店。在我年轻时，理发店不会给你按摩头皮。他们会粗暴地给你洗好头，把它剪成齐刷刷的板寸头，然后用品托——一种棒状发胶固定住硬邦邦的发型，直至下一次剪头发时。（不对，品托是后来的事，二战后最初几年才开始出现的。）无论如何，这

个职业已经女性化，也就是变得讲究了，现在给你洗头发时，灵活的手指还会帮你按摩头皮。放松的一刻，此时如果按摩女郎稍微专业一点的话，你所有的梦想都能变成现实。我记得有一天，在陶醉之中，我甚至轻声喊出：请停一下。您不喜欢别人给您按摩？年轻的女理发师单纯地问。我记得我当时含含糊糊地说：喜欢，喜欢，怎么会不喜欢。我说“单纯”，可是我一个字也不相信，因为如果我是年轻女孩，又是头皮按摩师，我会觉得这些忠于我灵活手指的先生们很好玩，他们躺在椅子上的姿势使他们无法看到自己的裤裆，而他们的眼睛已经在我的手指功夫下翻起了白眼。闺蜜之间笑闹的绝好话题！说不定她们还会展开竞争，来消磨无止境的白天时光。你那个呢，他是几秒钟之内勃起的？

62 岁，9 个月，16 天　　　　1986 年 7 月 26 日星期六

整个早上是挥之不去的焦虑。格雷古尔成了受害者。当他泪汪汪地问——当时我们正在散步——我是不是生气了时，我几乎惊跳起来。我对他摆出了一张什么样的脸？什么样的谴责表情？什么样的仇恨面具？从什么时候开始的？另外，当我们板着脸时，我们的脸是什么样的？当我们没有板着脸时，我们的脸又是什么样的？我们活在自己的脸之后。孩子们在大人脸上看到的，是一面镜子。在今天这种情况下，镜子向格雷古尔展现的，是他自己来源不明的负罪感。

“我做什么了吗？”

“你做了，你做了一件好事，要奖励你一个好吃的冰激凌。你想吃什么口味的，香草？巧克力？草莓？开心果？”

“榛子！”

然后是两个榛子味冰激凌，两个！

从焦虑到负罪感……我给莫娜讲了这件事，听完后她告诉我，“负罪感”这个词是1946年进入法语的。“消除负罪感”这个词产生于1968年。当历史自己开口说话时……

62岁，9个月，17天　　1986年7月27日星期天

他人可以成为焦虑的解药，前提是他不了解同时有点不关心我们的私生活。工作的时候，我没有一天得过焦虑症。一旦踏入公司的门槛，社会的人就会打败焦虑的人。我立即接受了别人对我的期待：关注、建议、祝贺、命令、鼓励、玩笑、责骂、安慰……我成为了对话者、合作者、对手、下级、好上司或凶神恶煞，我就是成熟的化身。角色始终能战胜我的焦虑。可是亲人们，我们的亲人们每次都会遭殃，恰恰因为他们是我们的亲人，是我们的组成部分，是一辈子都留在我们身上的孩子的最佳牺牲品。昨天格雷古尔就因此而遭了殃。

62岁，9个月，23天　　1986年8月2日星期六

在这本日记里相当频繁地谈论焦虑时，我说的不是灵魂，

我做的甚至不是心理分析，而是完完全全处于身体领域：那该死的团成一团的神经！

63岁　　1986年10月10日星期五

在拉法耶特大街一家咖啡馆小便。进行到一半时灯灭了。小便完，灯灭了两次。我在想，安装定时开关时，为小便的人设定的最小照明时间是根据哪个平均年龄计算的。我真的那么慢吗？我过去真的那么快吗？无耻的年轻主义影响太大了，甚至促使人们发明了这种时间之磨！这个结论对楼梯间的照明延时开关同样适用，对电梯门也适用，现在电梯关门的速度越来越快了。

63岁，1天　　1986年10月11日星期六

昨天吃过生日晚餐后，跟艾蒂安两人在书房待了一会。他告诉了我一个秘密，这个秘密使我联想到，我们一生都在解读别人的面孔，但我们其实从来不曾掌握面部表达的规则。他对我说，当马塞利娜什么都不想说时她的脸是这样表达的：下垂的脸部线条使她的两片嘴唇抿成了完全缺乏善意的表情。在这个被别人夸赞温柔无比的女人身上，他看到了恶意的面孔，尽管转瞬即逝却十分真实。

“至少我最近是这么认为的，”他解释了一下，“可是，我

解读的是印象，因为在那些时刻，马塞利娜其实什么都没在想。别人眼中的她可能是另一副样子。我的反应就像是……马塞利娜的脸部线条松弛下来后，如今向我透露了某种之前完全没有被察觉到的冷酷本性，而在我们相识的那天，这些线条表现的全都是优雅。（沉默。）实际上，我在我老婆脸上看到的，是我自己这些年来的积怨，怨恨反复出现，已经足够让我画出她的这副肖像。所以完全是大脑重新构想出来的形象。夫妻阴险地老去。（再次沉默。）而我呢，当我体会到这种感受时，我的脸又是什么样的呢？肯定不好看！在我们年轻的时候，我的脸是一枚爱情的勋章，如今在马塞利娜眼中，它肯定与过去不同了。”

我激动地听着艾蒂安的话。他一直没变，还是过去那个观察入微的少年，在寄宿学校时，我特别喜欢与他辩论。今天，两道纵向的皱纹不时出现在他的额头。两道痛苦的皱纹。突然之间他问我：我的话是不是很蠢？我变成蠢货了吗？他的目光中突然流露出不安。是我的脑袋，你知道吗？……它现在不是很灵光。

63岁，1个月，12天　　　　1986年11月22日星期六

退休后，我的焦虑症该怎么办？再也没有老板了，再也没有雇员了。没有了这些对我来说那么无足轻重却又那么必不可少的同伴，谁帮我跟存在的苦恼搏斗呢？

63岁，6个月，9天　　　　　　　　1987年4月19日星期天

玛格丽特摔倒在石子上，刮破了膝盖。我用维奥莱特的方法帮她清洗了伤口：替伤病员喊叫。玛格丽特什么都没有感觉到，可是包扎好后，她有点认命地说了一句话，好像她怀疑我是否能从这客观的评价中受益一般。她说：你知道吗，外公，我觉得你脑子有点毛病。范妮证实了她的观点。

63岁，6个月，11天　　　　　　　　1987年4月21日星期二

手里抓着玛格丽特的小腿肚，直觉告诉我这团小肉球会长成一个高个子姑娘。

63岁，11个月，7天　　　　　　　　1987年9月17日星期四

在L.M.医生那里做了眼底检查。她告诉我，我是白内障初期。白内障会在十二、十五年里发展，直到手术变得势在必行。目前不会对我造成什么影响，我跟之前看得一样清楚。您还有时间。而且，这种手术在今天根本不算什么，小菜一碟。（眼前瞬间闪过诺埃米婶婶在尚齐街自己公寓里的样子。由于害怕失明，她在家练习闭着眼睛走路。失明后，她就再也无法走路了。）

63岁，11个月，10天　　　　　　1987年9月20日星期天

我怎么会想到带范妮和玛格丽特去人类学博物馆的呢！在博物馆时，她们很好奇，问了各种暴露我学识限度的问题。可是，夜里，范妮做了可怕的噩梦："我不想死，我不想死！"因为她梦见了一具参观过的展示的骷髅。"它爬到我床上来了！"恐惧，尿床。至于我，我觉得那些骷髅保存得不太好。堆积在它们肋骨和某些关节处的灰尘可能令它们看起来更加阴森。

跟孩子们一样大时，我一点都不怕骷髅。拉鲁斯上的骷髅，还有它的表兄弟们——肌肉解剖图和血液循环系统解剖图，它们都是我的同学。我父亲与我在它们的陪伴下一起度过了很多漫长的早晨。我最喜欢的骷髅是爸爸，他的凹陷的太阳穴，他的皮肤下清晰可见的骨头。不，我不害怕骷髅。

64岁，1个月，11天　　　　　　1987年11月21日星期六

去拿P医生要求我做的抽血检查结果时，我意识到自己从来没有在这里谈论过开信封这件事。对我来说，开信封是一个特别羞辱人的仪式。遗忘本身已经很好地说明了这个充满恐惧的时刻令我感觉到的羞耻。这种时候，如果被公司那些认为职业生涯掌握在我手中的人看见……啊！多么帅气啊，这个勇往无前的大领导，抵抗运动的英雄，团队精神的守护者！却是一个低头看着信封、满心满腹扫雷员一般的恐惧的孩子。每次要

解除的，都是一个杀伤性地雷。总有一天信封会跳到我脸上。请查收您的死亡判决书。因为除了体内的敌人再也没有别的敌人。信封打开后，我的目光立即往最上面两行瞄去，白细胞和红细胞（呼！只是平均水平，没有重大感染），接着直接跳到最后一页的最下面，前列腺值，又被称为PSA，六旬老人的数字崇拜对象。1.64！1.64！去年同一时期是0.83。总之就是翻了一番。的确是远远低于最高值（6.16），不过还是翻了一番啊！一年之内！如果这个倾向稳定下来，明年就是3.28，后年就是6.56，同时癌细胞会快速繁殖，并且一直转移到大脑的缝隙里！炸弹的确已经在那里了，看不见，但爆炸已经定了时。要是只有前列腺就好了！就算我在前列腺值问题上弄错了，糖含量又怎么说呢？因为还有糖。血糖含量1.22g/l，去年是1.10（已经达到标准的最高值了！），而且几年来一直在上升。所以有糖尿病的风险。每天打针，失明，截肢（这个可怜的家伙，他“所剩无几”了）……还得提防肌酐的攻击，因为肌酐已经远远超过了可接受的平均水平；还得面对肾功能衰退和永久性透析。一个高位截肢、不时需要透析的瞎子，未来的图景多么美妙！还要让我微笑着打开这个信封吗？

64岁，6个月，4天　　　　1988年4月14日星期四

飞机在温哥华机场着陆时出了点问题。起落架坏了，飞机滑出了跑道，乘客都摔得四脚朝天，行李雪崩一般落了下来，

飞机上一片恐慌。下飞机时，我没有受伤，而且不得不说，也不是很害怕。我们都是胆小鬼，我们怎么会心安理得地把自己的性命托付给飞机、火车、轮船、汽车、电梯、过山车这些我们自己完全无法控制的物体呢？可能是乘客人数止住了我们的担心吧。我们信任全体人类的智慧。那么多有能力的人齐心协力共同制造了这个机器，那么多有批评精神的人每天都把自己的身体交托给它，为什么我就不行呢？除此之外还有数据可以作证；挤在飞机舱内的我们在此折断脖子的危险比过马路时小多了。还得再算上命数的诱惑。我们毫不介意把自己的命运托付给机械的偶然性。让无害的机器代替我的细胞来决定我的命运吧，因为人们怀疑这些细胞全部充满了恶意。从今往后，我要在一万一千米的高空，在强气流中查看我的血液检查报告，最好还是在一架着了火的飞机上。

64岁，6个月，5天　　1988年4月15日星期五

还是想起和B.P.的谈话。B.P.是试飞工程师，一生都在测试飞机。只有完全疯了才会爬到那里头，他的话大意如此。当飞机在飞行过程中抖动得快要散架时，您知道我们是怎么做的吗？我们把它毁掉，然后造一架一模一样的，完全一模一样，而这一架不会抖动，鬼知道为什么！至于我，他总结道，每次同其他乘客一起走下班机时，我不会对自己说我到达了，我会对自己说，我出来了。

64岁，10个月，12天　　　　　　　　1988年8月22日星期一

在普林尼的《自然史》中看到獾有一个特别之处：在搏斗中，它们会屏住呼吸，防止身上被敌人弄伤的伤口散发气味。这让我想起孩提时代的一个练习，屏住呼吸穿过荨麻，让荨麻不要扎到我。是罗贝尔告诉我怎么做的。我又告诉了格雷古尔。他只回答了我一句：这是你身上像獾的一面，爷爷。

64岁，10个月，14天　　　　　　　　1988年8月24日星期三

格雷古尔一边挖鼻子一边专心致志地读着《汤姆·索亚历险记》……他的鼻孔？印第安人乔的山洞。他的鼻屎？他藏在这里的宝藏。跟我一样，整整一生，他都会将挖鼻子的乐趣与阅读的乐趣结合起来。

64岁，10个月，20天　　　　　　　　1988年8月30日星期二

普林尼——还是他——写道，罗马人被禁止在公共场合两腿交叉。这把我带到了六十多年前。我穿着短裤衩（也可能是多多？），爸爸还没有完全由内而外地腐烂。家里有客人来喝茶。我坐在一把扶手椅里，像周围所有大人那样交叉着双腿。妈妈叫起来：你能不能坐有坐相！双腿交叉，这样不行！晚上，躺在床上，我重复了这一经验，然后发现，如果我用手指尖把

小鸡鸡在交叉的大腿中间拨来拨去，它就会给我带来很大的快乐。

64岁，11个月，15天　　1988年9月25日星期天

蒂乔身材矮小，从体格看完全不像《巴蒂尼奥拉区的壮小伙》中的壮小伙。但他的肌肉力量、他的速度、他的精确性和他那野性的纤细总让我吃惊。昨天下午，我们带着范妮和玛格丽特在塞纳河边散步。一只海鸥逗弄着我们，从我们身边飞过。一次，两次，第三次时，蒂乔伸出左臂，逮住了正飞着的鸟儿。飞行被突然中止。鸟儿眼中流露出震惊。（真的是动画片里的那种震惊。啊哟！）看看这个漂亮的家伙！招惹你，招惹你，还以为一点事都没有呢！蒂乔用鼻子蹭了蹭鸟嘴，然后把它拿给双胞胎看，让她们摸了摸它的背，然后把它放了。海鸥飞走了，还有点晕头转向，不过没有受伤。我们继续散着步，一边提到蒂乔小时候对我做的一些闹剧，全都暴力十足。其中一件事发生在他跟双胞胎差不多大时。那是在布里亚克，当时玛丽安娜和我正在眉来眼去，蒂乔突然出现，开始朝我们扔无花果，一边扔一边大喊“德国鬼子去死，抵抗运动万岁！”（1943年夏天。）闪电一般的埋伏。等我跑到吕吕家的无花果树那边抗议时，他已经击中了我的眼睛、额头、下巴，而且已经跑得无影无踪。不可能再与玛丽安娜眉来眼去了，我全身都黏糊糊的，还招来了黄蜂，把她吓得半死。我不得不把自己从头到脚擦洗

了一遍，把我的衣服都扔到了洗衣桶里。季节末的无花果又重又软，冲击让它们像手榴弹一般爆炸，它们的汁水流到了所有缝隙里。还不提粘在头发上的无花果籽。还有它们的皮，粘在你皮肤上，像血淋淋的皮肉！用无花果实击毙，就像美国西部片中用沥青涂抹别人的身体！我的复仇很可怕。一言以蔽之，纳粹的复仇。占领者的一种冷酷的镇压。我充实了弹药，我在蒂乔最想不到的时候（他要去杜维埃家送奶）抓住了他，我把他绑在珀吕夏家的梧桐树上，然后宣判了——用德语！——他的死刑。他高喊“法国万岁！”，而且在我向他“射击”期间，他表现得像安徒生的“小锡兵”那么坚定。这个故事是前一个晚上我读给他听的。他还以为这处决就是全部的折磨呢，可怜的人。他错了。把他变成果酱罐头后，我给他松了绑，把他扔进杜维埃家的牲畜饮水槽里，帮他从头到脚清洗了脏污。这回可没那么坚定了，这个小锡兵！卫生不是他的强项，而且杜维埃家也很大方。水那么冷，顾客牙齿打架打得那么厉害，以至于刽子手心中隐约产生了一丝内疚。

你小的时候不喜欢洗澡吗？玛格丽特问。小的时候，我吗？蒂乔踮起脚尖回答，我从来没有小的时候！

给丽松的注释

亲爱的孩子，这本日记一写就是一辈子，其实内心深处我觉得这件事挺滑稽的。不过这不代表我觉得这本日记滑稽。

64 岁，11 个月，16 天　　　　　　1988 年 9 月 26 日星期天

艾蒂安咒骂正牙医生，说他们让漂亮姑娘戴牙套，而且老大不小了还戴着。他真的生气了。他越来越容易生气。

“看看这些铁嘴的老姑娘吧！她们竟然能接受，愚不可及！倒霉的牙齿矫正器！如果还能有点用也就算了！根本没什么用，只是流行罢了！而且供不应求。啊！十九世纪！”

“十九世纪跟牙齿有什么关系？”

“预防法，我的老兄！我外婆，你知道的，就是那个著名的克罗蒂尔德婶婶，殖民地总督的妻子，她出生于 1870 年左右，曾在索马里照顾麻风病人。1927 年还是 1928 年某一天，我那时大概四五岁左右，她曾把一个麻风病人腐烂的残肢扔在我面前（他失去了拇指、中指与无名指），平静地向我宣布：你看，艾蒂安，你还要继续吸你的大拇指吗？这就是十九世纪的预防！各方面综合来看，这种预防没有牙套那么野蛮，而且它还有一个优点，就是值得讲给别人听。”

关于同一个话题，在同一次对话中，蒂乔的愤怒：

“这不是牙套，这是父母往他们那些还是青少年的孩子嘴里塞的贞洁箍。你没发现吗，一旦身体开始感受到愉悦，父母就会强迫他们戴这个可怕的玩意儿？这个工具，它是家庭内部性和平的保障。没人会和嘴里有铁丝网的人上床！彻底的、完全的阉割！可怜的孩子们都不敢照镜子！这之中最让人恶心的是父母的柔情，因为他们在这张残缺的嘴里找到了孩子残留的童年！”

7

65—72岁

（1989—1996）

其实我应该写一本
关于遗忘的日记。

65岁，9个月，2天　　　　　　1989年7月12日星期三

格雷古尔的自行车轮胎爆了，我帮他修理时割破了大拇指。补好内胎后，我把轮胎塞进车圈，这时螺丝刀打滑，像小龙虾一般切开了我的拇指。流了很多血，疼得要命。那种连着心的疼。由于是星期天，格雷古尔建议我去找他朋友亚历山大的父亲，他是个医生。医生友好地接待了我，马上投入了工作。没什么严重的，他说，没有伤到肌腱。但是需要缝上几针。好的。亚历山大不在，格雷古尔觉得能够旁观这草率的修理很“有意思”。善良的医生拿出一枚针想给我打麻药。我拒绝了，同时告诉他我们时间紧迫，大家在等格雷古尔去参加一场自行车赛，他能不能成为职业自行车赛手全看这场比赛了。您确定？直接缝？手指上神经特别发达，您知道的！没问题，没问题。医生扎了第一针，穿过线，扎了第二针，扎第三针时，我昏了过去。本想要在格雷古尔面前树立英勇的祖父形象，这下尝到了苦头。其实谁也没在等他。毫无疑问，如果他不在，我一定会接受麻醉的。

回家路上，格雷古尔向我宣布了他的决定，长大了他要“做医生”。当我问这个突如其来的使命从何而来时，他回答说：因为我不想你死。他的回答当然打动了我的心，减缓了我的大拇指在心脏的跳动。（更正确的说法其实是：打动了我的大拇指，减缓了我的心脏在那里的跳动。）啊！在孩子纯真的感情面前，大人们的快乐多么强烈，什么烦恼都没有了！今晚想到这件事时，快乐变成了忧伤，将来格雷古尔在我的坟墓前诅咒自己医术无能时，大概也会感受到同一种忧伤。因为在他这个年纪，我也曾自告奋勇要为一种永恒负责。我不想维奥莱特死。流言说她死期临近——“看她喝下去的那些东西，她肯定长命不了！”——尽管受这流言威胁，但有我警惕的爱守护着，她可以拥有不朽。她的静脉曲张，她的体重，她那湿湿的下唇，她的酒糟鼻，她的短促的呼吸，她的干咳，还有妈妈说的她的“有毒的体味”都对她的长寿不利。但我不是这样看她的。维奥莱特是一具强大的身体，在她身体的阴影下，我自己的身体才血肉丰满起来。我是在她那有气味的羽翼下长大的。我求生的欲望诞生于她存在的力量，我战胜恐惧的狂热意愿从她的勇气中汲取了养分，我练肌肉的需求全部出于震慑她的渴望。多亏了她，多亏了她的目光，我不再是父亲的幽灵，我走路不再跌跌撞撞，我不再淹没于自己的影子，我不再害怕镜子。她把我从一个凋零的男孩变成了树上的猴子，水底的鱼，小女王的野兔。我是她的“小壮士”，完全战胜了恐惧，能够从岩石高处跳入水中，即便手里抓着活鱼也不再发抖。有时她不在，我也会强迫自己接受挑战，仅仅是为了得到她的夸奖。比如去摸因被链条拴住而发狂的狗，去游乐园玩——那里的碰碰车、幽灵船和过山车都是吓人的陷阱——，在那些焦虑得不能没有多多的时刻拒绝他的陪伴。是的，让我承认多多是个虚构出来的小弟弟，甚至这一点，维奥莱特都成功做到了！维奥莱特颁给了我继续活下去的许可证，在我的保护下，她永远不会死亡！然后维奥莱特死了。

65岁，9个月，3天　　　　1989年7月13日星期四

今天回想起来，我之所以想去上寄宿学校，都是因为维奥莱特。我的小壮士，既然水芹已经在你的喷泉周围长出来了，你就得去闭关了。去真正地学习！不要浪费你的才能！等着瞧吧，你会爱上学习的。你会飞得很高！

65岁，10个月　　　　1989年8月10日星期四

想起马奈斯把我扔进水里教我游泳的事。其实他和维奥莱特都不会游泳。放松身体，就像阿尔贝从凳子上摔下来时那样（阿尔贝是梅拉克的酒鬼），然后你会像他的瓶塞那样浮上来。出于对维奥莱特的无条件信任，我完全放松了自己，然后我就真的浮到水面上了。我差强人意地模仿着维奥莱特让我重复的蛙泳动作，身体被马奈斯这个高大的王室总管伸开的手臂托着。

青蛙，维奥莱特说，别告诉我你连青蛙都不如啊！抄袭青蛙的动作，我就是这样学会游泳的。（之后才是费尔芒坦教我的学院派自由泳。）马奈斯，把我扔到河里吧！不是水草丛，那里站得住脚！扔到小池塘里！明天你把我扔到小池塘里，发誓！为什么你不能自己跳进去呢？因为我害怕啊！从恐惧到兴奋的美妙转变，再把我扔得远一点，再把我扔得高一点，再来，再来，每次都还有一点点害怕，这点害怕把我的恐惧变成了勇气，把我的勇气变成了快乐，把我的快乐变成了自豪，把我的自豪变成了幸福。再来！再来！这是布鲁诺、丽松或格雷古尔被我扔进小池塘时的欢呼声。再来！再来！今天范妮和玛格丽特这样欢呼道。

66 岁，1 个月，1 天　　　　1989 年 11 月 11 日星期六

健忘症越来越严重……说话说到一半突然卡壳，陌生人愉快地喊着我的名字我却只能保持愚蠢的沉默，从前爱过的某个女人让我很窘迫因为她的脸对我来说完全陌生（其实也没几个啊！），要列举书名却突然想不起来，找不到东西，做了承诺却被指责没有兑现……所有这些问题其实一直困扰着我，让我感觉很糟糕。但最令人气恼的，是那种神经时刻紧绷的状态，因为交谈才刚开始，我已经在担心会忘记自己一会想说的话！我对我的记忆力从来没有信心。的确，我现在还能一字不漏地想起小时候父亲教我的所有东西，然而今天我也自问，其他事物

是不是也为此付出了代价：名字、面孔、日期、地点、事件、阅读、场合等等。这种残疾让我的学业和职业复杂了不少，虽然没有人真正注意到这一点。因为交谈时，我很早就学会使用迂回解释法，来代替突然忘记的词。我因此而获得了话痨的名声。迂回的说法让你说的话比谈话的另一方多很多，就像那些爱四处乱钻的狗绕着地面上的突起前行，结果散步路程比它们的主人多出了十几倍。

今天，我的记忆只剩一项功能：让我想起自己的健忘症。还记得吗，你没有记性！

66 岁，1 个月，21 天　　　　1989 年 12 月 1 日星期五

睡了个好觉，下雨天总是这样。

66 岁，2 个月，15 天　　　　1989 年 12 月 25 日星期一

平安夜喝了太多酒。吃得很油腻。像得了强迫症似的。说了很多话，笑得很开心。总之就是像年轻人一样大吃了一顿。饭桌上有丽松、菲利普、格雷古尔和其他几个朋友。莫娜超常发挥了。结果，夜里面部一阵阵发热，醒来晕头转向。整个房间都在我周围旋转。尤其是躺着时。站起来后，布景就稳定下来。但动作不能太猛！坐下或起身太快，头就会突然晕，于是旋转木马就又旋转起来。我是一根不稳定的轴，整个世界都在

绕着我旋转。我小时候有一种沉重的金属玩具，用一根绳子抽打后，它会绕自身也摇晃着的一根金属枝旋转，这种金属玩具叫什么名字呢?

66岁，2个月，16天　　　　1989年12月26日星期二

陀螺！那个东西叫陀螺！今天早晨陀螺还在我身上转，不过布景已经稳定了。

66岁，3个月，8天　　　　1990年1月18日星期四

走到一块冰上，瞬间有一种眩晕的感觉。其实我并没有打滑。我先放了一只脚上去，接着又放上去另一只。我伸出手臂去寻找平衡。其实市政府的撒盐车已经尽过责——被削磨过的灰色的冰已经没有什么危险——，所以我一点都没有打滑。但我直到接触高质量的沥青，也就是对面的人行道时，才重新开始信任自己的脚步。因此我拥有“眩晕的文化”，而且像所有有点知识的人那样，同时也是错误阐释的猎物。

66岁，7个月，9天　　　　1990年5月19日星期六

从美国回来的布鲁诺被紧急召唤去了初中：格雷古尔沉迷于一种模拟绞刑的围巾游戏，已经有几个人成为了他的牺牲品。

学校管理层当然对格雷古尔和他的同伙非常生气。威胁要开除他。忧心忡忡的布鲁诺思考起关于“死亡冲动”的问题来，这种冲动已经普遍影响了当代儿童，格雷古尔也是其中之一。所以当格雷古尔回答他“没什么，就是很舒服，仅此而已！”时他顿时愣住了。（一年只见他父亲两三次，这让他不太有兴趣吐露心声。）从我这方面来看，这个故事让我想起艾蒂安和我自己在跟他一样大时玩过的一个类似的游戏。其实是同一个游戏。差别只在于，我们模仿的不是绞杀，而是窒息。但目的是一样的：徘徊在晕厥的边缘，有时甚至超越这个边缘。游戏是这样的：压迫一个人的胸部，同时这个人自己尽可能吐尽肺部的全部空气，由此达到窒息的目的。结果总是如约而至：这个人会昏过去。眩晕的美妙滋味，然后是纯粹的昏迷。昏过去的人苏醒过来后，就让他的搭档也承受一样的命运。过去我们很喜欢这个昏迷游戏！大人们知道吗？出过事故吗？我完全记不得了。所以围巾游戏有自己的祖先。我给格雷古尔上了一堂解剖学的课，颈动脉、颈静脉等等，跟他解释了这个游戏的危险性。他问我既然有致命的危险，为什么感觉还那么美好。我忍住没有跟他说正因致命所以美好。我讲了血液缺氧引发的麻醉状态以及这种状态对大脑造成的极度危险。潜水或登山也会带来同样的后果，所以这两种运动都是在严格保护下进行的。后来跟布鲁诺单独相处时，我问他有没有在像他儿子这么大时玩过类似的游戏。怎么可能！得了吧，你难道没有嗅乙醚嗅到让自己虚脱吗？我觉得我好像回想起你房间的某些气味了……行了爸爸，这完全不是一回事！当然是一回事了，而且那时的我跟现在的你一样担心。

66岁，7个月，13天　　　　1990年5月23日星期三

我跟蒂乔讲了格雷古尔的事，包括解剖学课也讲了，蒂乔总结道：你孙子真幸运，有一个像你一样的爷爷！为了让他明白血液系统，马奈斯可能会让他杀一头猪。另外，蒂乔对这个围巾游戏一点都不吃惊。在他来看，闷死、勒死、洗涤剂、胶水、乙醚、清漆及其他嗅剂都属于进化的一部分，这种进化最终导向了酒精和当代的毒品，它服务于一种与时间一样古老的执念：跨越这该死的青少年时期，去看一看老天会不会开眼。之后，在人群中，蒂乔问我：那你呢，等你很老的时候，你准备走向哪里呢？

66岁，8个月，25天　　　　1990年7月5日星期四

去梅拉克时顺便去了艾蒂安和马塞利娜家。艾蒂安满头皱纹，目光呆滞，动作迟缓，但看到我们来做客时笑得很开心。说实话，只有嘴在笑，笑得很勉强，一种笑容的还魂，仿佛他记得自己从前曾经笑过似的。但是，他想不起莫娜的名字了。他说话时经常用一句“就是这样的，你明白吗？”结尾。我明白，老兄，我明白……

马塞利娜向我们坦白，艾蒂安的病情发展得很快。失去记

忆，当然了，做某些动作时笨手笨脚，可是尤其让她害怕的，是他暴躁的脾气，碰到再小的意外他都会发怒：丢失的东西，电话铃声，要填的公文表格。他无法承受意外，她说，最微不足道的突发事件都会让他陷入极度的焦虑。

唯一能让他平静下来的，是他收集的蝴蝶。这是一个金汤固垒，最后一个方阵还在此抵抗着。来看看我的阿波罗绢蝶。我再一次被失调的比例震惊：他的手指那么粗大，可是这些手指摆弄起他的牺牲品那纤巧的绒毛时却又那么灵活。在与我们分别前，他推心置腹地对我说：别告诉马塞利娜，我完蛋了。他指着他的头又说了一句：脑袋出问题了。

66岁，10个月，6天　　　　1990年8月16日星期四

“污染”，莫娜一边把男孩子们的床单扔进洗衣机一边宣布。晚上？还有白天，她一边更正一边又往洗衣机里塞了一双黏糊糊的袜子和两条因为沾了精液而变硬的内裤。

是的，为了对付鼻涕，我们发明了手帕，我们为唾液准备了痰盂，为尿液准备了便壶，为中世纪的眼泪准备了纯净的水晶杯，然而却没有为精液准备特别的容器。结果自从少年时代以来，自从一有冲动就就地解决以来，男人一直企图用手边所能找到的东西来隐藏他干的好事：床单、袜子、洗浴手套、抹布、手帕、纸巾、毛巾、论文草稿纸、当天的报纸、咖啡滤纸，什么都行，甚至连窗帘、拖把和地毯都能凑合。源泉既

是永不枯竭的，冲动既是无穷无尽并且无法预测的，我们的环境自然成了让人难为情的混乱之地。真的很荒谬。迫切需要发明一个装精液的容器，在每个男孩第一次射精后赠送给他。赠送将以仪式的形式进行，是整个家庭的节日。男孩子把他的宝贝挂在胸前，像挂着领圣餐后得到的怀表一样自豪。然后在订婚那天把它送给自己的未婚妻，被我的计划吸引的莫娜总结道。

66 岁，10 个月，7 天　　　　1990 年 8 月 17 日星期五

直至不久之前，“污染”（pollution）这个词的意思要么指对圣地的亵渎，要么——尤其是——指夜里不自觉的射精，也称遗精。选择这个词，只是这个词，也就是“污染”这个词来指代通过与有毒产品的接触而导致的自然环境恶化，这起始于六十年代，恰好是工业大规模生产跷跷板[①]的时期。

66 岁，10 个月，9 天　　　　1990 年 8 月 19 日星期天

少年时代的怀疑：我会成为男人吗？夏天，迎接我的精液的是梧桐树叶子。很不方便。

---

① 跷跷板法语“branloire”，与自慰“se branler”词根相同，此处应是作者玩的一个文字游戏。——译注

66 岁，10 个月，23 天　　1990 年 9 月 2 日星期天

暑假结束。孩子们把我们榨干了。完全是字面意义上的。他们从日出到日落耗费的精力本身就已经够累人的了。他们的身体永远在耗费体力，而我们的身体从此以后只能节省体力。两周时间，我们所有的活力储备都用完了。孩子们让我们折寿，我对莫娜说。然后我们瘫倒在自己的床上，一动不动。创造这几代人的无穷无尽的欲望到哪里去了？我像一块嚼烟一样软，莫娜像沙尘暴一样干涩。

66 岁，10 个月，24 天　　1990 年 9 月 3 日星期一

说起来，我发现我一点都没有提及我们的欲望随岁月一起流逝的事。问题并不在于知道我们是从什么时候开始不再做爱的（这是杂志好奇的问题），而是知道我们的身体怎样从永恒的交合状态顺利自然地过渡到了仅靠彼此体温就能满足的状态。欲望的逐渐消退似乎并没有带来挫败感，只是偶尔才把烦躁的情绪归咎于我们的性器官已经没有共同语言这个事实。在最初的几个月，我们一天做几次爱，年轻时代我们夜夜翻云覆雨（除了妊娠期的最后几个月，因为莫娜声称要给孩子“塑形”），这样度过了至少二十年，仿佛没有对方陪伴的睡眠无法想象。后来次数就少了，再后来几乎就没有了，再后来就完全没有了，可是我们的身体还保持着交缠状，我的左臂抱着莫娜，她的头

放在我的肩窝，腿横亘在我的腿上，手臂放在我胸前，我们裸露的皮肤有着共同的体温，我们的呼吸和汗水互相交织，这是夫妻的味道……我们的欲望在我们的爱情那有着特殊气味的保护伞下渐渐枯竭。

67岁，3个月，2天　　　　1991年1月12日星期六

从凡尔纳家回来，牙齿掉了。毫无疑问：左上臼齿。我的舌头舔到那里，发现一处可疑的齿尖，舌头伸回来，又舔过去，没错，马特峰就在我嘴里。一颗牙齿失活了。鸡胸肉、干酪焗西葫芦，保持着柔软度的越桔塔，根本没有一道菜会磕掉牙齿。终于来了，衰老的真正开端。这种自发的断裂。指甲、头发、牙齿、股骨颈，我们在我们的皮囊里变成了粉末。冰山从我们的极地掉落，可是悄无声息地，没有冰块之间的撞击来打搅极地的夜。衰老就是见证这种冰山的融化。他融化了，过去妈妈常这样说哪个老病人。她还会说：他已经起飞了，然后还是孩子的我就开始想象一个八十多岁的老人在机场跑道末端起飞的场景。对于去世的人，维奥莱特会说：谁谁走了。而我开始思考他要去哪里。

67岁，3个月，15天　　　　1991年1月25日星期五

说到牙齿，我本来约了JML吃饭。在部里工作的最后几年

中，他是我的得意门生。让人失望的是，他最后没有来。但寄来了一封致歉信：“昨日受到一个牙医的残暴对待，他带着我的四颗智齿逃走了。所以今天中午我就不能来聚会了，我连稀饭都吃不了。把我的食物分给有需要的人吧，然后请为我干一杯。”JM。

这小伙子一直冒险精神十足（一次性拔掉四颗智齿！），但一直能骄傲地承担后果。这是一个坦诚又忠诚的外交家，这样的人我只认识他一个。

67岁，4个月，13天　　　　1991年2月23日星期六

侧着睡时，如果保持某些根据经验毫无困难就能找到的姿势，我会感到自己的头将全部重量都压在了耳朵上，而我的心在耳朵最深处跳动。一种温柔的规则声音，一个令人安心的活塞，从我很小的时候起，它的陪伴就一直安抚着我，即使是耳鸣的嚣叫声也不能完全把它淹没。

67岁，9个月，5天　　　　1991年7月15日星期一

格雷古尔喜欢搞怪。他和他的小伙伴菲利普在蒂乔家过了一个周末。他们玩什么不好，偏偏用厨房找到的一张透明塑料薄膜把厕所坐便器给包了起来。一大早，蒂乔起来去小便，睡眼惺忪意识蒙眬，结果水漫金山呼天抢地。孩子们被揍了一顿，不过蒂乔现在提起还乐不可支。

67岁，9个月，8天　　1991年7月18日星期四

格雷古尔最喜欢开的一个玩笑：我走在走廊里，他的手突然从一个藏身处伸出来，晃着一张我的照片拦住我的去路。我当然就惊跳起来。于是格雷古尔就总结道：可怜的爷爷，你太丑了，丑得把自己都吓了一跳！仪式要求我去追他，抓住他，挠他痒痒一直挠到他求饶，以此为自己复仇。做完这一切之后，我就会看自己的照片。每次我都会被同一件事震惊：照片越新，我就越难以认出自己；如果是老照片，那么一下子就能看出是我。最近这张是格雷古尔两星期前给我照的，还是他自己洗的。我必须回想当时的场景才能认出我自己（当然是一瞬间的事，但仍然是一种重构）：梅拉克，书架，窗户，紫杉，下午，扶手椅，还有扶手椅中正听着音乐的我。从你那悲怆忧伤的表情来看，格雷古尔说，应该是马勒。瞧啊，你现在能根据面部表情猜出别人正在听什么音乐了？毫无困难，当你听那个波兰音乐家潘德雷茨基时，你就像是个被遗弃的魔方。

67岁，9个月，10天　　1991年7月20日星期六

格雷古尔觉得我听音乐听得不够。你这样不让自己领“身体的圣餐”是不对的，爷爷（原话）。给你，读读这个。然后塞

给我一篇西班牙语写的文章，他的笔友华金·索拉诺寄给他的。

“El ser humano se asemeja a un instrumento musical complejo, único y delicadamente afinado. Cada átomo, cada molecula, cada célula, cada tejido y cada órgano del cuerpo emiten continuamente las frecuencias de su vida física y emosional. La voz humana es indicadora de la salud del cuerpo y establece relación entre los individuos y el cosmos.”

“Quien genera belleza tocando, dice, y genera armonía musical, empieza a conocer por dentro lo que es la armonía esencial; la armonía humana.”

Maestro José Antonio Abreu①

67岁，9个月，17天　　　　1991年7月27日星期六

在长椅上看了三小时侦探小说后，不用力支撑在扶手上就没法起身。腰部疼痛，关节僵硬。在几秒钟的时间里，有一种被冰封的感觉。从此以后，身体成为了世界与我之间的障碍。

---

① 西班牙语，译文如下：“人类近似于一种精心打造的复杂独特的乐器。人体的每一个原子，每一个分子，每一个细胞，每一个组织和器官都在持续不断地发出其物理生命和情感生命的频率。人的声音是身体健康的指示器，它建立了个体与宇宙的关系。”“谁能在演奏时创造美，”他说，“创造和谐的音乐，谁就能从心底辨识什么是本质的和谐，即人类的和谐。”（大师荷塞·安东尼奥·阿布吕尔）——译注

眼前又浮现乔治叔叔在最后几年光景中的形象，坐在他的扶手椅里，非常健谈，目光炯炯有神，双手像两只蜻蜓。完全是四十或五十岁时的样子。可是一旦站起来，就能听到他的膝盖、腰、背咯咯作响。坐着，一个年轻人；站着，一个驼背的老头，因为疼痛而龇牙咧嘴，在最后一段日子里，身上还隐约散发出一股尿骚味。但自始至终保持着举重若轻的优雅态度。随着年龄，他说（记不得他是引用谁的话了），硬度转移了地方。

67 岁，9 个月，18 天　　　　1991 年 7 月 28 日星期天

我这种永恒感是从哪里来的？一切都在退化，然而那种时时产生的喜悦心情却留存了下来。昨天看莫娜在我前面走路时我思考了这个问题。莫娜和她那“女王的姿态”，蒂乔总这样说。四十年来，我一直走在她后面，她的身体变沉重了，这是当然的，而且也失去了弹性，可是怎么说呢？身体仿佛是在她的步伐周围变沉重的，而步伐本身却从来没有改变，看着莫娜走路，我始终能感受到同样的愉悦。莫娜就是她的步伐。

68 岁，8 天　　　　1991 年 10 月 18 日星期五

一个受蒂乔保护的人——独腿的老外籍军团成员（阿尔及利亚战争）拄着两根拐杖来找他。你的义肢呢？蒂乔问。对方支支吾吾不知所云。蒂乔带着足够的耐心听他啰里八嗦地讲完

才明白，他喝了酒，夫妻吵架了，妻子在遭受又一次毒打后甩门而去。逃走时还带走了他的义肢！蒂乔问我：你觉得我的这个大兵从这件事里吸取了什么教训？（要我说……）这个教训：她带着我的腿滚蛋了，她肯定还爱着我对不对？蒂乔的结论不是这个人有多蠢，而是我们被爱的渴望多么难以餍足。

68岁，3个月，26天 1992年2月5日星期三

脚踝疼痛。去看了一个风湿病专家，他又带我去看了足病专家，专家在检查完我的脚后断言：毫无疑问，您不会跳舞。我证实了她的话。一点不奇怪，您的右脚底只有三个点着地（她指出了这三个点），而不是整个脚面。所以我不会跳舞的缺陷只是个普通的构造问题，而我一直以为问题出在自己无法投入其中。我听到自己跟医生解释说，其实我年轻时还打拳击、打网球，俘虏球也玩得很出色呢！这个滑稽的句子在我身上产生了回响，导致我没有听到足病专家可能从技术角度提供的解释。我和我的俘虏球！（哦！维奥莱娜！）为什么——六十八岁了！——还要执着地以俘虏球头号种子自居？而且可能所有人都已经忘记了这个游戏。我静下心思考这个问题，然后又看到我自己在操场玩这个游戏的样子。这是个多么快速、规则多么粗暴的游戏：闪避，截击，假动作，拉扯，独自坚守阵地但仍让敌人死伤惨重，两边受敌，那么灵活，那么善战，不知疲惫，啊！纯粹来自身体的愉悦！狂喜的感觉！对我来说，每次

玩俘虏球都是一次新生。我在吹嘘自己是俘虏球王牌选手时歌颂的，正是这种自我的诞生！

68 岁，7 个月，20 天　　　　　　1992 年 5 月 30 日星期六

撞见格雷古尔正在手淫，他手里抓着犯罪武器，我手里抓着门把手。我俩都非常尴尬。其实没什么；像谁说的那样，没有用手拥抱的欲望都只是一个梦。一整天，我都因一种可怕的入侵感而心情沮丧。我被困在一个即将进入青春期的少年头脑中，这个形态还不确定的存在想通过拉扯自己身上的一部分而挣脱童年。今天晚上，我把阁楼翻了个底朝天，找到了*大富翁游戏之初夜*，那是艾蒂安和我在寄宿学校时发明的。我向格雷古尔发起了决斗的挑战。他把我打得落花流水。当到达格子 12 时（不小心看到您的脏内衣，您的乔治叔叔向您表示祝贺：您成为男人了），他满心感激地冲我笑了笑。我把游戏送给了他。

68 岁，8 个月，5 天　　　　　　1992 年 6 月 15 日星期一

昨天，独自在卢森堡公园散步。一个女人，还很年轻，开心地叫着我的名字，问起莫娜的近况，拥抱了我，然后走了。她是谁？今晚，走出老鸽舍剧院，在与 T.H. 的舌战中，没能想起两三个关键词。在圣叙尔皮斯停车场找车时，弄错了楼层，又上楼，又下来，团团转……我的心到底在什么地方？我很吃

惊自己居然没有在这些毒害我一生的遗忘事件上多花点笔墨。我一定是觉得它们属于心理学领域吧！太蠢了！这个现象完完全全是身体方面的。是电流问题，大脑回路的接触不良。几个神经突触没有完成在相关神经元之间传递情报的工作。道路被切断，桥梁倒塌了，不得不绕一段二十五公里长的远路找回丢失的记忆。这还不叫与身体有关吗？

68 岁，8 个月，6 天　　　　1992 年 6 月 16 日星期二

其实我应该写一本关于遗忘的日记。

68 岁，10 个月，1 天　　　　1992 年 8 月 11 日星期二

刚满 11 岁的范妮，比玛格丽特更容易感觉到无聊的范妮问我，我的时间和她的时间是不是走得一样慢。目前比你快七倍，我对她说，不过速度经常在变。她反驳我说，“从挂钟的观点来看”（原话），不管对她还是对我来说，流逝的都是同样的时间。确实，我说，可是你和我都不是这个挂钟，另外，要我说，这个挂钟不会对任何事情发表任何观点。然后给她上了一堂关于主观时间的课，让她明白我们对绵延的时间的感受完全依赖于我们出生以来流逝的时间。于是她问我，是不是我的每一分钟都过得比她的快七倍。（哎呀，问题变复杂了。）不是，我说，如果我去看牙医，而你在和玛格丽特玩，那么某些分钟在我看

来甚至比你的慢很多。长长的沉默。我听到她小脑袋瓜子里的齿轮正在试图调和偶然与总体的概念，我发现她两眼之间因思考产生的皱纹让她的表情看起来与丽松小时候一模一样。最后，她向我提出了如下建议：我们一起去看挂钟的大指针，“强迫时间用对你和对我都一样的速度过去”。我们这样做了，同时还赋予了这共同的一分钟以悼念活动一般的肃静和庄严。确实可以算是一次悼念活动，因为我俩悄悄的耳语让我想起六十年前（也可以说是昨天），在同一个挂钟的滴答声中，我父亲向我喃喃道出的“小哲学”课。这一分钟过去后，范妮亲了一下我的脸，在跑开前总结道：外公，我喜欢和你一起无聊。

69 岁　　　　1992 年 10 月 10 日星期六

一小撮人在一起吃晚饭，帮我庆祝生日。“我的生日”是个孩子气的表达，我们要带着它，一直到我们的最后一根蜡烛。

69 岁，9 个月，13 天　　　　1993 年 7 月 23 日星期五

我忘了，蒙田记性也不好：

“记忆力是一件可以巧妙使用的工具……而我就没有记忆力。……若要发表什么长篇大论，我就只好老老实实、辛辛苦苦把要说的话一字一句背出来，不然我就缺乏条理与信心，唯恐记忆力跑来跟我捣鬼。但是这样做对我并不轻松。背上三句诗需要

花三个小时。……我愈不信任我的记忆，记忆愈困扰我；倒是偶然碰上还更好使，我应该随随便便求助于它。因为我逼它，它吃惊；此后它开始坐立不安，我愈询问它，它愈发呆为难；它会在它的时间，而不是我的时间内帮我的忙。……谈话时我若敢于偏离原来的思路，必然会回不过来，……对于伺候我的人，我一定要以他们的职务和家乡地名来叫唤他们，因为他们的名字叫我很难记在心里。……要是活得长，我不相信我不会像某些人那样忘了自己的名字。……我曾不止一次忘记三小时前传出或接到的口令，忘了自己的钱包放到了哪里，……我最会丢失自己特别在乎藏好的东西。……我翻阅书籍不求甚解。留在我心中的东西倒不是在别人那里见得到的，只是这时我的判断力发挥了优势，充满了推理与想象。作者、地点、原话和其他情况，都立即忘得一干二净。"《随笔集》，第二卷，第十七章①。

同一位作家引用了下面一句话（泰伦提乌斯，《阉奴》，I，2，25）：

"我全身穿孔，到处流失。"②

70 岁零 7 天　　　　1993 年 10 月 17 日星期天

吃过晚饭，玛格丽特哮喘发作了，还伴随着因支气管炎引

① 译文参见《蒙田随笔全集》，马振骋译，上海书店出版社，2009 年，第 310-312 页。——译注

② 译文参见《蒙田随笔全集》，马振骋译，上海书店出版社，2009 年，第 312 页。——译注

起的咳嗽。咳得撕心裂肺。我十分心疼她。有那么一瞬间我产生了幻觉，看到了裹着纱布的肺片。莫娜不得不停止高声为我们朗读搞笑的罗尔德·达尔的活动。而且玛格丽特正是因为大笑才咳起来的。范妮发火了：去别处咳！丽松很绝望，因为不知道怎样让女儿好过一点。这种情况越来越频繁，她说。这时，不知怎么的，我突然产生一种治疗灵感，灵感随即又变成了不容置辩的确信。我从莫娜手中拿起书，递给玛格丽特。来，接着读。玛格丽特照做了，最开始声音小得听不见，呼吸艰难，眼里还闪着泪花。接着她的声音渐渐变得清晰，句子越读越长。大约读了半小时，她不哮喘了，而且仿佛根本没受咳嗽威胁一般。玛格丽特的嗓音像笛声，词语念完还有余音。刚才我坚信大声阅读能够治疗哮喘，我这种信念是从何而来的呢？天晓得。按照常识，我们应该让玛格丽特保持安静才对。那么是出于被压抑的经验吗？是人类的古老本能吗？不得不相信，到了一定年龄，我们所有人都多少会拥有治疗能力。过去爸爸就富有盛名，能通过按手礼疗愈最深的忧伤。

70 岁，5 个月，2 天　　　　1994 年 3 月 12 日星期六

昨天在 A. 和 C. 家，讨论 W. 的癌症是不是由精神问题引起的。异口同声的回答。是的，是的，肯定是的，他无法接受自己退休、妻子生病、女儿离婚这些事。所有人都表示同意，直至主人的长子——年轻的 P 向我们泼了一瓢凉水：“W. 要是知

道自己将死于心因性疾病，而不是恶心的结肠癌，一定会大松一口气吧！”说完后，年轻的P.甩门而去。

我想我理解这个小伙子的愤怒。尽管不否认身体以自己的方式诉说着我们无法表达的事——腰椎间盘突出意味着我的背受不了了，范妮的腹泻表达了她对数学的恐惧——，但我也很清楚为什么这种把一切归因于精神的倾向会令P这代人那么气恼。我像他这么大时，他谴责的这种遮遮掩掩的态度也曾让我反感。在我年轻时，身体根本不能作为谈话的主题；餐桌上禁止讨论身体。今天，人们容忍了身体，条件是只谈论它的灵魂！在一切皆精神的水印之上漂浮着那个陈腐的观念：身体疾病是性格缺陷的表现。爱发火的人的肝囊肿，无节制的人的冠状动脉破裂，厌世者不可避免的阿尔茨海默症……不仅生病了，而且生病有罪！你为什么会死？因为你自己给自己造了孽，因为你与祸害之间进行了小小的交易，因为你时不时从不健康的行为中获得享受，一句话，因为你的性格，那么不坚定，对自己那么不尊重！是你的超我杀死了你。（总之，自从天花令梅黛夫人那张毁坏的脸暴露出她的灵魂以来就没出过新花样。）你死时背负着重重罪名：污染了地球，胡吃海喝，忍受了时代却没有改变它，在全球健康的问题上睁只眼闭只眼，导致最后忽略了自己的健康！被你的懒惰软弱地掩盖住的整个系统最后向你那无辜的身体发起进攻，并且杀死了它。

因为，如果说一切皆精神的倾向指出了罪犯，那是为了更好地赞颂无辜者。我们的身体是无辜的，女士们先生们，我们的身体就是清白本身，这就是一切皆精神的倾向喊出的口号！如果我们很善良，如果我们品行端正，如果我们在一个受控制的环境中过着健康的生活，那么不仅我们的灵魂，连我们的身体本身也能变得不朽！

在回去的车里，我带着重新找回的年轻时代的激情，发表了这段长长的抨击性言论。

可能吧，莫娜说，不过不要忘了一件事，年轻的P.从来不会放过任何一个让他父母出丑的机会。

70岁，5个月，3天　　　　　　　1994年3月13日星期天

女士们先生们，我们会死亡，因为我们有一个身体。每一次死亡都是一个文明的灭绝。

70岁，5个月，5天　　　　　　　1994年3月15日星期二

夜里，当膀胱胀得要爆炸时，我就会大汗淋漓地醒来。我是过了很久才发现这之间的因果联系的。我出汗，我醒来，我扔掉被子，我想小便，但我还没睡醒，所以懒得起来。我试着重新入睡；尝试失败。在几个月里，我将这种突然之间的出汗现象归结为某种男子更年期症状，类似莫娜一直叫苦不迭的阵热……然而不是的，我之所以出汗是因为想小便。一旦需求被满足——假如我能做到的话——，我便又可以带着正常的体温

入睡了。年轻时，同样的欲望曾让我出汗吗？完全没有印象了。

70岁，8个月，5天　　1994年6月15日星期三

我们认识，格雷古尔那个年迈的哲学老师在家长会上对我说。我是去听取大家对我孙子的溢美之词的。真的吗？是的，我在您年轻时折磨过您，他带着友好的微笑解释道。于是我认出他来：贝克医生的侄子！那个四十年前在他叔叔给我拔息肉时用巨大的手掌堵住我喊叫声的人！这学年一开始，格雷古尔就不停地在夸这个哲学老师“绝对赞！”在他的描述中从来没有出现过老师是个高大的塞内加尔人这个元素，因为这个细节与哲学无关。F先生轻拍着他的鼻翼说：现在做这类手术会打麻药让你睡着，不过它们的效果还是跟从前一样不明显。您孙子也有点鼻音，不过这不妨碍他成为一个出色的哲学家。

71岁，5个月，22天　　1995年4月1日星期六

回到医院，去看望西尔薇。格雷古尔和我。她还认得我们，但似乎有点不适应。格雷古尔，她轻轻地说，听起来没有现实感。这是她儿子，她知道，这是她儿子的名字，她还记得，她的声音中有一种温柔，可是形象和名字无法触及她，它们无法重叠。好像她看到的是模糊的影子，格雷古尔说，随后又补充了一句：她自己也是模模糊糊的，好像她走在自己身旁，你不

觉得吗，爷爷？西尔薇刚生病那会，格雷古尔在告诉我她的病情时已经这样说：妈妈已经不“清晰”了，或者，今天还行，妈妈挺“清晰”的。当W.医生在办公室接待我们，告诉我们要“看清问题”时，我看到格雷古尔微微笑了一下。

71岁，5个月，25天　　　　1995年4月4日星期二

今晚想起西尔薇时（她将在一个月后出院），脑中浮现“脱轴”这个词。过去妈妈抱怨我时常用这个词，它会产生一种眩晕和模糊的感觉。归根到底，这本日记也可以成为一个永恒的适应练习。脱离模糊状态，将身体和精神维持在同一条轴线上……我一生都在试图“看清问题”。

71岁，8个月，4天　　　　1995年6月14日星期三

在哥白林站，一个巨大的集体身躯侵入91路公交车内。我在蒙巴纳斯火车站上车时，车子还是空的。我利用这意外的孤独一头扎进阅读，几乎没受一站又一站坐到我身边的乘客的打搅。到瓦万站，所有座位都已经被占据。到哥白林站，过道里也挤满了人。我带着一种无辜的自私看着这一切，这种自私经常出现在那些已经找到座位因而看书看得愈发起劲的人身上。一个年轻人坐在我对面，也沉浸在一本书中。可能是大学生吧，在读弗里茨·左恩的《火星》。在大学生身边，站在过

道里的，是一位肥胖的女士，六十来岁，气喘吁吁，手上提着一个塞满蔬菜的草编袋，正粗重地喘着气。大学生抬起眼睛，与我目光交会，看了看那位女士，主动站起来向她让座。请坐，太太。在年轻人的礼貌中有种日耳曼做派。挺拔，高大，脖颈僵硬，笑容内敛，一个有气质的男孩。那位女士没有动。我甚至觉得她在用目光扫射大学生。年轻人手指着座位坚持着。请坐吧，太太。女士让步了，看起来很不情愿。反正没有表示感谢。她走到空座位前，始终喘着气，但没有坐下来。她站在我面前，手中拿着草编袋，可是一直站着。年轻人还在殷勤地坚持。请坐啊，太太，请吧。这时，这位女士发话了。再过一会，她用嘹亮的嗓门说，我不喜欢座位太热！小伙子的脸猛地红了。这句话让人听得目瞪口呆，我一时忘了正在读的书。我迅速扫了周围人群一眼，看到了众人的反应。大家忍住笑，大家盯着自己的脚，大家公然看着车窗外，总之，大家觉得很尴尬。就在这时，那位女士俯身对我说了一句话，她的脸离我的脸只有几公分的距离，好像我们是老相识似的。她说：我在等椅子变冷！这下，我成了大家瞩目的对象。大家在等我的反应。于是我产生了一个想法：在这一秒钟里，91 路车上的所有人组成了唯一一具身体。同一具有教养的身体。一具独一无二的身体，它的屁股无法承受被别的屁股坐热的座位的热气，但它情愿扑倒在公交车轮子底下，也不愿意公开承认这一点。

71岁，8个月，5天　　　　1995年6月15日星期四

没有教育就没有滑稽。

71岁，8个月，6天　　　　1995年6月16日星期五

听了我的“集体身躯”的故事后，莫娜也讲了一个故事，结论与我的完全相反。六十年前，在美丽的卡尔卡松市，她的好朋友——当时身无分文的吕西安娜寄住在安贫小姐妹会。每个周日早上，修女们会在弥撒开始前一小时把她们的学生带到教堂。她们让学生坐在前几排的凳子上，孩子们就在幽暗空旷的教堂里数着念珠做祷告。之后神甫来到教堂，点亮灯火，奏响小风琴，大门打开，信徒们涌进来。孩子们于是会起身，把座位让给非常有钱的贞德学校的女孩子们，到教堂深处去听弥撒。

是的，你听懂我的意思了吧，莫娜强调道，人们用穷人家小姑娘的屁股给有钱人家的女孩暖座位！这是当时的习惯，没人觉得有什么不妥。

71岁，8个月，9天　　　　1995年6月19日星期一

蒂乔约我在饭店见面。他看起来很慌张，在我对面坐定后，焦急地让我伸出舌头。为什么让我伸舌头？把舌头伸出来吧，

拜托！别人在看我们呢！不管了，把舌头伸出来给我看看。蒂乔难得不开玩笑。怎么了蒂乔？等你把舌头伸出来我再告诉你。最后我照做了。不够，我要看到整条舌头！我用第一次领圣餐时的夸张动作温顺地向他展示了我的舌头。他检查了好一会，其间服务员一直不动声色地在旁边等我们点单。行了，可以了，收回去吧。点完菜他向我承认，今天早上在浴室时，他吓了一跳，因为发现自己的舌头白如石灰，上面的裂纹尤其深，导致他疑心病发作，立即推断自己已经是癌症晚期。接着又补充道：不过，你的舌头裂纹跟我的一样，总的来说你的舌头也不是粉红色的。他由此断定这应该是衰老的自然反应。

"你应该从来没注意过这个现象吧？你从来不看自己的舌头！"

"很少看。"

然而当天晚上我就做了这件事。舌苔确实发白，上面沟壑纵横，有些裂纹深得让人害怕。同布鲁诺小时候伸出来的柔滑粉嫩的舌头不可同日而语，那时他常常在大家面前把舌头伸出来，因为它"在里面觉得很无聊"。凑近看自己的舌头，我发现侧面有小包，应该是钙化的味蕾，还有暗红色的小泡，挂在舌系带上，看起来像海葵。可能是破裂的血管。我们的舌头像鲸鱼皮那样老化，上面布满沟川，长满脓包，像鲸鱼被各种贝壳覆盖，看起来具有了千岁的安静外表。

所以，平常那么自信的蒂乔也像任何人一样，成为了这些"第一次"的牺牲品，我们一直到死都得承受身体这些"第一次"的恐吓。这个故事附带又让我想起海绵状的牛舌。过去在寄宿学校时，学校会定期给我们吃牛舌，垫在几乎变成液体的牛屎状的绿色菠菜下面。有时我们会互相把牛舌和牛粪扔到对方脸上：令人难忘的打架和随之而来的没有任何效果的惩罚。关于疯狂大笑的最美好回忆。以至于当又回想起这些事时，我会在床上默默笑起来。你在想什么呢？莫娜问。

……

咨询了一下，这条像老鲸鱼的舌头有一个名字："有苔舌"。

72 岁，2 个月，2 天　　　　1995 年 12 月 12 日星期二

有些疾病因为它们引发的恐惧，反而具有了帮助我们忍受其他所有疾病的美德。通过做最坏的打算来接受偶发性事件，这样的倾向时常出现在我这一代人的谈话中。昨天就是如此。在凡尔纳家，说到 T.S. 的诊断：本来担心是阿尔茨海默症，幸运的是，其实只是抑郁症。呼！幸福被保全。T.S. 最终还是会变得疯疯癫癫，但别人不会再说他是被爱罗斯结果的了。

我虽然心中冷笑，但也没把自己排除在外。虽然死不承认，但我跟任何人一样害怕阿尔茨海默症的威胁（我自然想到了艾蒂安，他的状态每况愈下）。尽管如此，这种恐惧有一个好处：它让我无暇顾及那些真正影响我的疾病。我的血糖含量让人担忧，我的肌酐已经不成比例，我的耳鸣对声波的干扰越来越明显，我的白内障给我制造了一条模模糊糊的地平线，每天早晨醒来我就会多一种新的疼痛，总之，衰老已经在方方面面发展

起来，而我只感受到一种真正的恐惧：对爱罗斯·阿尔茨海默症的恐惧！这恐惧导致我每天都强迫自己进行记忆训练，而我身边的人还以为这是一种博学的消遣。我可以整段整段地背出我亲爱的蒙田、《堂吉诃德》、我的老普林尼或《神曲》(请注意，是原文！)，可是一旦我忘了一次约会、找不到钥匙、认不出某某先生、想不起某个名字或忘记谈话的主线，爱罗斯的幽灵就会立即出现在我面前。无论我怎么跟自己说“我的记忆力一直那么任性”、“还是孩子时它就已经不时背叛我了”、“我一向是这样而不是别样的”都无济于事。终于被阿尔茨海默症抓住的念头会战胜一切理智，然后我想象自己很快就到了这种疾病的末期，跟世界与自己失去了联系，成为一个还活着却记不起自己曾经活过的东西。

在此期间，大家要求我在甜点上来时朗诵一首诗，我按惯例让大家三催四请后背诵了一首。啊！至少您没有被阿尔茨海默症盯上！

72岁，7个月，28天　　　　　　1996年6月7日星期五

弗雷德里克，医生，格雷古尔住院学医时的情人和老师。弗雷德里克抱怨在城里吃饭时，无法不被在座宾客的健康问题轰炸。每个聚会都会有半数客人为自己或亲人寻求诊断、疗方、建议、推荐。这让人很恼火。自我从医以来，他说，甚至自我做学生以来，就没有人问过我在扮演医生角色以外，还对什么

感兴趣！以至于他患了社交恐惧症。要不是格雷古尔在这方面的兴趣，弗雷德里克一定会把自己封闭在家中，因为……（说到这里，他的手在头顶上做了个切割的动作）烦不胜烦！据他的说法，饭桌让医生成了萨满巫师。看到医生像所有人一样吃喝，大家会觉得他很亲切，他成为了忧郁症部落的巫师，太太们的精神领袖，我们在谁谁家遇到的那个了不起的医生——而且那么人性化！——，你还记得吗，亲爱的？在医院，弗雷德里克说，在同一些人眼中，我说的确实是同一些人，我首先是个官员候选人，被怀疑靠偷窃社会保险金来收藏保时捷。在饭桌上不会。我一下子变成了某种人道主义的、值得尊敬的、有能力的医学的化身。如果你是外科医生，而别人在朋友家遇到了你，他们就会像小狗一样一直追随你至手术台，然后热情地把你的手术刀推荐给其他朋友，因为医生同果酱有一个共同之处：自家的才是最好的！当我看到我的见习医生们在急诊室过度操劳时，我很想对他们喊：都滚吧，别管你们的病人了，去城里吃饭，建功立业都是在那里，而不是在值班室里！

晚饭的大部分时间都是弗雷德里克一个人在发火。站起来时，他眼里闪着狡黠恶毒的光问我：您呢，还好吗？健康还行吧？趁我在这，可别浪费机会哟！

72 岁，7 个月，30 天　　　　1996 年 6 月 9 日星期天

格雷古尔的同性恋倾向。我的思想再开明也没用（“思想开

明”，多么狭隘的表达！），在同性恋问题上，我的想象力十分迟钝。即便我的原则能接受，我的身体也绝对无法想象对同性的欲望。格雷古尔是同性恋，好吧，这是我们的格雷古尔，他可以做他想做的，他的性取向不是问题，可是在一个男人身上得到满足的格雷古尔的身体，这是我自己身体的思想——如果可以这么说的话——无法想象的。这不是鸡奸，不是。莫娜和我并没有轻视这种方式，我们的玫瑰花瓣让我们心旷神怡，而且她扮演的小伙子多么漂亮啊！问题就在这里，她并不是小伙子。我思考着格雷古尔的同性恋问题睡着了……或者说我已经不再思考这个问题，谜团自己一丝一缕地散开，变成睡眠本身，将我吞灭。

72 岁，9 个月，12 天　　　　　　1996 年 7 月 22 日星期一

一个人在花园，被一只小鸟的鸣叫声惊扰，我从正读着的书上抬起眼睛。很遗憾没能认出是什么鸟。这个结论对几乎所有花都适用，它们簇拥在我周围，我却叫不出它们的名字。对一些树、大部分云和被我手指碾碎的这团泥土的组成元素也适用。对所有这一切，我都叫不出名字。少年时代的农场劳作几乎没有教会我任何自然知识。它们唯一的用途是帮我塑造了肌肉。即便知道了一点什么，也是很快就忘了。总之，我那么有文化，以至于完全不具备一点最基本的常识！这只把我从阅读中拉出来的鸟儿在这宁静的无知中鸣叫着。另外，我听到的其

实不是鸟鸣，而是宁静本身。一种绝对的宁静。突然之间心生疑问：我的耳鸣哪里去了？我听得更专注了一些。好像的确是这样的：没有耳鸣，只有鸟叫声。我堵上耳朵，听自己头颅内的声音。一点声音都没有。耳鸣真的消失了。我的头是空的，在手指的压力下，它有点嗡嗡作响，好像我把耳朵贴在一个桶上了。完全是空的，这个桶。空无一点声音，这让我很开心，然而空无一点常识，这让我很沮丧。于是我又重新投入到我那博学的阅读中，好进一步清空自己。

72 岁，9 个月，13 天　　　　　　　　1996 年 7 月 23 日星期二

耳鸣又回来了，当然。什么时候？完全不知道。昨晚，它又在那，在我的睡眠中嚣叫。我几乎松了口气。这些小病小痛出现时让我们惊恐万分，可是后来它们不仅成为了我们的同路人，更是成为了我们自己。从前乡下人就是很自然地用疾病的名称来称呼别人的：甲亢、驼背、秃子、结巴。我小时候上学时，班级同学之间也互相这样称呼：胖子、近视眼、聋子、跛子……对于这些被视作先天给定的缺陷，中世纪将它们变成了家庭的姓氏。至今街上还走着古尔特屈斯（短腿）们、勒格拉（油腻）们、珀蒂皮埃尔（小脚）们、格罗让（胖子让）们、勒波尔尼亚（独眼龙）们等等。不知道这种粗鲁的中世纪智慧会给我起什么绰号。勒西弗尔（耳鸣人）？杜西弗莱（耳鸣）？杜西弗莱老爹？杜西弗莱老爹不错。您知道的，就是那个脑袋

里会鸣叫的人！接受自己吧，杜西弗莱，然后让自己名垂青史。

72岁，9个月，14天　　　　　1996年7月24日星期三

又想到那只没认出的鸟儿时，脑中回想起苏佩维埃尔的诗句：

森林里
会有鸟儿的歌声响起
没有人能找到
没有人能喜欢，甚至没有人能听到
只有上帝，他，能听到，
然后说："这是一只金翅雀。"

出处是《万有引力》，我想，这首诗叫《先知》。是的，可是我的那只，真正的那只，它叫什么名字呢？明天问问罗贝尔。

72岁，9个月，16天　　　　　1996年7月26日星期五

一段时间以来，受到胃胀气的残暴统治。一种无法克制的放屁冲动会突然而至，于是我惊讶地发现自己在放屁时咳嗽，孩子气地希望咳嗽声能够掩盖住屁的声音。无法知道这种诡计有没有成功，因为咳嗽在我耳朵里引起的爆炸很大程度上掩盖

了外面的声响。另外，这种小心其实没什么用，因为通常出现在我身边的人，他们的教养已经好到一定程度，宁死也不会指责我的不文明。同样的，也没有人担心我的咳嗽。一群野人！

蒂乔被我的心里话逗乐，作为交换，他给我讲了一个滑稽故事。像蒂乔大部分“体味”很重的笑话一样，这个故事也是余味无穷，如香奈儿特级香水的味道那样挥之不去。

蒂乔和四个放屁的人

四个老朋友聚会。第一个对其他三个说：我放屁时，声音吓人，臭味熏人。第二个说：我是声音很可怕，但一点不臭。第三个说：我是一点没声响，不过那臭味，那臭味，啊我的孩子们，那臭味啊！第四个说：我的不一样，既不响也不臭。长长的沉默和眼角的目光，然后三人中其中一人问他：这样的话，那你为什么要放屁啊？

72岁，9个月，27天　　　　1996年8月6日星期二

来吧，来吧，拿出点勇气：有关格雷古尔的性倾向问题，我那些没有问出的问题到底属于什么性质？这才是真正的问题！今天下午，看着采覆盆子的他们——弗雷德里克和他，我一直在想这些问题。晚饭后，吞下最后一口面包屑馅饼，格雷古尔自己公布了答案。当时我们正在花园里散步，他把胳膊伸到我的胳膊底下，对我说他完全知道我在想什么。爷爷，你在

想弗雷德里克和我，谁是攻谁是受。（爷爷稍微有点不知所措。）其实这很正常；所有人看到同性恋时都会想到这类问题。（停了一会。）因为你爱我跟我爱你一样多，所以你在想你心爱的孙子有没有采取必要的措施，以免感染那肮脏的艾滋。事实上，这的确是扼住我所有忧虑的瓶颈。这么一来我一下子倒翻了问题的箩筐。无数可怜的孩子应该都受着这些问题的困扰，却不敢问任何人。怎么看待唾液？它是传播途径吗？口交呢？口交会得艾滋吗？痔疮呢？牙龈呢？你们注意保护牙齿吗？什么频率？伴侣多不多？你们对对方忠诚吗？不要担心，爷爷，弗雷德里克离开他老婆，不是为了背叛我跟别的男人在一起！至于我，我跟你一样，坚决拥护一夫一妻制。关于谁是攻的问题，有时是我有时是他，要看心情和当时的战况，有时你完了换我。又绕着花园走了一圈，然后是一个更为专业的解释：至于为什么会有同性恋倾向，爷爷，这个问题太大了！让我们就停留在表面吧，行吗？让我们就说，只有男人才能真正满足男人。比如口交，从严格的技术角度来说，只有自己享受过，才能很好地为别人服务！女人无论多有天赋，永远只能达到一半的高度。

夜很深的时候，我俩还单独守在火边：说到底，他向我吐露心声，你是我两个使命的始作俑者。我成了医生，因为我不想你死，我成了同性恋，因为你带我去看了《人猿泰山》。树丛中那个全身赤裸的帅小伙子简直是我的大天使加百列。可那时你只有八岁啊！是的，在这方面也很早熟！

再后来，关于医学，我跟他讲了维奥莱特的死。他认为是静脉炎。维奥莱特越来越痛苦，她的静脉曲张越来越厉害，做体力活时越来越吃力，那天下午可能有一颗石子从腿或腹股沟转移到了肺部，堵住了她的呼吸。你的维奥莱特碰到了大面积的肺部栓塞，爷爷，你完全无能为力。不管是你还是别人。

六十年来的第一次，想着维奥莱特的死，我平静地睡着了。

8

73—79岁

（1996—2003）

从什么时候起我们不再公布自己的年龄？

从什么时候起我们又开始公布自己的年龄？

73 岁，28 天　　　　　　　　　　1996 年 11 月 7 日星期四

在布鲁塞尔做讲座，讲座快结束时出现了完全意想不到的事。两把钳子夹住了我的身体两侧，疼痛切断了我的呼吸。我的脸色应该发白了。听众席中有人皱起了眉头。我动员了全部意志以防自己折成两段，同时紧紧抓住讲台让自己保持直立的姿势。等缓过气来继续进行讲座时，我觉得自己的声音像是降了八度。我试图让它再回到原来的高度却不能够，因为疼痛剥夺了提高声音需要的空气。我勉强轻声说出了一个断断续续的结论，随后离开了会场。我没有参加晚宴，一回巴黎就给格雷古尔打了电话。格雷古尔在弗雷德里克的建议下，让我去做了膀胱和肾 B 超。我的膀胱硬化了，我的肾肿大了一倍。是前列腺引起的：肿大的前列腺压迫到了尿道，使它变得跟头发丝一样细。由于尿无法以正常速度排出，我的膀胱像一只羊皮袋一样鼓了起来，直至失去弹性（“硬化”的概念由此而来），而肾脏留住了所有它无法排除的液体。免不了做一次更为精确的膀胱造影检查。检查时要从生殖器导入一个照相机观察膀胱内部，

格雷古尔向我解释了一下。竟然能从我的生殖器导入什么东西，这实在太吓人了！被刺穿小弟弟！我不得不吞下两颗佳乐定，来接受在格雷古尔看来必须要做的探测。这是中国酷刑啊，这个通道四周应该布满了神经，像一根高压电线！别担心，爷爷，会帮你做一个局部麻醉，你不会有太多感觉的。麻醉我的小弟弟？怎么麻醉？打一针？打哪？在里面吗？绝对不行！

一夜没合眼。

73 岁，1 个月，2 天　　　　　　1996 年 11 月 12 日星期二

昨天早上，尽管胆战心惊，我终于还是同意去做膀胱造影检查了。我还是有足够的自控能力，并对进入我生殖器管道的内窥镜产生了兴趣。并不是太疼。能感觉到推进，仿佛有人在我身上爬似的。我想起费里尼《罗马》中的地铁，想起那些被掩埋的奇迹，内窥镜即将侵犯我的膀胱圣坛去窥探这些奇迹。医生在找入口时费了点劲。照相机的头几次撞到什么东西，我猜想是膀胱外壁，之后才得以进入里面。啊，是的，得把它稍微扩大一点。（医生真是各有不同，有的含糊其辞，有的夸大其辞，有的什么都不说，有的安慰你，有的责骂你，或者像这个一样，喜欢解释。像人们说的那样，他们“和大家是一样的人”，受他们的知识指引，被他们的脾气推动。）相机终于进入了另一边，医生说：看，我们在您的膀胱里了。同罗马地底下埋藏的奇迹毫无相似之处；只是一个抖动的超声波图像，在我

缺乏经验的眼睛看来完全无法辨识。还行，并不算太糟糕。只是硬化了而已。拍完照后，医生收回了相机：请屏住呼吸。跟之前令人心惊胆战的导入相比，拔出相机时我的吃惊程度有过之而无不及，就好像我的身体已经接受了触手末端那不懂矜持的眼睛。当天下午去看了外科医生。周五下午三点做手术。他们准备切割掉前列腺的一部分，扩大我的尿道，在我的膀胱重新恢复弹性及其功能之前给我装一个便携性导管。别担心，是个很普通的手术，我每星期要做十个，外科医生解释道。

73岁，1个月，4天　　　　1996年11月14日星期四

像缓刑犯一般过了三天。放弃了对自己那就此落入医学手中的身体的监控，自由地享受起一些微小的快乐。其实正是这些微不足道的快乐造就了生活那无可估量的价值：美味的摩洛哥烩鸽子把香菜、金色葡萄和桂皮的香味一直传送到小脑，庭院里回响着孩子们的喊叫声，在黑暗的电影院里一直没有松开莫娜的手（生病总是让你变得多愁善感，她说），艺术桥上那旅游气息浓得不能再浓的黄昏。还有巴黎那透明的空气！巴黎从来不会让自己闻起来全是汽油味！

73岁，1个月，5天　　　　1996年11月15日星期六

我精神振作地从全麻状态中醒来。对接下来会发生的事一

点也不担心。倒不是说接下来没什么可忧心的事了，而是因为医院具有这样的美德：既然只与身体有关，那就趁此机会让精神休养生息。换句话说，没有必要胡思乱想。而且我也没受什么折磨。导管在替我工作。舒心多了。把导管取下来时才要命呢，同病房的病人对我说。到时再看吧。我知道自己在说什么，这是我第三次来医院了。这混账手术的效果根本坚持不了多长时间！到时再看吧。都已经看过了。

另一方面，同室的病友吸引了我的注意。我觉得他似乎在撒谎。他并不是第三次来做同一种手术的。第一次是前列腺颈切除，的确和我一样，但第二次是因为疑似癌症所以完全摘除了这个松露。（为什么我总是把前列腺想象成一个松露？）第三次是别的事。刚出院没多久，他按照自己医生的指示——不要改变任何习惯，查理曼先生（他叫查理曼）。一切照旧吗？一切照旧！——，于是他又像以前一样去打猎了。那是9月15日，开禁的第二天，可不能错过！他的同伴——他的姐夫——摔倒了，猎枪失火，失去前列腺的查理曼先生身中数颗铅弹。他跟我讲这个故事时一直在笑。我也跟他一起笑了。

“无论如何，把导管取下来时，还是很要命。”

“到时再看吧，查理曼先生。”

“都已经看过了。”

73岁，1个月，8天　　　　1996年11月18日星期一

我不喜欢别人来医院看我。从前寄宿时我不喜欢别人来看

我，将来要是被投进监狱了，我同样不喜欢别人来看我。舒适的最起码保证在于我们的世界的封闭性。在医院，我觉得自己很孤独，包围我的是其他人的孤独，为我提供了感人的陪伴。所以，不要别人来探视，莫娜和格雷古尔除外。蒂乔也除外。为了逗我开心，蒂乔跟我讲了路易·茹韦做完前列腺切除手术从医院回来的故事。茹韦习惯早晨去一家咖啡馆喝咖啡，有一次，咖啡馆侍应生友好地问起他的健康状况。这个侍应生有点口吃，他们的对话大致如下：茹……茹……茹韦先生，您……您……您……您的前……前……前……前列腺怎么样了？茹韦于是从他的鹰巢高处扔下一句话：前列腺么，我的孩子，它现在撒起尿来，就跟你说话一样。

73岁，1个月，17天　　　　　　1996年11月27日星期三

所以，有生以来第二次，我把身体留在了医院。昨天，在出院前，医生以为可以把导管取下来了，可我的膀胱还是拒绝工作。我身上出现的，是被值班护士称为“膀胱堵塞”的情况。这个说法很妙。膀胱确实堵起来了，成了一个紧握的拳头，拒绝让半点尿液流出，让人窒息的疼痛辐射到了整个小腹部，直至膝盖上面，让你在一团白热化的神经处断裂成两截。眼睛因吃惊而圆睁，身上被冷汗浸透，几乎说不出话，只有力气哽咽着说出我很疼。我蜷缩在我的耻骨周围，被流出的铅一般的液体切断了呼吸。早跟您说过了，他们的玩意根本没效果，查理

曼先生评论道。

导管又被放回原位后，疼痛就像被施了魔法一般消失了。导管得保留一两个月时间，让膀胱有时间慢慢恢复元气。好的，好的，好的。

73 岁，1 个月，18 天　　　　　1996 年 11 月 28 日星期四

所以，带着导管出院了。导管从我的膀胱出发，经过我的阴茎出来，沿着我的右腿一路往下，一直到达一个尿袋，这个袋子又由黏合搭扣固定在我脚踝上方。袋子一满就把它清空。大约四个小时清一次。就这么简单。不过，阴茎的管道竟然那么有弹性，那么不敏感，这实在叫人吃惊！之前我还为相机要侵入这个极细的管路而担心，现在我发现里面简直可以开一辆电动火车了！

不过重点不在这里。重点在于——当然了——对于这种排尿功能，之前我一直以为它是我的功能，一直以来都受我的意识监控，由我的需求表达，在我的决定下得到满足，从此以后它要摆脱我的意志，完全自力更生了。我的身体在变满时清空自己，仅此而已。一种独立于我的意志的系统。而那个袋子挂在我的小腿下端，我倒空它，就像别人从木桶里倒出葡萄酒（与方形葡萄酒桶有着同样的旋转龙头）。对于此类形象，我曾多少次听到别人说这是一种屈辱？您知道吧，他上仪器了。接下来一般是一阵沉默，充满了纯洁的同情，有时也会是一种有

趣的大无畏精神的爆发：换作是我，一枪毙了自己算了！（啊！健康之人的英雄主义！）在这样的谈话中，“上仪器”这个词羞答答地取代了“尿”、“血”或“屎”的位置。谈到仪器，每个人想到的都是病人与他的物质之间的对抗。受压抑之物惹人讨厌的回归。大家毕生都在掩盖的、闭口不谈的东西突然出现在那里，在一个袋子里，在目力和手都够得着的地方。太恶心了！然而，我并不觉得特别恶心，也不觉得受了屈辱，也不觉得自己“矮了一截”。要是我的对话者知道了我的情况，我的感受会不一样吗？

73 岁，1 个月，21 天　　　　1996 年 12 月 1 日星期天

归根到底，我每天都在见证着我的肾脏的呼吸。

73 岁，1 个月，28 天　　　　1996 年 12 月 8 日星期天

昨天，在 A 家，出了一点意外。这是我们第一次去 A 家吃饭。我的两腿不合时宜的交叉搞乱了我的装置。我的左脚使管子脱离了接驳口。有东西沿着我的右腿小腿肚流了下来，在脚周围积成了一摊水洼。我假装自己餐巾掉了，弯腰到桌子下面，吸干了流出的液体，重新接上了管子。无人知晓。从此以后要注意这些事了。离开的时候，我偷偷带走了餐巾。（多方考虑，给人留下偷餐巾贼的印象，总好过让人以为我是个在桌子底下

小便的客人。）

73岁，2个月　　　　　　　　1996年12月10日星期二

我周围的人经常谈论疾病。“你肯定没法理解，你从来不生病！”这本日记的一大作用是避免大家受我身体状况的干扰。我周围的人也因此获得了好心情。

73岁，2个月，2天　　　　　　　　1996年12月12日星期四

我是一个滴漏。

73岁，2个月，4天　　　　　　　　1996年12月14日星期六

我的皮肤对于把导管固定在大腿上的橡皮胶耐受性很差。不但过敏，伤口还感染了。我换了几次贴胶带的位置，把导管也换到了另一条腿。结果就是，我的两条腿看起来简直像瘾君子的手臂。得另外再想个法子。

73岁，2个月，5天　　　　　　　　1996年12月15日星期天

在战神广场看到一队穿紧身短裤的自行车手骑行经过时，想到了一个办法。明天我就去买这种使他们拥有第二层皮肤的

短裤。这样导管就能自然地贴在大腿上，没必要再用橡皮胶了。

73 岁，2 个月，7 天　　　　1996 年 12 月 17 日星期二

成功了。莱卡把导管固定在了我皮肤上。莫娜看到我的样子忍俊不禁。我帅气的自行车手！我拥有了水獭的屁股。这条骑行短裤，我是在一家运动用品店买的，统治这家店的是一个健康得有点明目张胆的小伙子。我们之间产生了一点不快。因为我后知后觉地发现（从脚踝的重量感受到）尿袋满了。得把它倒空。于是我问年轻人厕所怎么走。他回答说：没有给顾客用的厕所。我表示我很急，他重复了一遍回答：没有给顾客用的厕所。正当我转过身不再坚持时，我听到他说：人人有屎尿，后果请自负。

于是我走向放鞋子的货架，一边假装在一人高的地方翻找，一边把袋子里的东西倒到了一双打猎穿的靴子里。这双绿色的靴子带翻边，鞋尖是一块动物皮，各种时髦元素一应俱全。

73 岁，2 个月，10 天　　　　1996 年 12 月 20 日星期五

请了 R 律师到酒吧喝酒，庆祝一个案子的完结。她在这个案子中为我的利益进行了辩护。我按照礼节请她坐沙发，我自己坐椅子。她年轻聪明、性格开朗、艳光四射、魅力无穷。之前我们碰头都是为了讨论案子，现在无须再谈论案子了，我

们的话题不久便转向了更为私人的领域。而且很快——怎么说呢？——，很快我就忘记了自己两腿之间的导管、自己的年龄，更糟糕的是，我甚至忘记了我俩的年龄差距。直至某一刻，她在沙发上稍微挪动了一下位置，让我看到了并排的两张脸：在我对面的她的脸，清新，年轻，容光焕发，凝脂一般，透出淡淡的粉色；镜子中的我的脸，干枯，满是皱纹，泛着黄色，衰老的脸庞。刚熟的苹果，放久的苹果。

73 岁，2 个月，11 天　　1996 年 12 月 21 日星期六

翻阅前面的日记时，想起蒂乔讲过的一个最有趣的故事：

两个流浪汉坐在一条长凳上，看到一个非常漂亮的女孩走过。第一个对第二个说：

你看到那个小妞了吗？昨天我本来可以上了她。

另一个说：你认识她吗？

第一个说：不认识，不过昨天我勃起了。

73 岁，2 个月，16 天　　1996 年 12 月 26 日星期四

明天取导管。我是不是应该担心会再次出现膀胱堵塞的现象？我问了外科医生这个问题，医生的回答让我度过了一个不眠之夜：希望不会，用了一个月导管，已经够久的了，我想不出来还能做些什么！

73岁，2个月，17天　　　　　　　　1996年12月27日星期五

所以还是把导管取出来了。如果说“悬念”这个词有什么意义的话，我敢断定这是我一生中最具“悬念”的时刻！我的膀胱会不会重新启动？它犹豫了一下。有种奇怪的感觉（还是幻觉？），觉得有个球在鼓起的同时抚平了表面的褶皱。随着球的变大，有种遥远的疼痛也随之清晰起来，预示着膀胱阻塞的疼痛即将到来。随着压力，疼痛变得越来越强烈，开始辐射到大腿内部。我屏住了呼吸。我的太阳穴开始出汗。“不要屏气！”护士大喊道，“别这么紧张，放松一点！”在努力清空我的肺时，我只是清空了我的鼻孔。我的眼泪出来了。随后我的包皮鼓了起来，堤坝一下子被冲塌，一股尿液落在了盆里，还带着一点血丝，但像马尿那么多。您瞧，护士评论道，只要您愿意！

我真想到法国各家医院住一住，仔细研究一下别人跟病人说话时用的这种语言。

73岁，3个月，2天　　　　　　　　1997年1月12日星期天

最近这些天过得好坏参半。无须再在两腿间绑着那玩意的幸福感被再度被迫装上这东西的恐惧大大减弱。因此我时刻注意着自己的小便情况。不同的量和强度。有一两次是真正的灌溉，尿液在小便池深处发出欢快的声响，随之而来的是一种青

年人在完全能够掌控自己能力时特有的洋洋自得心情。另外一些时候，只是水量少得可怜的喷泉。

73岁，7个月，10天　　　　　　　　1997年5月20日星期二

今天早上狠狠撞在了路灯上。我在索邦大学附近散步。阳光和煦。对面人行道上，一群女大学生正在向春天致敬。还带来了她们的乳房，在宽敞的衬衣下过着自由的生活，其中一位的甚至从她背心的领口处露了出来。哦！她们的休闲套头衫可真漂亮！我一边走路一边看着她们，同时因为自己再也不会渴望她们中的任何一位而心情愉悦。从某种程度上说我的心纯净得令人称奇。但路灯完全没有考虑到这些。它无比粗暴地教训了我，仿佛我是个被猎物迷住的老色鬼。我仰面倒地，几乎失去了知觉。她们跑过来帮助我。把我扶起来，让我坐在一家咖啡馆的露天座位上。路灯还在我脑中嗡嗡作响。我出血了。她们想喊救护车。我拒绝了。她们去附近的药店买了消毒水和橡皮膏。我尽情地欣赏了俯身给我包扎的女孩的乳房。真的不需要救护车吗？真不需要。她们叫了一辆出租车，但司机不想载我，因为我衬衫上有血迹。我给莫娜打了电话，在等她的当儿点了一杯白兰地，又点了一杯薄荷水和两杯咖啡感谢小姑娘们。可以吗？您确定可以？是的，是的，别担心，只是和路灯撞了一下而已。礼貌的笑声。她们很快就走了。我们完全没有什么可跟对方聊的。我们能说什么呢？说说路灯？说说她们的

学习？这大概是她们最不情愿聊的吧。说说被无力感吞噬的罗曼·加里的自杀？还是反过来说说布努埃尔的轻松？因为他觉得自己终于摆脱了力比多的控制。女孩子们回学校以后，我又点了一杯白兰地，正好算是向布努埃尔致敬。如果魔鬼提议让他过上新的性生活，他说，他一定会拒绝，同时要求增强他的肺功能和肝功能，这样他就能毫无顾忌地抽烟喝酒了。

73岁，7个月，11天　　　　1997年5月21日星期三

从什么时候开始，我坚信自己对女人不再有欲望？从我的前列腺手术开始？从我再也无法或几乎无法勃起开始？从更久以前？从见到莫娜并由此进入一夫一妻制的那一刻开始？事实是，我从来没有背叛过莫娜，就像大家常说的那样。而且，不但没有背叛她，也很少对其他人有想法。我们互相填满了对方，“填满”两字取其字面意义。而且持久地。可是，随着年龄增长，随着莫娜的欲望渐渐消失，我的欲望是不是也该理所当然地一起消失呢？她不想是不是就意味着我不能了呢？从某种程度上说，这是某具共同身体的智慧吗？更甚的是，从“我不能了”到“我不想了”，这之间只有一步之遥。但这一步需要闭着眼睛才能跨过去。需要把自己封闭起来。如果在此期间我们稍微睁开一点眼睛，就会看到脚下那由“再也不能”构成的不见底的深渊。海明威、加里还有一大群匿名者，他们没有继续赶路，而是纵身跃入了这个深渊。

总之，不管有没有欲望，我一只眼睛紧闭，半张脸都肿了起来，恰好让我无法成为被别人渴望的对象。

73岁，7个月，12天　　1997年5月22日星期四

蒂乔说：我永远不可能遵守一夫一妻制。向别人介绍我的妻子，感觉就像公然暴露自己的生殖器官。

73岁，7个月，14天　　1997年5月24日星期六

在N家吃晚饭。很久以前就约好了。小伙子执意要向我表示感谢。我帮了他一个忙。已经拒绝过一次。无法再继续推脱，甚至连头受伤的借口都不管用。另外，整个晚上这个头都没有被提及。天知道它有多壮观，这个头！三维彩虹。在痊愈过程中，这种伤会渐渐显现各种颜色。调色板上的所有颜色和深浅都会在脸上登场。现在进入了紫罗兰和肝黄色阶段。眼窝里充满了死血，几乎是黑色的。可是围坐在桌子周围的人没有一个提及这个杰作。没有人谈论先生的头。正合我意。可是晚餐进行到下半场时，身体问题（我们让我们的身体承受的一切）采取了完全意外的反击。年轻的丽丝，N的小女儿，据她妈妈说平常话很多，总在客人面前说一大堆抱怨父母的话，来博取客人的欢心（是不是啊，亲爱的？），今晚却在整个晚餐期间一言不发。一句话都没说，一口饭都没吃。收拾好桌子后，小姑

娘就消失在自己房间里，当妈的急忙悄声说出了最糟糕的情况：女儿得厌食症了。丈夫平静地纠正了她的诊断：当然不会，当然不会，亲爱的，女儿烦人，你也烦人，不过没关系。妻子气结，夫妻争执，分贝提高，直至丽丝从房间出来，尖叫道她受够了，受够了，“受——够——了”！她的嘴巴因为吐露心声而大大地张开，露出一个舌钉，钉子那小小的钢头像水银珠一般在肿胀的舌头上颤动。太可怕了！这是什么，丽丝？你嘴里的是什么东西？马上给我下来！可是丽丝把自己关进房间锁紧了门。十分难堪的母亲与其说担心女儿的舌头，不如说担心与她来往的人的素质。此时有个叫D.G.插话了。这个D.G.是律师，与我们的主人是同一辈人。他把谈话引到了影响问题上。

“告诉我，热纳维耶芙，您穿丁字裤吗？”

“您说什么？”

“丁字裤，就是那种只有几根绳子的小内裤，克洛岱尔可能会叫它们‘正午的分界线’，巴西人给它们取了个绰号，叫牙线。”

从女主人那柔顺地垂落在分割线完美的半球上的裙子来看，她的确穿着丁字裤，是的，而且是最显身材的那种。这让她的沉默显得更加意味深长。

“那么您有没有想过，”律师继续说，“既然与您来往的人都无可指摘，那您又是受了谁的影响呢？”

沉默。

“因为，如果没弄错的话，丁字裤最初是妓女的工具，不是吗？是像法国军帽一样的工作服对吗？今天它怎么就成了出身最好的家庭之中的寻常物了呢？影响是从何而来的呢？”

后来话题转移到了全球化的横向影响，莫娜和我就悄悄地告辞了。

73岁，7个月，15天　　　　　　1997年5月25日星期天

这个年届不惑者居多的晚会上全是胡子拉碴的家伙！真是奇怪的年代，其实是最没有冒险精神的年代。保险员、经济律师、银行家、联络员、信息工程师、证券交易者，都是虚拟世界的雇员，都在超负荷地工作着，宅到要把地板坐穿，大脑都浸泡在行话里，然而个个都有看似好斗的脑袋，所有人都才远行归来，至少都是刚从南撒哈拉沙漠归来或刚从安纳普尔纳峰下来。在年轻的N太太身上，丁字裤扮演着同样的角色，我敢把手放到火上打赌，N太太其实应该比我那已故的诺埃米婶婶更洁身自好。总之，这是反讽的时尚。至于他们的孩子，那些文身的、打各种钉子的小孩，他们从最严格的意义上说，已经被这个没有肉身的时代打下了烙印。

74岁，4个月，15天　　　　　　1998年2月25日星期三

在V家吃晚饭。吃到一口味道可怕的食物，差点把它吐在餐盘里。因为主人在与我单独交谈，所以我没有把食物吐出来，而是把它不加咀嚼地吞了下去。正在这时，我的对话者大声地

把嘴里的食物吐了出来，一边喊道：亲爱的，这东西太恶心了！亲爱的证实了：扇贝坏了。

74岁，5个月，6天　　　　1998年3月16日星期一

结束了在贝伦的讲座。娜扎蕾——我的翻译——把她的手放在我的手上，在此停留了一会，放在我衬衫下的两根手指抚摸着我的手腕。今晚我想跟您一起度过，她说，而且可能的话，还有您走之前的另外三个夜晚。这个提议那么自然，以至于我一点不觉得吃惊。很荣幸，但没有吃惊。当然也有些感动。（在几秒钟的思考之后，还是有些错愕的。）娜扎蕾和我一起策划推广了这次讲座，安排了接待事宜，召集了活动分子，在各个方面弥补了一个热情有余但能力不足的组织的缺陷。圣保罗、里约热内卢、海息飞、阿雷格里港、圣路易斯，她帮我摆脱了大部分官方宴会，把我带到她选择的街区，领我进入各种她想让我了解的音乐和哲学圈子，现在又把手放到了我的手上。我的小娜扎蕾（她才二十五岁），谢谢，真的，不过恐怕你要白费劲了，岁月已经让这件事变得不可能。那是因为您不相信复活，她反驳道。还因为那里动过手术，因为欲望已死，因为我奉行一夫一妻制，因为我的年龄是她的三倍，因为那么多年没实践我已经不再把自己的身份放在性能力上，因为她在我的床上会觉得无聊，而我在她的床上会感到遗憾。这些反驳的理由那么不具有说服力，以至于我还没有说完，一个房间就已经开门迎

接我们了。让我们躺下吧，她说，一边脱去我们的衣服，而我们确实躺下了，皮肤对丝绸，缓慢对缓慢，赤裸对赤裸，我们的接触那么温柔，以至于时间、重力和恐惧都不复存在。娜扎蕾，我没什么信心地说，先生，她一边在我脖子上留下细密的吻，一边轻声说，现在已经不是讲座时间，没什么需要控制的了。然后又轻轻吻我的胸，我的肚子，我生殖器的背面，但它动都没动，这蠢货，不过我一点不在乎，你可以不跟我们玩，老东西。细密的吻渐渐到达了我的大腿内侧，娜扎蕾的舌头为她的脸开路，与此同时，她的手滑到了我的臀部下面，我挺起了胸膛，我的手指消失在她那美丽的头发中，她的舌头掂量着我，她的嘴唇吞没了我，现在我在她嘴里了，她的舌头开始了缓慢的缠绞工作，她的嘴唇也像雕塑家一样来回动作起来，而我开始膨胀，千真万确，虽然不明显但的确有反应了，娜扎蕾，娜扎蕾，而且变硬了，千真万确，缓慢地然而真实地，娜扎蕾，哦娜扎蕾，我把她的脸拉向我的嘴唇，我们抱在了一起，娜扎蕾打开自己迎接了我，我来到娜扎蕾这里，就像终于回家了，有点胆怯，离开了那么长时间，起先在门槛上一动不动停留了一会，坚持不了多久的，我对自己说，不要说坚持不了多久，娜扎蕾在我耳边轻声说，我爱您，先生，于是我完全进入了她的家，进入了我的家，在起源之地，在重新找回的潮湿灵活的热度中，我还在长大，充满信任，时间被取消，我远远地看到了我的爆炸，完完全全地感受了它的上升，我可以控制住它，享受它的承诺，感受它的上升，继续控制住它，最后才彻底爆发。您做到了，娜扎蕾说，一边把我抱在怀里，我做到了是的，然后我像复活者一般享受了这一切。

74岁，5个月，7天 1998年3月17日星期二

在读昨晚写的日记时，我想到了宾语人称代词在情色描写中所起的作用：她的舌头掂量着我，她的嘴唇吞没了我，现在我在她嘴里了……这既不是顾忌廉耻的结果（我证实这里涉及的确实是我的睾丸和阴茎），也不是对某种风格的追寻（严格来说这反映了我在这一领域的能力欠缺），不，这确确实实是找回某种身份的标志。无论清醒之后会说些什么，此刻存在着的是一个充满活力的人：我就是我自己。对于指代娜扎蕾性器官的隐喻来说也是如此，我进入了娜扎蕾的家，在起源之地，我说的是她本人，她作为女人的身份。

74岁，5个月，9天 1998年3月19日星期四

娜扎蕾的黑皮肤，无法测量的色彩深度，棕色，赭石，蓝色，红色，性器官周围的深紫罗兰色，舌头的肉粉色，掌心的粉金色，我根本不知道自己的目光应该感叹哪一种细微差别，它又该从哪一个深度浮上来。注视娜扎蕾赤裸的身体就是潜入到她的皮肤之中。有生以来第一次，我意识到自己的皮肤只是一层外衣。娜扎蕾光滑的皮肤，皮肤上的毛孔紧致到了不可见

的程度，像湿湿的鹅卵石一般的皮肤，每走一步，她的裙子就会在皮肤上跳舞。娜扎蕾赤裸的胸部、臀部、小腹、大腿、背部那么结实，她的身体就是能量本身。娜扎蕾赤裸的情色……当我抱怨没法次次都复活时（差远了！），先生，她指出，您将性器官局限在它的……炫耀功能上了。接下来是一场由各种爱抚、各种前所未有的拥抱组成的盛宴，娜扎蕾的高潮是献给它们的掌声。一起泡澡时，娜扎蕾的乳房是露在凝脂一般的水面的两座小岛：向您介绍一下我这两个崭露头角的国家！娜扎蕾身上的胡椒和蜂蜜味道，她的龙涎香香气，她的沙沙的嗓音，她的非洲人特有的、让我的手指消失其间的蓬松爆炸头。娜扎蕾的哲学：当我在极度的陶醉中说"不错"时，她会反驳：您想说的是很好！简直太棒了！然后向我指出，我们这些欧洲人总是用迂回和委婉说法，好像这是受过最高教育的标志，其实这些说法降低了我们表达热情的能力，令我们的感官萎缩，使我们的风格占了上风，而我们自己却由此遭了难。娜扎蕾温柔的幽默：啊！先——生，催人入眠的长长叹息；然后我就不想要其他名字，只要这个绰号了。我离开时娜扎蕾的眼泪：她脸上的表情没变，眼泪却静悄悄地流淌在鹅卵石一般的两颊上。还有那被紧紧拥抱住的宝贝在我胸口留下的空洞。

74 岁，5 个月，15 天　　　　　　1998 年 3 月 25 日星期三

之前面对 R. 律师时对我们脸庞的对比那么敏感的我（刚熟

的苹果，放久的苹果），在乳房不受约束的小女大学生帮我包扎伤口时庆祝性欲已死的我，以为手术吹响了性生活之丧钟的我，已经不再计算年岁的我，这样的我在想到娜扎蕾时，怎么也无法从年龄差距的角度去看待我们的关系。如果让我脱离自己的肉体，并在一种道德命令强迫下观看自己那贴在一个年轻身体上的老朽身体，不知道会发生什么事？可笑的形象？令人尴尬的形象？老色鬼？某种奇迹阻止了这种客观化。您不相信复活，娜扎蕾轻声说。从此以后，这是既成事实了。复活者所感受到的，现在我也知道了，这是一具融合了所有年龄的狂喜身体的降临。

74 岁，5 个月，16 天　　　　　1998 年 3 月 26 日星期四

以复活者的身份死去，这样的死亡对我来说更加容易承受。

74 岁，6 个月，2 天　　　　　1998 年 4 月 12 日星期天

是的，躺在医院病床上的蒂乔对我说，你的生命从一具老年人的身体开始，以一具小伙子的身体结束，这很公平。而且，他一边咳嗽一边笑着说，比起培养学者，研讨会制造了更多王八！我们大笑，他喘不过气来，给他拿药的护士就责备他。他们在给我化疗，护士走后他说。

75岁，1个月，17天　　　　　　1998年11月27日星期五

今晚蒂乔走了。昨天他禁止我今天去探视时已经向我告别。不要给我的死添麻烦……每次去看他，都能看到病情的发展，看到化疗带来的毁灭性后果；他们把这个干瘦黝黑的法国南方人变成了一个白乎乎的东西，没有了头发，没有了色素，像个羊皮水袋，手指因肾脏再也无法排出的水分而肿胀得像一根根香肠。蒂乔与大部分濒死之人不同，大部分人在那时都会缩小，他的体积却膨胀起来，对他的身躯来说太过庞大了。可是疾病也好（肺癌扩散至全身），医学和它的道德也好（要是先生没有抽那么多烟！），都无法战胜这个嬉皮笑脸、蔑视一切的家伙，他尊敬死亡，也实事求是地对待生活：就是一次令人沉醉的散步。在离开病房前，他示意我靠近他。嘴贴在我耳边，他问我：不想离开森林的野猪的故事，听过吗？他的声音如今只剩气息，但声音之中始终蕴含着同一种爱笑闹的宿命论，而且还有——怎么说呢？——一种对对话者的深刻意识。

不想离开森林的野猪的故事

你看，这是一头老野猪。更像是你的同辈，而不是我的同辈，反正真的很老，睾丸空荡荡，獠牙也磨损了。被年轻的野猪逐出队伍后，这头可怜的野猪只能独自生活在森林里，像一头家猪。它听到壮年野猪与它的母猪们嬉戏，于是对自己说，必须离开森林，去其他地方看看。只不过它是在这些树下出生

的，它在这里度过了一生。“其他地方”让它害怕。可是听到年轻的母野猪发出的欢叫声，这简直要结果它的性命。它突然下定了决心。我要走了！然后垂着头往前冲，笔直向前，穿过灌木丛、小树林、矮树林、采伐林、荆棘丛，一直来到森林的边缘。在那，它看到了什么呢？阳光下的一片田野！绿油油的一片！闪着磷光的美景！在这片田野中央，它看到了什么呢？一道围栏！一道四四方方的围栏！在围栏里，有什么呢？有一头**巨大的**家猪！那么肥壮，以至于皮肉都溢出了围栏，像是溢出蛋糕模子的蛋奶酥，能想象吗？一头全身粉红的巨型猪，身上一根毛都没有，已经是火腿了！震惊不已的野猪于是朝家猪喊：

“嘿！喂！叫你呢！”

巨大的火腿慢慢地转过头来。

老野猪于是问它：

“化疗……不太难受吧？”

75岁，1个月，28天　　　　1998年12月8日星期二

蒂乔去世前几天，我给J.C.——他“最好的朋友”打了电话。（在友情方面，蒂乔使用的还是年轻人的分类方法。）最好的朋友回答我说，他不会去医院看蒂乔的。他更希望蒂乔在他心中留下“不可摧毁的生命力”的形象。不人道的敏感，把每个人都孤零零地扔给了自己临终的时刻。我讨厌精神上的朋友。我只喜欢有血肉之躯的朋友。

75岁，9个月，6天　　　　　　　　1999年7月16日星期五

把蒂乔的骨灰撒在了布里亚克。这是他的遗愿。从那棵他小时候抓过乌鸦的山毛榉树高处。（格雷古尔的主意。）看着我孙子爬上这棵树干应该比过去粗了两倍的树，有那么一秒钟，我又看到了自己，正在为了救蒂乔而往上爬。眼前一根树枝一根树枝向上攀升的是拉鲁斯人体解剖图，不过多了一分优雅，而没有意志训练一直带给我的矫揉造作感，蒂乔一直嘲笑我这一点。骨灰被风吹走，一会儿聚集，一会儿分散，一会儿又聚集，朝支流飞去，最后在空中爆炸。蒂乔像个冒失鬼一般与我们永别了。

75岁，10个月，5天　　　　　　　　1999年8月15日星期天

凌晨两点被我的膀胱唤醒。我一直懒得动，直到下面传来的笑声让我决心起床。格雷古尔、弗雷德里克和双胞胎在玩大富翁游戏。范妮在抗议，因为霉运挡住了她的去路，弗雷德里克在傻笑，因为两次掷出六点将他推向了胜利。大家注意，他来了！格雷古尔大声说，一边用手指着我，然后所有人卧倒在游戏上，假装不让我看到。这是个秘密，玛格丽特尖叫着说，好像她还是个小孩子，你没有权利看到它！起先我以为是格雷古尔刚进入青春期时我送给他的*大富翁游戏之初夜*，事实更糟糕：是他在值夜班期间设计的*大富翁游戏之疑心病*。从顽疾到恶疾，游戏参与者们最后会抵达死亡——游戏的最后一个格子，

最终治愈他们对生病的恐惧。你要跟我们一起玩吗？范妮问。（她这个年龄的女孩还能使用正式的疑问形式，我感到很欣慰。）他们让了我三把，我得了多发性硬化，这让我获得了继续掷骰子的权利。（这是游戏的精神，病得越重，前进越快。）明天我们玩七大家族！玛格丽特下令。所谓的七大家族游戏是大家避之唯恐不及的四十二种疾病。（在癌症家族中，我要求得前列腺癌，在花柳病家族，我要求得生殖器疱疹，在医学家族，我要求得帕金森综合征，等等。）别这么夸张，别这么夸张，格雷古尔笑着说，不管怎么说，对所有人来说，最后一个格子都是一样的！表面看来，姑娘们——从今往后都是大姑娘了——很喜欢这个游戏。

75 岁，11 个月，2 天　　　　1999 年 9 月 12 日星期天

去世的前一天，一下子老了十岁的蒂乔对我说：就连在年龄上，我也赶上了你！最老的那个是离出口最近的那个。

同一天，17 点

一边喝着茶一边写下了这些。自从做手术以来，我就戒了咖啡。感觉茶能够清洁我的身体。一种内部的淋浴。喝一杯茶，撒三杯尿，维奥莱特过去常说。有一天我可能会喝热开水，就像晚年的于盖特婶婶那样。

76岁，2天　　　　1999年10月12日星期二

说到胃常常“反酸”的于盖特婶婶，或者嘴里常常“酸涩”的妈妈，今天还有人会这样说吗？还有那个女人，每隔五分钟就四十五度转身，好让铋在她身体内部完全铺展开来……这种把自己当做木桶的方式让她周围人觉得很好笑。可是，在很多方面，我们并不比这些容器好多少。莫娜在吃一种抗骨质疏松的药，每天早晨必须就着一杯水空腹服下。这之后，她绝对必须站立半小时，不能躺下，因为药物会像烧碱一样损害她的食道。所以我们都是容器。仅此而已。补充一句，铋如今已被认为是一种毒药，已经被医生严格禁止服用了。

77岁，2个月，8天　　　　2000年12月18日星期一

无名指连接手掌和手指的关节疼痛，疼得我醒了过来，好像我对着墙打了一夜拳击似的。是十年前在P太太的花园里翻转的那枚手指。债主来讨利息了。

77岁，6个月，17天　　　　2001年4月27日星期五

夜晚总是被急迫的、然而产量不高的需求打断。不可能的任务。（漂亮的题目。）多少次？过去我的告解牧师这样问。多少次？现在我的泌尿科医生这样问。前者会威胁我，让我诵读

天主经和圣母经，后者会威胁我，让我再做一次前列腺颈切除手术：没别的办法，您只能接受手术。不会让您年轻二十岁，但可以让您的夜晚更长一些。确实。可是我如同一个没有生产力的国王坐在自己宝座上时赐给自己的那些神游太虚的时刻怎么办呢？夜晚被小便的欲望唤醒的时刻，我没有把自己的膀胱想象成一个胀开的羊皮袋，而是一个石化的海胆壳，一个钙化的壳，无论如何都得把它清空，把小指放在水龙头下，打开一个没有压力的阀门。缓慢地掏空自己。可悲的垂直线。作为补偿，我脑海中会闪过一头被遗弃在草原中央的老驴子的形象，这头驴子让我有些感动。或者我会想起泉水丑闻，这口泉眼因为那些住在马奈斯家隔壁的马赛人而干涸了。过去这口泉眼清脆的流水声是我的摇篮曲，可以被列入具有镇静效果的声响之列，同时入选的还有石子上的脚步声、葡萄架里的风声、马奈斯的砂轮……（马奈斯一般会在上半夜用砂轮和铁砧磨他的工具，我还喜欢铁砧有节奏的两两相随的音响：叮叮，叮叮。）所以，马赛人的泉眼干枯了。开始长出青苔，可能上游还长了淤泥的腺瘤。最后出来一股浅褐色的、静悄悄的水，之后是几滴，之后就什么都没有了。马奈斯气坏了——可能是他把泉眼堵起来的吧。

78 岁　　2001 年 10 月 10 日星期三

丽松、格雷古尔和双胞胎们送了我们一台录像投影仪，还有十几部电影，我最喜欢的几部是：英格玛·伯格曼的《野草莓》，曼凯维奇的《幽灵与未亡人》，休斯敦的《死者》，还有《芭贝特之宴》。啊！《芭贝特之宴》！这部电影的导演是谁？加布里埃尔·阿克谢！范妮在旁边提示。好的，那就向加布里埃尔·阿克谢致敬！很久没有礼物让我这么开心了。以至于我开始思考为什么我没有早点送自己这个礼物。莫娜打开包裹时，我的快乐与投影仪同时从箱子里跃出。我惊奇地发现自己像个孩子一样不耐烦地等待着天黑的到来。当我们最后把一块白床单拉在墙上时，我又体会到了从前的那种激动，每次维奥莱特把幻灯放在客厅小圆桌上时，我就会很激动。莫娜和孩子们把选择影片的机会留给了我，于是我选择了《野草莓》，伊萨克·伯雷教授毕业五十周年庆，很惊讶自己还记得他的名字！伊萨克·伯雷在儿媳玛丽安陪同下，前去隆德大教堂接受嘉奖他从业五十年的名誉博士学位。七十八岁，和我一样！这一点我当然已经忘记了，因为我第一次看这部电影时还不到四十岁。所以七十八岁了。我很自然地开始审视起这个老头的脸庞（看起来比我老很多），搜寻着我们共同的皱纹，在他身上认出我自己的某些缓慢姿势，或者几抹因年龄而变得遥远的若隐若现的微笑，但也有被无法动摇的欲望激起的生命力的突然绽放（比如明明口袋里装着机票却还是决定开车前往目的地），或者被他和玛丽安在途中捎上的三位年轻人唤醒的快乐，这种快乐完全与假期里在我身边闹哄哄的格雷古尔、玛格丽特和范妮带给我的快乐相似，他们的闹剧，他们的争吵，他们的快乐的和解……

正当我全神贯注看着屏幕上的表演时，另外的东西吸引了我的注意力，与电影本身毫无关系，却与机器也就是投影仪有关。莫娜和我坐在投影仪旁边。这是个黑色的匣子，我们从一个缝隙把DVD塞进去后，它会负责其余一切事情：投影、音响、聚焦、电机冷却等等。安放在客厅中央的机器在距离我们四米远的床单上投射出了黑白画面，画质虽然因影片年代久远而老化，但还是足够清晰，不会让我想到自己的白内障。我听着老伊萨克和他的儿媳玛丽安的对话，认真看着他们无聊的争执——性格和年龄的冲突——，突然之间心生一个疑问：他们的声音是从哪里传出来的？似乎来自屏幕，我们看到人物正在屏幕上说话。但这是不可能的，因为这些声音是由我身边放在客厅矮桌上的录像投影仪发出来的。我看了看仪器：毫无疑问，声音来自这个黑色立方体塑料盒，距离我的左耳大约五十厘米。然而，一旦我的目光重新投向那块旧床单，所有的话语又找到了似乎正在说出它们的嘴巴！对这种声光学幻觉的力量震惊不已的我于是开始尝试一边看着屏幕，一边只听投影仪传来的声音。完全不管用。声音还是继续从瑞士演员们的嘴里传来，从那边，即从那块拉在我前方四米开外的床单上。这一发现使我沉浸在某种原始的陶醉之中，仿佛我见证了某个分身术奇迹。我闭上眼睛，声音就又回到投影仪的肚子里。我睁开眼睛，它们又来到了屏幕上。

躺在床上时，我久久地思考着真实的声音来源和从旧床单那里跟我们说话的人物之间的这种分离。在即将入睡的那一刻，我开始在其中隐约瞥见一个富有启示意义的隐喻。今天早晨醒来时，头脑中只剩下模糊的印象……仿佛我的身体在我前面很远的地方说话，而我坐在这张写字的桌子前，为它撰写着沉默的编年史。

78岁，4个月，3天　　　　2001年10月10日星期三

“为什么一个人打呵欠会让另外一个人也打呵欠？”这个问题已经在16世纪由罗伯特·伯顿提出，在他的《忧郁解剖学》的第431页。这本书由科尔蒂出版社翻译成法语了。伯顿并没有作出令人满意的回答（他认为呵欠会传染是因为精灵在作怪），不过他的问题把我带到了四十年前，我曾在那些特别乏味的工作会议上，因无聊而做过一些有趣的生理学实验：只需假装打呵欠，便能看到整桌的人都开始打呵欠。我以为这是我的发现，其实不是。我们的生命在开垦一片处女地中流逝，但这片土地在我们之前已经充当了成千上万次处女地。蒙田或伯顿就此写了一本书，可是还有多少发现没有被揭示，多少惊讶没有被传达，多少意外没有被吐露呢？在自己的沉默之中，人多么孤独！

78岁，6个月，14天　　　　2002年4月24日星期三

不如立即承认了吧，在吃得过于丰盛的那些时候，需要用

咳嗽掩盖的屁有演化为真正的直肠呼吸的倾向。开始的四到五步吸气，接下来的四到五步放气，与肺部呼吸一样具有规律性。这串珍珠并不总是如我的社会地位、我的自然风度和我的老前辈尊严所希望的那样是静悄悄的。由于一声短促的咳嗽已经无法掩盖它，现在每当有同伴在场，我就不得不说出一些长长的句子，而我说话的热情的主要任务是遮掩那令人沮丧的对位。

78 岁，11 个月，29 天　　　　2002 年 10 月 9 日星期三

格雷古尔说好要来为我庆祝生日，却打电话说在医院得了水痘，被困在被病床上了。二十五岁得水痘，你能想象吗爷爷？你还一直说我早熟！你会看到的，我现在像个漏勺！一个高智商漏勺，同意，但还是漏勺。他的声音没有受影响，也许有点喑哑，于是我第一次自问，我对这孩子的爱是不是出于他那能让人平静下来的抑扬顿挫的嗓音。在变声之前，还是小男孩的时候，格雷古尔就已经拥有了全世界最平和的声音。而且，我们见他发过脾气吗？

79 岁　　　　2002 年 10 月 10 日星期四

我的心，我忠实的心。的确不如从前强壮，但是，哦，多么忠实啊！昨夜，我做了一个很孩子气的练习：数一数我的心自出生之日起总共跳了多少下。也就是平均每分钟跳六十下乘

以每小时六十分钟乘以每天二十四小时乘以每年三百六十五天再乘以七十九年。很显然，根本不可能心算出这个数字。所以用了计算器。大约三十亿次心跳！这还没把闰年和因激动增加的心跳计算在内！我把手放在胸口，然后感觉到我的心在平静地、有规律地跳动着，完成剩下来的律动任务。生日快乐，我的心！

79岁，1个月，2天　　　　2002年11月12日星期二

我们的格雷古尔死了。打完最后一通电话的第三天，他就陷入了昏迷。起先弗雷德里克以为是水痘引发的脑炎，那还有治愈的机会，可是不是脑炎，而是一种更为糟糕的恶疾，赖氏综合征。它寄居在水痘上，造成了致命的肝机能不全。弗雷德里克认为，这种综合征有可能是服用阿司匹林引起的。他在格雷格尔的口袋里发现了阿司匹林，格雷古尔可能想吃阿司匹林退烧，但他不知道它还有这种极其罕见的副作用。弗雷德里克在格雷古尔苏醒时让他承认了吃阿司匹林的事，但为时已晚。莫娜和我以最快的速度赶到了医院。一开始，我们没有认出他来。尽管有西尔薇和弗雷德里克在场，但有一种疯狂的期盼让我在一瞬间确信这是一个错误。这具蜡黄的身体长满脓包，从额头一直到手指尖，它不可能是我的孙子。我想到一部电影，影片中受诅咒的埃及考古学家在刚刚被他亵渎的坟墓前变成了木乃伊。可这的确是格雷古尔，躺在这张病床上的，的确是我

的格雷古尔。我眨眨眼睛调整焦距，抹去了脓包形成的恐怖现实主义，然后又看到了我的格雷古尔，他的身体一直都散发着某种难以言喻的有趣的优雅，即便如今躺在一片泛黄的雾气中时也是如此。格雷古尔打网球时，总是会先玩一会打球游戏，模仿大家在电视上看到的冠军的姿势，在对手兴致勃勃地辨认出这些冠军时，格雷古尔已经得分取胜了。最终被激怒的对手于是要求“严肃一点行不行，烦人”，或者干脆扔下球拍离开球场，就像三年前那个小伙子 W 一样。我就是这样教他的——那时他大概十岁或十二岁——，因为——我对他说——我年轻时就是这样打网球的，如今在电视的帮助下，这个优雅的游戏已经成为情感外露的野蛮人之间的决斗。我不希望格雷古尔向粗鲁的运动招式让步。上帝知道我对这孩子的爱有多深！而我的笔徒劳地挣扎着想回避他去世的事实。到底是什么样的不公平促使我们如此偏爱一个人？格雷古尔是不是真的拥有我的爱赋予他的所有品质呢？仔细想想，应该还是有三两个缺点的，不是吗？如果他能活到我这个年纪，他又会固守哪种令人生厌的怪癖？最好的那些人必须消失！我这样在纸上胡言乱语，是因为莫娜一声不吭的悼念将我遗弃在沉默中，而我需要将这沉默填满。她在想什么，莫娜，这样突然之间疯狂地做起家务？她是不是也和我一样，在想出水痘的那个夏天，如果布鲁诺同意把格雷古尔送来，可能他现在还活着？如果布鲁诺同意让格雷古尔接受自然接种？可是要这样做，得有点游戏精神，而布鲁诺很早就停止游戏了。孩子们都赤裸着身体，甚至无法忍受被轻薄的衬衣碰到。当其中一个抱怨痒痒抱怨得太厉害，其他人就会一起帮着在顶头透明的小疹子上吹气，然后轻轻地抚摸它们。我记得发明这个游戏的是丽松。孩子们代表了威尼斯的八面来风，但他们只有七人，因为格雷古尔不在，要是他在，他就是这个游戏中嬉笑的大风，而且今天还活着！布鲁诺花了两天时间从澳大利亚赶回来。他到的那天刚好是格雷古尔的葬礼。尸体无法保存更长时间。在拥抱布鲁诺时，我发现他变胖了。二头肌里开始有脂肪。时差和悲伤让他两颊下垂，表情拒人于千里之外。他没有向西尔薇问好，因为西尔薇不顾他的反对选择了宗教葬礼。家庭内部气氛尴尬。大家都没说什么话。葬礼后，在丽松家，双胞胎互相抱在一起默默流泪，西尔薇自言自语说着细毛蒜皮的事，她这个母亲当得多么心惊胆战，格雷古尔总是让她担心——您还记得吗，父亲，而且您过去也总是嘲笑我！——，把这样的话扔在大家的悲痛之中。弗雷德里克坐在角落，可怕地承受着双重的孤独：同性恋者的孤独和正式成为鳏夫的孤独，丽松出于礼貌也出于友情坐在他旁边，而我发现弗雷德里克和丽松很明显是同龄人，也就是说，弗雷德里克可以当格雷古尔的父亲了。格雷古尔的同学们也在（他所有医学院的同学都来了），他们在嘲笑神父烦人的说教。这也是宗教葬礼的好处，它能够让信徒和非信徒同时坚定各自的信念，将忧伤的箭矢射向神甫，把所有人都变成名正言顺的批评家，这些批评家以逝者的名义说话，评判着神甫描绘的逝者肖像。逝者也加入到了这场神学论辩中来，无论大家认为他是得到了应有的礼赞还是受到了粗鲁的侮辱，他的死亡都显得没那么彻底了，仿佛他已经开始复活。不，能拯救气氛的，只有上帝。

79岁，5个月，6天　　2003年3月16日星期天

服丧使我们的身体承受了多少苦难！格雷古尔去世后的三个月，我把自己的身体丢给了可能出现的种种危险。我在地铁里挨了揍（莫娜坚持要在巴黎待一段时间，享受一下玛格丽特和范妮的陪伴），在圣米歇尔大街，我差点被一辆汽车撞上，车子为了躲避我撞倒了一个垃圾桶。回到梅拉克后，我的车子滚了两圈，掉到了拉贾蒂埃尔的沟里，车子废了，我的眉弓裂开了，最后，一个下午，我去采蘑菇时，从布里亚克的山坡跌下，一直滚到双向都有汽车在疾速行驶的国道上。如果你真想自杀，莫娜对我说，提前告诉我，或者我们一起死，或者我出门去旅行。可是在这些接踵而至的状况中，没有半点自杀的成分，只是对现实的一种错误判断，仿佛我就此失去了衡量危险的标准，失去了一切恐惧，另外也失去了一切特别的渴望，仿佛我的意识将我的身体丢给了生活的偶然性。我所做的，我的身体都不假思索地接受了，此外它也非常有韧性，几乎不可摧毁。我离开家，没有左右观察就让身体开始穿过大街，然后那个汽车驾驶员死命地刹车，偏离方向，撞倒了垃圾桶，而我的身体还在往前走，我的精神对此完全无动于衷。在地铁里，我的手机械地推开了一个年轻酒鬼的手，因为他骚扰了我旁边的女士，我没有意识到他浑身散发着酒

精味，另外，他对那位年轻女士的态度也不是特别具有攻击性，更多的是一种笨拙的感动，而我的手推开了这只手，好像驱赶一只苍蝇，却没有对此太过在意，只有我的太阳穴感觉到了男孩的拳头，我的眼睛勉强明白冲击让我掉了眼镜。侵犯我的人被制服后，邻座把眼镜还给我，您的眼镜，先生，它掉了。在拉贾蒂埃尔的公路上，当我俯身到放在后座的上衣里找购物清单时，我同样没有看到自己正在开车。我只是忘了自己正在开车，我转过身，在一辆就此失去驾驶员的车里寻找着那张单子，车子自然获得了翻进山沟的下场。而在所有这些事件中，我并不记得自己曾感到过一丝一毫的恐惧，即便看到自己的身体在采蘑菇的下午掉到国道上，即便看到自己折断的胳膊——左胳膊摆脱胳膊肘的牵制在空中挥舞，我都不曾感到恐惧，既不意外，也不害怕，也不疼，更多的是一种观察，这是发生在我身上的事，好的，好的，仿佛生活已经无法向我那服丧的头脑提供任何意义，仿佛格雷古尔不在了这件事影响了所有事，使它们摆脱了秩序等级，取消了它们的意义，仿佛格雷古尔曾是一切事物的智慧原则，他一走，生活就彻底丧失了意义，以至于我的身体只能在此独自飘零，没有我的判断力来助它一臂之力。

威尼斯，莫娜说，我们去威尼斯，旅行能改变我们的心情。

79 岁，5 个月，17 天　　　　2003 年 3 月 27 日星期四

威尼斯。一个小男孩挣脱了他妈妈，来到我面前，抬起下

巴宣布：我四岁半了！下午的时候，在法语联盟的招待会上，当地一位上了年纪的女慈善家充满敌意地对我说：您知道吗，怎么说我也九十二岁了！从什么时候起我们不再公布自己的年龄？从什么时候起我们又开始公布自己的年龄？至于我，我从来不告诉别人自己的确切岁数，只是说些“现在我算是老先生了”之类的话。我记不得确切是怎么说的，反正一旦说出它们后——带着一种淡定的微笑——，我内心就会又羞又怒。我想达到什么目的？让别人同情我吗？因为我不再是过去的我。让别人赞美我吗？看看我是如何永葆青春的！故意摆出智者的姿态，让我的对话者看到自己的无知吗？在这件事上，我知道的的确比您多。无论如何，这种抱怨（因为上帝在上，这的确是一种抱怨！）散发出一种战战兢兢的失控气息。我挣脱我的母亲，在这位四十来岁的壮年人面前抬起下巴宣布：“我七十九岁半了！”

79 岁，5 个月，20 天　　　　2003 年 3 月 30 日星期天

这两位老人家（其中一位的一条胳膊还打着石膏）追随着年轻时代的感觉，在威尼斯玩着盲人游戏，他们是一位逝者的祖父母，逝者如果在世，也会喜欢这个游戏。看看他们，听他们在这个流淌的城市里大笑，就像五十年前他们在此庆祝自己初生的爱情一般。他们老了一千年。

79 岁，5 个月，25 天　　2003 年 4 月 4 日星期五

涨潮。眼泪的涨潮。穿着高至大腿的七里靴，莫娜和我在我们的悲伤之中前行。有时，人们会借助水泵把水从房子里排出去，这时感觉就像一头在草原中的牛突然患了严重的白内障。

79 岁，5 个月，29 天　　2003 年 4 月 8 日星期二

不，我们在这里感觉很好，莫娜和我，我们很幸福，我们毫无廉耻地利用着这种因为在一起而体会到的兽性的幸福感，这幸福感一直以来都是我们最大的安慰！年轻时秘密的做爱场所，如今我们一个一个地前去朝圣，这里没有对格雷古尔的回忆的位置。他的死亡已经深深地埋藏在莫娜的面孔之下，所以她的表情没有流露出一点伤心。至于我，我走过船坞，走过桥，走过广场，像一只老狗一样嗅着空气的味道。

79 岁，6 个月　　2003 年 4 月 10 日星期四

啊，必须相信睡醒时的状态。我那被堵住的喉咙告诉我：格雷古尔死了。格雷古尔已经不在我固执地存在着的地方。格雷古尔没有走，格雷古尔没有离开我们，格雷福尔没有过世，格雷古尔死了。没有别的词汇。

79岁，6个月，3天　　2003年4月13日星期天

意面，意式烩饭，玉米粥，南瓜浓汤，蔬菜浓汤，菠菜，海鲜或蔬菜开胃菜，切得比纸还薄的火腿片，莫泽雷勒干酪，戈尔根朱勒干酪，意式奶冻，提拉米苏，果冻……意大利人吃得很软。结果就是，拉的大便也很软。老人家们，在威尼斯，可以把你们的假牙扔到大运河里了，你们到家了！

79岁，6个月，8天　　2003年4月18日星期五

要表达各种形式的温柔，心理上的也好，情感上的也好，触觉上的也好，食物上的也好，声响上的也好，意大利人都说*morbido*。一边是*morbido*，一边是法语的*morbidité*，即我每天早晨醒来时病恹恹的状态，想象不出来还有哪对假得更为彻底的“假朋友”[①]。

① 指两种相近的语言中形式相同或相似然而意义截然不同的词语。——译注

9

临　终

（2010）

写了一辈子身体日记

谈一谈临终是必不可少的

亲爱的丽松：

在你眼前的是一段长达七年的空白。格雷古尔去世后，观察自己的身体这件事失去了一切意义。我的心在别处。我的死者们开始齐齐叫让我思念。我对自己说，其实我一直没有摆脱爸爸的死、维奥莱特的死、蒂乔的死对我的影响，今后也永远无法摆脱格雷古尔的死对我的影响。丧事是我唯一的文化，我心中生出一种孤独的、易怒的忧伤。很难说清我们爱过的人死去时从我们这里带走了什么。不提情感的巢穴，也不提对感情的信任和由默契带来的快乐，因为死亡的确会夺走与我们互动的对象，但我们的回忆好歹会作出补偿。（我记得，爸爸有时会喃喃低语……维奥莱特想安慰我时总是说……蒂乔说要不要讲一个故事……在寄宿学校时，艾蒂安……格雷古尔笑起来时……）我们的死者用他们活着时的身体为我们编织了回忆，可是这些回忆于我并不足够：我思念的是他们的身体！是他们实实在在的身体，是那种绝对的他性，这才是我失去的！这些身体不再出入我的世界。我的死者们是家具，过去它们令我的房子和谐美好，现在人去楼空。突然之间，我是多么想念他们那能被触及的存在！他们不在，我是多么怅然若失！我多么渴望此时此地能再看到他们，感觉到他们，听到他们说话！我想念维奥莱特那散发着胡椒味的汗水。想念蒂乔那沙哑的声音。想念爸爸那几乎呈现白色的气息和格雷古尔那快乐满满的身体。在清醒的时刻，我也问自己，我说的究竟是哪个身体？见鬼，你说的到底是哪个身体？蒂乔在变成又黑又壮、爱开玩笑、被烟草熏得声音嘶哑的朋友之前，是一只声音尖锐的五岁的小蜘蛛，你说的到底是哪个蒂乔？格雷古尔在拥有纤长的肌肉和优雅的动作之前，是一个在浴缸里沉得像铁砧的孩子！然而，我思念的，的确是格雷古尔的身体，是蒂乔的身体，是维奥莱特的身体，是他们那可以触及的存在！爸爸的身体，那瘦骨嶙峋的手，那棱角分明的脸。我的死者们从前有一个身体，现在没有了，一切问题都在这里，而我极度思念这些独一无二的身体。其实他们在世时我很少触摸他们的身体！其实我向来被认为那么不喜欢身体接触，那么重神不重形！现在我呼唤的是他们的身体！

接踵而至的是一些突然的疯狂表现，在这些时刻，我成为了他们的幽灵。比如我伸向糖罐子的手、我伸进糖罐子里的两根手指准确再现了格雷古尔给咖啡加糖的姿势，完完全全就是格雷古尔拿糖块的手势，用食指和中指夹住糖，从来不用大拇指（你注意到这个细节了吗？）。我全部生活只剩下这些被附身的短暂时刻：电光火石之间突然成为了吮吸着咖啡的格雷古尔，成为了笑嘻嘻的蒂乔，成为了在石子上哆嗦的维奥莱特。可是，我多么希望能再看到这个姿势啊！能听到这笑声！能再把维奥莱特的折叠椅往后拉！天知道我有多么想念他们的陪伴，而且我终于懂得了这个词的意义：陪伴。

在几个月里，我被忧伤的潮水带走。你母亲完全无能为力，她应该比我还孤单。如果我没有自我忽略，那都是出于习惯。机械地淋浴、刮胡子、穿衣服。但我做这些事再也不是为了谁。心不在焉，脾气暴躁。这一切最终被发现了。你产生了警觉。爸爸有点老糊涂了，也被老年人的怪脾气控制！格雷古尔的死让他完全丧失了理智。你求莫娜把我带到巴黎。你这样做既是为了她也是为了我。范妮和玛格丽特决定要帮我转换心情。她们带我去电影院。可别说你在伯格曼之后就不看电影了，外公？《时时刻刻》，你看过史蒂芬·戴德利的《时时刻刻》吗？别担心，是你那个时代的，说的是弗吉尼亚·伍尔夫。莫娜建议我听双胞胎的话。迫切需要年轻人，这是她的诊断。为什么不呢？我很喜欢你的双胞胎们，丽松。玛格丽特有你那头浓密的红头发，范妮皱起眉头来跟你一模一样，她双眉之间的鼻子多么玲珑。双胞胎已经变成女人了。光彩照人的大姑娘。而且活力四射！在地铁里，当有小伙子向她们献殷勤时，她们就会装傻：我们不能够，我们跟外公在一起呢！是不是啊外公？他带我们去电影院呢！声音可怕得让人起鸡皮疙瘩，两人还配合得天衣无缝。两个二十五岁的妙龄女郎！我要做的只是悲伤地点点头表示同意。男孩于是会在下一站下车。这招屡试不爽。双胞胎们表现出了恒心和毅力：一周两三部电影。然而，最后我不得不放弃电影。如果让这些形象淹没自己，我的死者们就会消散。演员们偷走了我的幽灵们。只举一例，看完《时时刻刻》，我完全被艾德·哈里斯那瘦骨嶙峋的身体迷住。再也没有格雷古尔的位置。我眼中只有自杀那一幕中的艾德·哈里斯，患瘰疬的上身，目光炯炯的双眼，似有似无的微笑，从窗口跳下，好就此跟生命的猛烈纠缠一了百了。我被一个形象附体！格雷古尔被我遇到的第一个演员排挤！《时时刻刻》是我看的最后一部电影。双胞胎误解了我放弃的理由。我听到她们在争吵：早跟你说过了，你这个笨蛋，这个面黄肌瘦的同性恋的故事一定让他想起格雷古尔了！

接下来的几个月，我常带着我的死者们去卢森堡公园。我坐在那种专门为老年人设计，让他们坐下去就起不来的倾斜扶手椅上。我的目光越过报纸，游走在那些与我完全无关的散步者之间。老年人的冷漠可不是开玩笑的，你知道吗？看到卢可咖啡馆里的年轻人，我很想对他们大喊：孩子们，我完全不羡慕你们那与时代同在的生活！看到推着婴儿车的母亲，我完全无动于衷！推车里的内容和报刊文章的内容对我来说一样无意义，这篇文章号称要再一次启发我对人类未来的思考。人类的未来，我才不在乎呢，而且不在乎到了一定程度，你们知道吗？我正置身于人类冷漠的中心！

我就这样过着悼念生活，然后一个春天的下午（为什么这么精确，我对季节也像对其他事物一样不在意啊），当下的时间又一次闯入了我的生活。还把我还给了我自己！在一秒钟之内！复活了！死者们，再见了！我们就是这样活着的，经历着前仆后继的消失与复活。将来双胞胎和你，你们也能如此走出我的死亡带给你们的伤痛。所以那个下午，在卢森堡公园，坐在一把无法想象的扶手椅上，习惯性地打开报纸后（小心了，丽松，这个日常的动作——买了《世界报》却不读——是衰老的前兆），我的目光停留在了一个散步的女人身上。我立即认出了她。过去突然显现！一个与我同龄的女人，步伐沉重却很坚定，头缩在肩膀里，一个女性的团块，稳稳地扎根于地面！没有什么能够阻挡的类型。这个身影对我来说熟悉得不能再熟悉了。它来自昨天。虽然只看到背影，我还是喊出了她的名字：

“方旭！”

她回过头，嘴里叼着烟，向我投来毫不意外的目光，然后问我：

“你的手肘怎么样了，我的炸弹？”

方旭，我的战友！出现在这里，时间流逝她却没有变化。行动是缓慢了，但还是同一个人！话音从烟鬼的嗓子里传来，但还是同一个人！身材是原来的两倍，但还是同一个人！在我眼中还是同一个方旭。尽管我记性不好，但她出现的那一秒钟我就认出了她。我在想最后一次见她是什么时候。我想应该是马奈斯的葬礼。四十八年前！而现在她就在我面前，突然出现，没有一丝一毫的改变。方旭或永恒！她一边俯身看我的报纸，一边问我在读什么。然后大声喊出了文章的标题：“没有农民的农业！”两三个散步的人回过头来。她发怒了。声嘶力竭地叫骂起来。所有这些作为家庭支柱的小种植者们都被农业投资者打发到世界各地去扩充贫民窟，他们大批大批地自杀，你能想象吗，我的炸弹？到非洲，到印度，到拉丁美洲，到东南亚，甚至到澳洲！而且到处得到国家的相助！一个没有农民的星球。她对这些事情了如指掌，倒背如流地跟我说着那些吃人的农工企业的缩写，其中包括一个庞大的法国集团，而她知道这个集团董事会的全部成员。她一个一个地喊出他们的名字，其中一个是参议员，可能已经从他办公室开着的窗户听到了她的声音。你也觉得很震惊吧，我的炸弹？其实我早认出你了！我读过你写的东西，你知道吗？还听过你的讲座！然后举出了我做过的讲座——所有！——，我的大部分文章和访谈。我一直追随着你，远远地可是又很近，你懂我的意思吧？你说的很好，你知道吗？我几乎同意你的每个观点！我听着她一一列举我在这个或那个问题上的立场，其实这是我极罕见的几次发怒的时候，她却认为我时刻保持着这样的警惕。我不知道原来你对生态伦理也感兴趣。你在谈到为他人生育的女性的权利时，我深受触动。又吃惊又感动。她的眼睛闪闪发光，她看着我，好像我一生都在追捕法律的否定者，他在哪里露脸，我就追到哪里。我向她保证，她夸大了我的功绩，在年轻时我就已经是个不彻底的抵抗运动成员，这些年来我已经不在任何阵线露面，我的反叛能力已经完全消失，我已经被丧事淹没……可是说什么都没用，她一点都听不进去，完全无视这些事实，就好像她没在听我说话一般。她列举了一些丑闻，指出火速揭露这些丑闻是我们共同的责任。不是以过去的好时光的名义，我的炸弹，而是就像在过去的好时光里，在全国抵抗运动委员会（CNR）的时代，在我们把人人有能力供养家庭的权利提升到宪法价值水平的时代。这个权利，就是这个权利，现在比任何时候都更受威胁！她对着我高谈阔论，我听着她，觉得我就要让步了，她那闪闪发光的眼睛让我清醒！总之，丽松，如你所知，我让步了。我像一个年轻人一样地起身，我把自己拔出了那张烂椅子，我跟她走了。她刚刚打开阀门，放出了一股新鲜的血液。我们一起去发出有益健康的声音吧，我的小伙子！相信我，人们会听我们的！尤其是年轻人！年轻人需要诗人！他们的父母无法给他们灵感。他们在召唤老前辈。所以我们更有理由不要让老混蛋们抢了话语权。

我跟她走了。我把我的文件资料交给了她使用，我更新了她做的小卡片的内容，我帮她修改了调查问卷，我给她提包，而且这些年，我担心她的身体胜过担心自己。这些日子，健康生活是唯一的赞歌，在我们头上飘扬的唯一旗帜是谨慎原则，可方旭抽四人份的烟，喝十二人份的酒，吃饭吃得飞快，工作太辛苦时，头倒在办公桌上就能睡着。我跟她说，注意了，方旭，慢一点，以这种节奏，你活不到一百岁。不行，我的炸弹，要完成这些工作，得顺势而下、全速前进才行，慢慢地开始，同意，好好思考怎么开始，这也是理所当然，但是要速战速决，一点不要心疼我们这把老骨头，加速就是一切。我们可不是软着陆的子弹，我们是被抛向生活陡坡的一团团意识。至于我们的老骨头跟不跟随我们的脚步，那是它们的事。

所以，我们让我们的老骨头自生自灭了，而我们自己则全心全意扑在了世界的健康之上。你知道下面发生的事，亲爱的丽松：讲座、研讨会、自由辩论、会议、高中、初中、飞机、火车，记性好、意识活跃、讲起话来滔滔不绝的老东西。我是准备材料的男人（再也没有任何知识漏洞！），方旭是进行辩论的女人。她时髦得惊人！我们的对手都盼望着我们早日入土为安。这些老东西不可能永远这样骚扰我们吧！从您的表情可以看出，比起我的答案，您更想要我的死亡吧，方旭对胆敢单枪匹马要求与她辩论的冒失鬼们这样说。她将思想家和嘲弄者都拉来为自己助阵。动辄生气的人发现她比他们更容易生气，脾气暴躁的人觉得她的脾气也十分暴躁。我的任务是训练她不要喊得太响，这会让她的话打折扣。她的骂架受到性格和耳聋的双重影响。对付后一个影响因素更容易一些。莫娜和我在她耳朵里塞上了合适的仪器，它们提高了她的听力水平，令她的活力增强了十倍，因为她从此能够听清对方阵营里的窃窃私语，大家再也不能在她背后说她坏话了。她将一代人卷入了自己的漩涡。向我们提供物流支持的双胞胎埋怨我把那么有竞争力的姑婆藏了起来。在此期间，玛格丽特生下了小斯特法诺，而范妮——我猜是双胞胎的心灵感应——给他添了个小表弟，所以我有了曾外孙们，而你成为了外婆，莫娜则成为了曾外祖母！一物换一物，我的清单上又新添了几位死者，其中一位是方旭。

三个星期前，她在皮提耶-萨尔佩特里厄尔医院离世。

她最后说的话：别苦着个脸，我的炸弹，你也知道我们所有人的归宿，就是成为大多数的一分子。

86岁，2个月，28天　　2010年1月7日星期四

自从格雷古尔去世后就没有打开过这本日记。也就是七年。我又开始漠视自己的身体，像小时候一样，那时仅仅模仿爸爸就足以让我拥有身体。现在身体的意外不再让我惊奇。越来越短促的脚步，起身时的头晕，僵硬的膝盖，硬化的血管，又一次被切削的前列腺，咳痰的声音，白内障手术，耳鸣之外还多了光幻视，挂在嘴角风干的蛋黄，越来越难穿上的裤子，忘记拉上的裤子拉链，忽然而至的疲惫，越来越多的瞌睡，这些从此以后都成为了家常便饭。我的身体和我像是互不往来的合租者，共同过完租约即将结束前的最后一段时光。没人再做家务，这样也很好。然而，最近的体检结果告诉我，是时候最后一次拿起笔了。写了一辈子身体日记，谈一谈临终是必不可少的。

86岁，2个月，29天　　2010年1月8日星期五

自打弗雷德里克每半年给我检查一次身体以来，打开信封时便失去了一切悬念。弗雷德里克会解释结果，然后我们会一起看这项或那项指数，讨论它们相对我的年龄来说是不是高得

还算合理。您可以说是完全过得去的老傻瓜！不过，前天有个数据引起了我的疑虑：红血球数量下降了，是不是有点……？没什么的，弗雷德里克斩钉截铁地说，可能是累了，您就像个夜里有些过于卖力的中年人。您的朋友方旭让您疲惫，她的死又影响了您的情绪，仅此而已。行了，滚吧，6个月之内不想再看到您，当然除非莫娜愿意招待我吃饭。

这就是我与格雷古尔的情人的关系。其实莫娜确实偶尔会邀请他来吃饭。她对他那粗暴的幽默并不反感。有次她问他，为什么有那么多的异性恋变成同性恋，而相反的情况却很少呢？他冷冷地反问：如果可以进入天堂，为什么还要继续活在地狱呢？

86岁，5个月，8天　　2010年3月18日星期四

筋疲力尽。上床睡觉时，把我们的楼梯想象成了悬崖。为什么要把我们的房间筑在这么高的地方？几天来，是我的右手把我拉扯到了那个高峰。每上一级台阶，我都要把栏杆拉向自己，心里喊着“嘿哈！”渔夫的网。我慢慢上岸。身体每天晚上都更重一点。祝打鱼成功！尤其不能停顿，下面大家的目光都追随着我。不要让孩子们担心。过去他们一直看我以轻快的脚步爬上这个楼梯。一旦走到楼上，出了大家的视线，我就靠在墙上喘息。血液在我的太阳穴、在我的胸口甚至在我的脚底跳动。我整个人都变成了我的心脏。

86岁，8个月，22天　　　　2010年7月2日星期五

看来我的担心是对的，应该更加严肃地对待红血球数量下降这件事。这是从刚看完我最新体检报告的弗雷德里克眼睛里读出来的。最近这段时间，您有没有觉得特别疲惫？总是气喘吁吁，尤其是在爬家里的楼梯时。不奇怪，您的血红蛋白降到9.8了。您在流血吗？就我所知没有。鼻子和其他地方都没有？他跟我提起额外的检查。这把老骨头真值得这样检查吗？别让我烦神了，照我说的做吧！于是又抽了一次血。当场。结果还是一样。另外多了一个细节：维他命B12不缺。啊！那就最好了，我说。这是什么话，那就最好了，这完全不是一个好消息，说明您可能得了难治性贫血。怎么个难治法？什么治疗方法都没用，弗雷德里克恼火地回答。一瞬间，他忘记了我是病人；他像是在责骂一位令人失望的学生。在我这个年龄，怎么可能不知道难治性贫血是什么？怒气冲冲的沉默。我感到他像是在围着一个恶心的罐子转，随后听到他对我说：得做一个骨髓象。也就是？骨髓穿刺术。脊髓穿刺吗？把一根针扎入我的脊柱，想都别想！他看着我，惊呆了。谁说要刺您的脊髓了？没有人会碰您的脊髓！您在想些什么呢？别人刺穿您的胸骨、您的胸腔纵隔、您的心、您的主动脉，然后抽取您的脊髓？提到骨髓的不是您吗，弗雷德里克？骨头里的！不是脊柱里的，是骨头里的！您的骨髓！他吃惊不已。我那么无知，这令他窒息。对他这个教育家的灵魂来说（格雷古尔过去常说他是个了不起的老师），这种无知就是漠然的

近义词。所以您对自己的身体一无所知是吧？您对这个话题不感兴趣对吧？*Terra incognita*①？我们满世界奔走，为世界的健康操心，然后把自己的健康扔给医生对吧？这是您的事，不是我的事啊，老天！是您自己的身体！沉默。对不起，他咕哝道。但还是忍不住补充了一句：您和您那可恶的优雅！

86岁，8个月，26天　　　　2010年7月6日星期二

等待骨髓象检查。后天做。请弗雷德里克详细描述了这个检查。把一根套针刺入病人的胸骨，然后抽取骨髓进行分析。所以我现在被当成一根有髓质的骨头了。我要求看一看套针。这是一根中空的针，材质是坚硬的钢，长达几厘米，上面有一个固定器，防止针扎得太深。像文艺复兴时期门客们暗杀用的某种螯针。这个手术本身会让人联想到德库拉的无数死人。大家决定要在我胸口插入一根木桩，不多不少。“马拉美套针”是这根“木桩”的确切名称。这与诗人有什么关系？关于马拉美和医学的关系，我只知道他之所以死亡，可能是因为障碍症促使他去看医生，而他又在医生面前装出了障碍症的各种症状。仿佛真正的谋杀其实发生于他的康复过程中。

弗雷德里克说我一旦事关身体就不闻不问，这个想法当然让我发笑。把这本日记给他看看会很有意思吧！尽管他也没有

---

① 拉丁语，意即“未发现的大陆”、“未知的领域”等。——译注

全说错。我从来没把自己的身体看成是某种科学好奇心的对象。我没有通过书本去辨认它，没有让它置于医学的监控保护之下。我给予了它惊吓我的自由。这本日记只是让我能够收集这些惊奇而已。从这个角度看，是的，我选择了医学上的无知。而且，要是医生看到我们登陆他们的诊所时，已经掌握了所有他们会的知识，知道所有他们会作出的诊断，那他们该摆出什么样的脸色啊？为了阻止这种事情发生，他们曾将孔多塞切成了两截，弗雷德里克应该还记得这段历史！

86 岁，8 个月，28 天　　　　2010 年 7 月 8 日星期四

骨髓象检查。局部麻醉。在大致确定我这把老骨头还能承受冲击之后，人们将马拉美套针扎进了我的胸膛。像推土机的冲撞。小心胸骨碎裂！我的胸腔弯曲了，但没有断。很好。医生——也是弗雷德里克从前的学生——殷勤地跟我解释，套针上的固定器能够防止针刺穿骨头。所以我不会被钉在手术台上。那最好了。（艾蒂安的蝴蝶……他珍贵的蝴蝶标本……针刺穿它们时，我总是会皱眉。它们已经死了！艾蒂安说。可我的身体还是会收缩。对木桩和十字架的隔代恐惧。）现在我要被抽取髓质了。我开始了，医生说。活塞向上提。会有点不舒服，弗雷德里克事先跟我说过。不过到了八十六岁的年纪，他以一种可疑的轻快语调又补充了一句，看得没那么清楚了，听得没那么明白了，尿撒得没那么远了，肌肉张力没那么大了，一切都慢

下来了，*ergo*[①]，受的苦也没那么大了。在这种检查中，受罪的都是年轻人。他错了，这种疼痛完全保留了它的年轻态：让人痛不欲生。一种强力撕扯的痛。骨髓的全部纤维都在呐喊。它不想离开它的骨头。还好吗？我的刽子手问。还好，我说，一滴眼泪流到了脸颊上。那我要再来一遍了。

86 岁，8 个月，29 天　　　　2010 年 7 月 9 日星期五

今天早上有种胸口开裂的感觉。呼吸急促。虽生犹死。我们的灵魂在我们的骨头里面。别人把我从我自己身上拔除了，而疼痛还在继续。我躺在床上，在一块板子上写东西。我想到了医生在跟我们谈论疼痛时用的委婉说法“不适”。不是那种从身体产生的无法克制的疼痛，那种令人吃惊又无法估量而且只有我们自己才能感受到的疼痛。而是那种可以预见到的、由他们自己向病人施加的普通的手术疼痛。放引流纱布，装导尿管，撤导尿管，扎马拉美套针……疼吗？病人问。会有点“不舒服”，医生回答……他们本来有充分的自由可以不冒风险地在自己身上试试这些“不适”（不费吹灰之力就能办到），但他们从来不做，因为他们的老师从来没有这样做过，老师的老师也没有，从来没有人要求医生注册学习他们施加的疼痛。只敢嘴上说说，这实在是太轻巧了。

---

① 拉丁语，意即“因此，所以”。——译注

86岁，9个月，6天　　　　　　2010年7月16日星期五

不出所料，检查结果并不理想。血红蛋白数量又下降了一点，而且我的骨髓里似乎充满了“原始细胞”，一种没有能力产生红血球或白血球的细胞。所以，原始细胞。（所有事物都有一个名称。）我的骨髓里充满了原始细胞。可怕的入侵。工厂停工了。生产结束了。再也没有血球了。再也没有燃料了。再也没有氧气了。再也没有能量了。从此以后我只能靠我的血资本存活。而这个资本眼看着渐渐减少。我的力气也随它一起减少。今天晚上，爬楼梯爬到一半我停了下来。莫娜决定把我们的床安在楼下图书馆里。暂时的，她对别人说。然后我们交换了一个意味着永恒的微笑。

给丽松的注释

你妈妈走出图书馆的身影：门和书架之间灵动的身体。今天我可以承认了，我之所以不想把书架挪开，是因为我想欣赏这个猫一样的动作。（一只八十六岁的猫，你能想象吗女儿？我完全被莫娜催眠了！）我突然意识到，一本私密日记可能会让我们这对夫妇呈现完全不同的形象。出现更多的可能是我们之间的怄气，她的沉默令我产生的种种胡思乱想，她在自己和你之间保持的那种神秘的距离，总之就是她那让人捉摸不透的性格。你可能有机会品味到关于“交流”之痛苦的长篇大论。但这里没有。身体的视角截然不同。我爱她的身体爱到了为它歌

功颂德的程度。几十年的岁月的确让她性感不再，但莫娜身上保留的很“莫娜”的部分始终让我心旷神怡。从她出现在我生命中的那刻起，我就开始修炼注视她的艺术。不只是看她，还注视她。逗她发笑欣赏她那突然绽放的令人目眩神迷的笑容，在街上偷偷跟着她，观察她走路时不易察觉的飘然步态，在她痛苦地做着某些重复性工作时看她神游，凝视她放在椅子扶手上的手，她低头阅读时脖子的曲线，她那在浴室热气刺激下微微发红的白皙皮肤，她眼角的第一道鱼尾纹，上了年纪以后那些纵向的皱纹，这些皱纹像是要三两下勾勒出对某个杰作的回忆。总之，等我翘辫子以后，你们可以把门和书架之间的通道拓宽一点。

86 岁，9 个月，8 天　　　　2010 年 7 月 18 日星期天

可怜的弗雷德里克，今天早晨（他的节日！[①]）他来到我床边，做完他的职业让人无法承受的部分：坦白预断。不管怎么做，上了一定年龄，等于是被判了死刑。我帮他节省了一点力气：说吧，弗雷德里克，我们还有多长时间？这个“我们”有点拉帮结派的意思，不管怎么说他是我的医生。化疗一年，停半年。大概这样。我们从作用和副作用两方面考虑了化疗。无论如

① 根据法国传统，每一天都有一位守护神，父母经常以出生当日的守护神名字为孩子取名，7 月 18 日的守护神是圣弗雷德里克。——译注

何，这是一种消费品，和别的消费品一样。6个月的余生，这让人欣慰，不过会伴随着令人疲惫的萎缩，最后几根头发也会掉光（掉就掉吧），可能会出现呕吐现象，但多少可以保证我的老血管能够获得没有“原始细胞”的新鲜血液。弗雷德里克认为呕吐的次数可以忽略不计，但呕吐帮我解决了问题。我非常害怕呕吐。一想到自己将像张兔子皮一般被翻转，我就又羞又怒。所以我不会冒这个风险。没有理由让莫娜承受我脾气暴躁地离她而去的命运。所以，不化疗。还有另一个办法：输血。输血会让我重新振作，它的作用能一直持续到下次输血时，如果还有下次的话。至于结局，真正的结局，无论选择化疗还是输血——已经选择好了——，命运会决定是一次由血小板下降导致的大出血，由白血球缺失引发的什么感染，比如肺部感染（英国人说 *pneumonia is the old man's friend*[①]），还是身患恶疾、浑身结痂地缓慢地走向死亡，躺在一张病床上，从此没有莫娜陪伴在身旁。我更希望结束得平凡一点，心脏在夜里停止跳动。死在睡梦中，这是一个终其一生都在修炼入睡艺术的人梦寐以求的死亡方式。

86岁，9个月，10天　　　　2010年7月19日星期二

那种怎么都无法掩盖的快乐，（莫娜穿过门和书架之间缝隙的动作），在白内障手术结束后我又感受到了。手术结束已经

① 英语，意即“肺炎是老年人的朋友”。——译注

好几年了，我一直还在受益。为什么我没有在这里谈过这件事呢？可能在方旭的队伍中，我有比记日记更好的事情要做。

生活在我眼前渐渐熄灭：生活在白内障帘子之后时，我是这样对自己说的。光线悄悄变得暗淡。世界在边界变得模糊之时也变得不再稳固。准确性在不知不觉之中溶解。面目不清的事物成为了关于事物的概念。我的眼睛自有主张。我看事物就像别人理解事物一样。格雷古尔去世后，灰色变得更加浓重。我游荡在一团越来越混沌的云中，像等待睡醒一般等待着双目失明那一天的到来。方旭做出了别的决定。你眼睛里有一层膜，像条瞎眼的狗！动一动吧我的炸弹！白内障！做手术啊！快去！这种手术现在完全是小菜一碟！

我就这样被捆缚在手术台上，一条皮带固定住我的头，一把手术刀在我眼睛里捣来捣去，好像那是一只鸡蛋。第二天，医生帮我拆绷带时，我忍不住同情起他：一夜之间老了二十岁！接着是另一只眼睛。然后这些年我看不见的东西瞬间就复原了。光明！涌动的细节！最近与最远！大白的真相与些微的差别！线条与颤动！各种各样的色彩！无可比拟的调色板！世界的广度！我过去怎么会任由这些天空和这些面孔兀自熄灭的呢？

一直看到最后。不错过一分一毫。

86岁，9个月，12天　　　　2010年7月22日星期五

输血与德库拉的形象很吻合。我就这样躺在病床上，被别人的血一滴一滴地充实。我更想在夜里飞行，由于吸干了三个值班护士的血而醉醺醺，可是吸血鬼因为被合法化，已经失去了魅力。而且我的牙齿都已经掉光了。所以只能打点滴。为了让我稍安毋躁，玛格丽特提议把她的iPod戴在我耳朵上。她事先往里面存了莎士比亚和马勒。不，不，小宝贝，不要让我分心，你看，我还从来没有输过血，我想听听血滴下来的声音，窥伺每个好转的迹象。我们要给你一个惊喜，范妮宣布，妈妈会过来接你！别跟她说我们已经告诉你了行吗？惊喜尤其会让制造惊喜的人开心！妈妈？啊！丽松！丽松出差回来了吗？提前回来了？我是不是应该期待布鲁诺也来看我？有种曲终人散的感觉。

原来输血很慢，让人昏昏欲睡。我无法立即复活。即便是我们中最好的人，复活也花了三天时间。各种蠢话漂浮在半梦半醒之间，我的大脑有气无力地在和它自己玩耍。又回想起“原始细胞”这个词。我原来以为它指的是冲击波。其实不是，*blastos*①，致命的细胞，原始细胞……一群蟑螂侵入我的书架……它们用书本的血擦亮自己的翅膀，然后让自己的触角生长出来……你看到原始细胞了吗？

86岁，9个月，15天　　　　2010年7月25日星期天

不知怎么地想起一位音乐家的话。这位音乐家曾是丽松的

① 希腊语，意即“胚芽”。——译注

露水夫妻，一个毒瘾很大的瘾君子，莫娜曾让他“准确”描述过注射海洛因后的体验。他想了很久，之后才用温柔的声音（我从没见过像他这样完全没有一点侵略性的男孩）说：真正的注射？啊！感觉能理解一切。好像被上帝抱在怀里轻轻摇晃着。这就是输血让我体验到的感觉。上帝怀抱中的一个新生儿！否则怎么描述生命力在一具失血的身体中的回归呢？一次真真正正的复活。同时伴随着某种纯洁、崭新的东西。像没人会期待出生一般，我也完全没料到会有这种感觉。好转，“好转”这个词没有任何含义，他们说输血会让您好转，可我不觉得自己好转了，我觉得自己又活过来了！有活力的，清醒的，充满信任和智慧。在上帝的怀抱里。但还是渴望能挣脱这个怀抱，爬楼梯重新回到我们的房间。昨晚我就这样做了。我们的房间，我的书房，我的日记，写下前面这几页文字，给丽松写注释。因为，当然了，最近这些天，我完全没有力气完整地写些什么。只是记了一点笔记。复活了！当然了，复活的不是二十多岁的我。这些岁月都已经成为过去，之后的六十年也已经成为过去。复活的是今天的我，还是一样的年龄，然而是全新的。这样的康复无需经过痊愈期，无需重新学习生活。简而言之，被打了兴奋剂。一次毒品注射！

86 岁，9 个月，16 天　　　　2010 年 7 月 26 日星期一

从身体来看，一直到最后我们都是孩子。一个惊慌失措的孩子。

86岁，9个月，19天　　2010年7月29日星期四

今天早上刮胡子时，一个笑声从我童年时代浮上来，因为我在镜子里看到了那只招风耳，后来我一直没有把它粘上，但这是我第一次在这里谈论它！我曾向爸爸抱怨这只耳朵。他问我为什么要责怪这只耳朵。因为它和另一只不一样！那你觉得另一只有什么特别的呢？这个反问让我发笑。之后，爸爸开始谈论起对称问题来：自然界很反感对称，它从来不会犯这种品味上的错误。要是哪天你看到一张对称的脸，一定会因为这张脸的面无表情而吃惊！一边听我们说话一边摆弄壁炉上一束花的维奥莱特这时插话道：你想长得像壁炉吗？这次轮到爸爸发笑了。他生命最后几个星期里的嘶嘶作响的笑声……那时他还有的时日，是今天我还有的时日。

86岁，9个月，20天　　2010年8月9日星期一

重读这本日记时，我的左手肘下方长出了一个包。用弗雷德里克的话来说是水囊瘤，遭受撞击或手肘在坚硬表面摩擦太久后长出来的一袋水。您撞到什么东西了吗？我没印象了。那就是摩擦，您怎么看书的？双手撑着头，手肘搁在桌子上。啊！坐在扶手椅里好好地读吧，这样能放松您的手肘！看吧，自信满满的诊断与令人恼火的治疗，弗雷德里克一直是这样的。所以在重读这本身体日记并为它添加注释时，我引发了左肘骨

头和皮肤之间的渗液。一个丑陋地晃荡着的皮囊。过去马奈斯的右边膝盖有时会长这个东西。实在受不了时，他会用刀子割开“这个睾丸”，清空里面的东西。不是个好办法，弗雷德里克评价道，还是让时间来解决一切吧，他补充道，随后发现自己说错了话，于是咕哝着离开了我。

时间……

是的，临终的一大特征就是，我们在被治愈之前就已经被带走了。

不管怎么样，一边孵着一枚恐龙蛋一边离开人间，我还是挺乐意这样的。

86 岁，9 个月，21 天　　　　2010 年 7 月 31 日星期六

在餐厅庆祝我的重生。我祝贺弗雷德里克选择了一位很好的献血者：这血是特级的！他和丽松交换了一个眼色。莫娜和我听到了这两个聪明有情的人之间流动的无言的思想：让他享受一下这活力吧，输血的效果很快就会消失。

86 岁，9 个月，22 天　　　　2010 年 8 月 1 日星期天

范妮赤裸着身体从浴室出来。哦！对不起，她大声说。惊讶过后，我又想起十岁那年某个晚上感受到的恐惧。那天晚上我去浴室刷牙，撞见了从浴缸出来的全身赤裸的妈妈。意

外——可能还有惊恐——令她转过身来看我。赤裸的她面对着我，模糊的身影被包裹在一片蒸汽的云雾中。我又看到了她那瘦削的身体，沉重的乳房（现在想想，这是一具非常年轻的女性身体），被浴室的热气蒸得发红的皮肤，因惊愕而张开的嘴、睁大的眼睛，还有她身后被水汽模糊了的镜子。我发出一声尖叫，迅速关上了门。我没刷牙就睡下了，陷入了一种确实可以说神圣的恐惧中。然而，在那个时期，我根本不知道在沐浴中受惊的狄安娜和被狗吞食的阿克泰翁的故事。那天晚上妈妈并没有满足于远远地确认我已睡下，她还过来亲吻了我的额头，然后一边用手梳理我的头发，一边重复了两遍："我的小家伙"。

86岁，9个月，23天　　　　2010年8月2日星期一

我们的骨头其实是生命的精髓，但骨骼却被想象成死亡的象征，这实在有点说不过去！因为脑思考，心是泵，肺扇风，胃消化，肝和肾过滤，睾丸预言，可这些器官只是长在我们骨头旁边的附件。而生命是血，是血球，但活人完全听不到我们骨头里髓质的声音。

86岁，9个月，29天　　　　2010年8月8日星期天

出大事了。七岁还是八岁的小法比安，路易和斯特法诺的朋友，在做弥撒时放了一个屁。而且还是在静悄悄的举扬圣体

期间！孩子们大受刺激。我撞见他们正在激烈地争论，个个都觉得有责任讨论这起童年时代头等重要的大事：在由他们的小世界制造的因和这因在成人的银河系产生的果之间找到联系。法比安无疑“不该这样做”，在圣灵吹拂的地方释放体内之气，“这是不允许的”。可是法比安“又不是故意的”，他父亲“在大家面前骂他”是不对的，他受到的惩罚“太恶心了”。可怜的法比安尽管被邀请来参加路易的生日聚会，但他被罚整个星期天下午都待在家中不得外出。（另外，法比安的父亲是个年轻的傻瓜，以一种冷静的热忱实践着一种与我的无神论同样不理智的宗教。他的孩子苍白得像圣器室长大的蜈蚣。他会放屁实在是个奇迹。）

看到我在听他们说话，斯特法诺和路易问了身为无所不知的曾外祖父的我关于屁的看法。这个问题很难回答，因为那么多年来，我自己也被用咳嗽来掩盖放屁声这种问题困扰。然而我还是态度坚决地回答了他们。我对他们说，有屁不放会危害身体健康。为什么？因为如果我们让自己的身体充满气体，那么孩子们，我们就会像热气球一样飞起来，这就是原因！会飞起来？我们会飞起来，飞到空中后，如果不幸放屁了——这种事每次都会发生，因为我们不可能一直忍着不放屁——，我们就会瘪掉，然后像恐龙一样摔死在岩石上。是吗？它们是这样死的吗，恐龙？是的，别人一直跟它们说放屁不礼貌，所以它们忍啊忍啊忍啊，膨胀膨胀膨胀，最后当然就飞起来了，后来当它们不得不放屁时，可怜的它们就瘪掉了，然后摔死在岩石上，摔得一只都不剩！（岩石完全震慑住了他们。）

86岁，10个月，6天　　　　　　2010年8月16日星期一

闹哄哄的孩子们在我第二次输血的前一个晚上离开了。再见外婆！再见外公！孩子们毫不怀疑还能再见到我们，因为他们一直都认识我们。小时候，我们看不到大人在变老；吸引我们注意力的是长大，而大人不会长大，他们被困在自己的成熟状态中。老人也不会长大，我们出生时他们已经老了。他们的皱纹向我们保证了他们的不朽。在我们的曾外孙眼中，莫娜和我自开天辟地起已经存在，所以还会永久地活下去。正是因此，我们的死亡会特别地令他们震惊。这是对短暂性的第一次体验。

86岁，10个月，9天　　　　　　2010年8月19日星期四

第二次输血没有了第一次时体会到的美妙滋味。它的效果同样强劲，但持续时间将会缩短。仅仅因为知道了这一点，就破坏了我陶醉的心情。

86岁，10个月，13天　　　　　　2010年8月23日星期一

看丽松收拾我们的床，看弗雷德里克在我抽血后写药方，我心生一个想法：自己得变得非常老，才能见证别人变老的过

程。看时间在我们的儿女和孙女儿们身上产生的颠覆性破坏，这是一种令人悲伤的优越待遇。过去的四十年，我看着自己的家人一点点改变。这个头发发黄、手上长斑、脖子枯瘦、开始与自己的皮肤分离的六十来岁的老头，他已经不是那个脖子饱满、手指灵活、令格雷古尔着迷的弗雷德里克了。丽松身上也已经没有多少范妮和玛格丽特的影子。她们俩一边跑下楼梯一边答应下个月再来“宠我”，那么光彩照人的两个妙人儿，也已经失去了灵动的密度，这密度如今令路易和斯特法诺蹦跳在房屋的各个角落。

从着装角度来看，现在所有人都穿蓝色牛仔裤，很久以前这种裤子就已经是没有性别和年龄差异的世界性服饰了，它是逝去的时间的可怕标志。牛仔裤有一种特性，在男人身上，它会随着时间流逝变空，在女人身上，它会变满。男人牛仔裤后面的口袋在从此瘪下去的臀部飘扬，裆部起皱，拉链浮动，年轻人不再住在他的拜物教牛仔裤里，一个在腰带部位旁逸斜出的老头取代了他。成熟女人则悲怆地填满了她的裤子。啊！那裤子拉链像一个肿起的伤疤！在我那个年代，我们与我们的服饰同龄。婴儿的鼓鼓的裤衩，儿童的运动短裤和海军领，少年的高尔夫裤，小青年的第一套正装（轻巧的法兰绒或有垫肩的粗呢），最后是三件套正装，代表着社会地位的制服，不久以后大家会帮我穿上这三件套，放进棺材里。三十岁一过，这套装让你们所有人看起来都很老成，布鲁诺过去常这样说。确实如此，三件套正装让我们提前变老，或者说它替我们变老了，而今天的男男女女都在牛仔裤中变老。

86岁，10个月，14天　　　　　　2010年8月24日星期二

然而，那些比我们年轻二十或三十岁的人身上不可磨灭的青春啊！以及我们上了年纪的孩子身上还能看到的童年踪迹。哦我可爱的丽松！

给丽松的注释

丽松，你还记得那次吓坏了范妮却让玛格丽特大笑不止的阅读吗？加西亚·马尔克斯的书。那年夏天，莫娜给她们读了马尔克斯。在午睡时。《百年孤独》，我想是这本，其实我已经记不太清楚了。不过那次阅读的事我还记得很清楚！故事是这样的：每次圣诞节或生日，一个年轻女人都会收到父亲的礼物。父亲出于不知什么原因生活在很遥远的地方，可是寄礼物总是很准时。一个大大的箱子，里面装的总是令人意外的东西，让孩子们开心不已。（应该是圣诞节，我想起了孩子们的快乐。）然而，有一年，箱子寄到时，比约定时间晚了几天。同一个寄件人，同一个收件人，可是时间上出了一点小差错。迫切心情使全家人向箱子冲去：意外的是，箱子里装的是父亲的尸体！腐烂了？变成木乃伊了？被做成标本了？完全不记得了，但的确是父亲的尸体。范妮吓坏了："太恶心了！"玛格丽特入迷了："太棒了！"莫娜对自己制造的效果很满意，"魔幻现实主

义万岁！”而你呢，像往常一样，把这一幕画到自己的图画本中。告诉我，丽松，我现在跟你玩的，难道不是同样的游戏吗？说真的，就算你把这一切都付之一炬，我也不会在坟墓里辗转反侧。

86岁，10个月，29天　　　　2010年9月8日星期三

帮我测血球数量的护士责骂我的血管。被召唤得太频繁了，它们不是变硬就是隐藏起来了。打针的护士只好在我的手背和脚踝处寻找其他血管。血肿、抓痕、痂盖……而且您还喜欢抓！看看这个！要不给我注射一品脱海洛因怎么样，我跟弗雷德里克开玩笑说，反正我的名声也毁了，看看我的胳膊！而且，这对您来说也很容易，只须撬开你们医院的药房就行了！这个可怜的家伙又一次发怒了，他抗议说自己不是毒贩，指责我搞混了海洛因和吗啡："又是您一贯的漫不经心！海洛因和吗啡完全不是一回事！您真是……"他摇着头看着我，突然之间哭了起来。行了行了。啜泣。他离开了病房。医生在死亡面前的疲惫……如果看到我的病人去世，我可能也会生气的吧。也包括那些痊愈的。最后都是死路一条。好转和死亡……生活的每一天都是如此。有足够的理由怨恨那些濒死之人。可怜的医生！一生都在修复一个注定要泡汤的项目。其他人则写了《鞑靼人的沙漠》。弗雷德里克是一部杰作。

86岁，11个月，1天　　2010年9月11日星期六

在为丽松写注释解释这本日记时，我发现有很多事都没有记下来。渴望言无不尽的我其实说得那么少！对于这个我想描述的身体，我只是触及了皮毛。

86岁，11个月，4天　　2010年9月14日星期二

越是接近终点，要记录的事情就越多，但记录它们的力气却越来越少。我的身体时时在变。它正随着机能运转速度的变慢而加速分解。加速与变慢……我把自己当成了一枚钱币，它即将停止旋转。

86岁，11个月，27天　　2010年10月7日星期四

给丽松的注释终于写完了。写作让我疲惫。笔在手中变得无比沉重。每一个字都是一次上升，每一个词都是一座高山。

87岁，生日　　2010年10月10日星期天

拉鲁斯解剖图最后一次被嵌到穿衣镜槽里。镜子里，在它旁边，是我，约伯，在他的粪堆上。生日快乐。

87岁，17天　　　　　　　　　　2010年10月27日星期三

不再输血。我们不能永远依靠别人活下去。

87岁，19天　　　　　　　　　　2010年10月29日星期五

现在，我的小多多，我们必须死了。不要害怕，我会告诉你怎么做的。

译后记

《身体日记》是法国当代著名作家达尼埃尔·佩纳克的新作，于2012年由伽利玛出版社出版。在《身体日记》中，叙述者以日记的形式，事无巨细甚至百无禁忌地记载了与“作为惊奇之口袋和排泄物之泵的身体”有关的一切，只与身体有关，从十二岁一直记载到八十七岁，也就是临终前。主要记录自己的身体，连带也记录周围人的身体。

为什么要写这样一本《身体日记》？从叙述者的角度看，他之所以会产生记身体日记的想法，完全由于十二岁那年发生在他身上的一起创伤性事件。那年暑假，叙述者在阿尔卑斯山某地一处童子军营度假。在一次战争游戏中，平素就瘦弱的叙述者被“敌军”绑在林中一棵树上。他因为害怕不远处的一个蚁穴，尤其担心蚁穴中涌动的数百万只蚂蚁会把他生吞活剥而吓得大小便失禁，并且最终因为这一耻辱事件被童子军营开除。这件事成为了叙述者人生的一个污点，但更是一个转折，因为小小年纪的他已经意识到，自己的悲剧有两个根源。一是因为自己身体太孱弱。二是因为思想对身体的干扰：头脑胡思乱想引发的恐惧令身体瘫痪，失去了对自己的一切控制。为了摆脱这双重耻辱，时时提醒自己只将身体上发生的一切归结于生理，局限于身体，有计划有规律地增强体质以克服种种恐惧，成为自己身体的真正主人，叙述者开始了长达一生的“身体日记”。所以这本日记中没有具有社会功能的人的位置，即使提到夫妻关系、亲子关系、伙伴关系、同事关系，基本上也是纯粹的身体视角，只谈论最直接的身体感受，拒绝道德的介入，反对头脑的阐释，于是我们常常能在日记中看到叙述者说：“马上要越过身体的界限进入精神分析领域了，赶紧悬崖勒马”。

可是，身体与思想之间的界限要是那么分明就好了！其实我们也不时看到叙述者谈论“幸福”、“悲痛”、“焦虑”，谈论种种感觉。因此我们只能认为叙述者对身体的定义比普通的定义要宽泛许多，例如六十二岁的叙述者说：“在这本日记里相当频繁地谈论焦虑时，我说的不是灵魂，我做的甚至不是心理分析，而是完完全全处于身体领域：那该死的团成一团的神经！”所以很多心理感受归根到底是生理原因造成的：消化不良导致糟糕的脾气，劳累过度引发忧郁的心情，多巴胺分泌产生愉悦的感觉……视角独特的观察，别出心裁的结论。其实也没有那么新颖，因为几百年前，莎士比亚已经借李尔王之口说出：“我们身体上有了病痛，精神上总是连带觉得烦躁郁闷，那时候就不由我们自己做主了。”

身体如此重要，却始终没有得到应有的重视。西方人很早就习惯将人分成“灵”与“肉”、“心”与“身”、“形”与“神”……两个部分，而且“灵”与“肉”这架天平在时间流逝之中逐渐失去平衡。天平的一端，“精神”的分量越来越重，天平的另一端，“身体”越来越被忽略、被轻视甚至被鄙视。如果灵魂是不灭的精髓，那么身体只能是阻止人们“超凡登彼岸”的“臭皮囊”。于是乎“灵”“肉”天平上出现了一个奇怪现象：虚无缥缈的愈发沉重下坠，笨重不堪的反而成了高高翘起的一头。在这种逻辑之下，将肉身视作灵魂的晴雨表也就不足为奇了。《身体日记》的其中一则日记即是对这种象征关系的思考：在一次朋友聚会上，提到某位得了癌症的朋友，旁人一致认为这位朋友的癌症是由种种心病所致。于是叙述者一反温文尔雅的态度，强烈谴责了“这种遮遮掩掩的态度”和“都是精神惹的祸”的偏见。如果说叙述者这一代人（出生于1920年代）因闭口不提“身体”而隔离了身体，那么在叙述者眼中，无论从哪方面来说都令“身体”更为开放的下一代似乎做得并不比他们更好。于是我们看到他在写给女儿的信中（《身体日记》开头）说：“可是对于我们与身体的关系，也就是对于作为惊奇之口袋和排泄物之泵的身体，今天的沉默与我那个时代的沉默一样沉重。仔细研究一下，会发现没有人比暴露得不能再暴露的色情演员或脱得最彻底的身体艺术家更顾及礼义廉耻。至于医生（你上一次看病是什么时候？），今天的医生，他们对待身体的办法很简单，就是不再触摸它。身体现在对他们来说只是脑力游戏：X光检查身体，超声波检查身体，扫描身体，分析身体，生物学的身体，遗传学的身体，分子学的身体，生产抗体。你知道我是怎么想的吗？越是分析这具现代的身体，越是暴露它，它就越是不存在，越是被取消。它的存在与它被暴露的程度成反比。”作为存在之根本的身体一次又一次被抹杀，作者大概正是因此而多少有点气恼地虚构了一个纯粹以“身体”为主角的故事。无论如何，《身体日记》无疑是加在肉身一方的重磅砝码。

《身体日记》记录了与身体有关的一切。包括种种舒适和不适感，包括五感的种种体验，包括身体制造的惊奇与麻烦，包括身体对惊奇的适应，身体与麻烦的和解。包括战争时期的身体，也包括和平时期的身体，包括身体的生长、发育和成熟，也包括身体的衰老和死亡，总之就是以个人的口吻记载的某个特殊身体的一生。类似一本身体的流水账。然而又不能算是流水账，因为流水账意味着重复，而《身体日记》记载的经历鲜有雷同。佩纳克自己在新书见面会上也说：“这不是日复一日的记载（否则得用成百上千个本子），这是对一个又一个惊奇的记录。”文化周刊《电视全览》（*Télérama*）评论文章说作者对某些感受或过程的描述具有“昆虫学家一般的精确性”。《费加罗报》（*Le Figaro*）评论文章则干脆将这本“日记”比作了“我们的五脏六腑的伊利昂纪”。“我们的”三个字说明，《身体日记》尽管是一个人的日记，却“也可以是任何人的日记”（叙述者语），因为我们难道没有在某一刻，在其中认出了自己的“五脏六腑”吗？所以《世界报》评论文章说，“这一类的书，一旦合上后，即会让人产生‘自己也非常想写一本’的冲动”。

日记的某几天，由于记录口吻的客观性和描述的精确性，我们会产生错觉，将它当做一本生理手册或指南。我自己就深感从翻译这本书的经历中获得了许多有关身体的宝贵知识。不久前，家里一位老人眼神不济要做白内障手术。因为涉及眼睛这种敏感珍贵的器官，大家都很紧张。后来我想起《身体日记》中有这么一段：63岁的“我”去做眼底检查，医生告诉“我”是白内障初期，还能拖延十几年，之后就必须做手术。当时医生是这样宽慰“我”的：“这种手术在今天根本不算什么，小菜一碟。”我把这一段找出来念给家人听，大家顿时都心安了几分。尽管如此，《身体日记》的叙述者绝不是一本正经的学究，而是充满了佩纳克式的幽默与智慧，他“无情”地暴露了多少欲言又止的经历，对多少熟视无睹的经历做出了另类反思，又大胆谈论了多少禁忌话题啊！比如二十来岁的他用无比诗意的语言描述了爱情带给心灵与身体的沉醉。比如四十岁的他有一天无意中瞥见一个刚运动完的女人“胳膊下夹着球拍，然后突然快速做了一个鸽子的动作，想闻闻自己腋下是什么气味”，随后展开了一段人与自己气味关系的思考，并得出了“我们总是在私下里享用我们在公共场合试图掩盖的气息”这样令人忍俊不禁然而不得不表示赞同的结论。再比如上了年纪的他对自己那故障百出的身体仍旧保持着好奇心，并不时发表精辟见解。总之这是一个一生都保有童心的人，将身体的一切当做自然的馈赠，十分认真地、充满善意地对待，并不吝分享自己的心得。

以身体的发展变化记录自己的生活，以身体接触记录与他人的关系，这种视角可以说是很独特的，再一次反映了佩纳克在叙事技巧创新方面的兴趣。我们又看到《宛如一部小说》和《上学的烦恼》的作者佩纳克。佩纳克于1944年12月1日出生于摩洛哥卡萨布兰卡，1969年起开始在中学教授法国文学，1985年出版了“马洛塞纳传奇”（La Saga Malaussène）的第一部《食人魔乐园》，大获好评，1995年辞去教职，开始全身心投入到写作中，2007年凭借自传体小说《上学的烦恼》获得当年的雷诺多文学奖，是法国当代最重要的小说家之一。《宛如一部小说》是一本谈论如何阅读的散文，说是散文但并不是严肃的阅读体验和经验交流，而是各种稀奇古怪阅读建议的汇编，亦真亦假，实际上是一本是从文体看很难被归类的作品。《上学的烦恼》同样如此，虽说是“自传体小说”却没有情节，更像是随笔集，每篇长短不一，讲述自己从前作为学生之后又作为老师的经历。仍旧是思考多于故事，仿佛这次借助“上学”这个主题从方方面面好好讨论了其中的“烦恼”。从这个意义上说，《身体日记》这本别出心裁的“自传”很符合佩纳克喜爱创新的性格。

而能翻译这样一位作家对我来说也是一件幸事。佩纳克是我个人比较喜欢的作家。与他的结缘完全出于偶然。很多年前去图书馆借书，正当面对一架子题材各异、装帧不同、厚薄不一的“小说”犹豫不决，不知该选择哪一本时，书脊上一个有趣的标题吸引了我的目光。*Messieurs les enfants*,《孩子先生》。抽出这本书，封面上是一幅漫画：两个儿童推着一辆童车，童车上坐着两个成年人，一个在看报纸，一个在织毛衣。我心里顿时产生非读一读它不可的念头。多年过去，这本书的具体情节我已经忘记，可是作者的风格给我留下的印象始终难以磨灭：通俗的语言，快速的叙事节奏，跳跃的思维，十足幽默风趣甚至有些插科打诨的口吻，深邃的见解……初次阅读，印象良好，之后我便读了手头能找到的所有佩纳克作品，包括《食人魔乐园》、《卖散文的女孩》、《带卡宾枪的仙女》等等。这些书名古灵精怪的小说有着相同的人物——马洛塞纳一家，这几本小说也形成了一个系列，被法国读者称作“马洛塞纳传奇”。大规模阅读佩纳克时，我在法国外省一个小城市当汉语助教，远离亲朋好友，十分孤单，佩纳克这些轻松的读物和马洛塞纳一家陪伴我走过了人生中一段无聊甚至有些无助的时光。因而当《身体日记》开篇的“告读者”中提到“马洛塞纳一家的医生”时，过去种种都浮现在了眼前。这是作者与读者的一次隔空对话。一个人朝时间抛出一颗宝石，被另一人在不同时间不同空间无意而又幸运地接到，这是我对阅读之中那不足为外人道的微小快乐的想象。

2008 年诺贝尔文学奖得主勒克莱齐奥先生与南京大学许钧教授不久前有一次对谈。许钧教授问了勒克莱齐奥一个问题：在如今这个书籍遍野的时代，文学家挑选书籍进行阅读的标准是什么。勒克莱齐奥真诚又不乏诗意地回答：我有点像在书籍的世界流浪，遇到什么我就读什么，然后这本书会把我带向别的书，别的世界。不是我找到了书，而是书找到了我。像勒克莱齐奥的很多观点一样，这个观点其实也浸透着中国人的思想：凡事都有缘分，书与人的相遇也一样。回过头来想一想，与佩纳克作品的相遇其实也是一种缘分。这种缘分和宿命感促使我在不读佩纳克很久以后，仍然对他保持着好感，想到他的作品和它们有趣的封面，仍然会不由自主地发笑。因此，当编辑何家炜老师问我是否愿意翻译佩纳克新作时，我立即就心动了。浏览过前面几页之后，心动变成了行动：我决定翻译这本书。何家炜说，这本书简直是为你量身定做的。我当然知道这是在说笑，可内心深处忍不住认同了他的话，而且也为自己可以翻译佩纳克而窃喜：作者与我风格相近，心意相似，我可以一面体会创造发明的乐趣，一面又躲在作者后面，自己不必太过费力。对于任何一位喜爱文字然而能力甚至体力不够的人来说，还有什么比翻译更为理想的职业呢？

当然了，与书籍交朋友也好，体会到文字转换的乐趣也好，之所以能这样说，是因为已经结束了翻译。在任何严肃的翻译中，译者都不可能只体会到愉悦。有些时候伴随译者的可能是强烈的挫败感和沮丧感，想缴械投降，想对着书大喊：作者你到底在说什么？！你能不能不要再玩这种幼稚的文字游戏！文字游戏，这是《身体日记》翻译过程中遭遇的最大困难。余光中先生早已说过：双声和双关，是译者的一双绝望。最深的一次绝望由“57岁，生日”这一天的日记带来。这一天，叙述者猜出女儿丽松怀孕了，丽松很兴奋地说："Ça，c'est ce qu'on appelle un père spicace !" 这里的文字游戏是 "père spicace" 这个词组，"père"（父亲）没有问题，但 "spicace" 是作者生造的新词，文字游戏体现在 "père spicace" 两个词合起来读音与形容词 "perspicace"（有洞察力的）完全相同，体现了丽松机智俏皮的性格。这个文字游戏类似我们平时玩的一个有点恶趣味的把戏：通过改变旧词尤其是成语的某一部分来创造新词，比如咳嗽药品广告喜用"'咳'不容缓"，山地车广告喜用"'骑'乐无穷"，驱蚊器广告喜用"默默无'蚊'"等等。译者最初也想采用这种方式，最终因词汇量贫乏而放弃，只能译成"知女莫如父！"，尽管保留了简短的形式和惊叹的语调，却没能将文字游戏的效果传达出来，无奈之余，也只能请求读者的谅解。

除此之外，翻译此书还有一个困惑，那就是《身体日记》"体味"太重。《身体日记》当然会涉及赤裸裸的身体。把每个器官、每种感受用语言展现给读者，这对于有点语言"洁癖"、性格相对保守的译者来说确实是件难事。然而，既然不得不译，那么翻译反而成为了一件获得知识、克服偏见的好事，《身体日记》让我学习怎么与自己的身体和解，归根到底也就是学习怎么与自己和解。有些书在人生的某一刻来到我们身边，仔细想想不啻为一种感召。不久前，我的一位好朋友迷上了心理学，并想通了一件事：为人处世，不看社会加诸个人的道德和价值标准，不看别人强加给你的大道理，只听从自己内心的声音，如果情绪是一条河，那就让我们顺着这条河漂流。从某种意义上说，她的追求与《身体日记》的叙述者是一致的。另外的一些朋友，他们暂时还没有想到这些，还在苦苦地挣扎于心灵与身体的搏斗之中。无论是前者还是后者，我都想把佩纳克的这部《身体日记》送给他们。

曹丹红

2016 年 4 月于南京